# 蓼水微澜

袁姣素 著

重庆出版集团 重庆出版社

图书在版编目（CIP）数据
蓼水微澜 / 袁姣素著. -- 重庆 : 重庆出版社,
2024. 11. -- ISBN 978-7-229-19136-8
Ⅰ. I247.5
中国国家版本馆CIP数据核字第2024TX0749号

**蓼水微澜**
LIAOSHUI WEILAN
袁姣素　著

**出　　品：** 华章同人
**出版监制：** 徐宪江　连　果
**责任编辑：** 连　果
**特约编辑：** 姜士彬
**营销编辑：** 史青苗　刘晓艳
**责任印制：** 梁善池
**责任校对：** 彭圆琦
**前彩插图：** 彭见明
**水墨插图：** 刘鸿伏
**装帧设计：** 末末美书

重庆出版集团
重庆出版社　出版
（重庆市南岸区南滨路162号1幢）
北京毅峰迅捷印刷有限公司　印刷
重庆出版集团图书发行有限公司　发行
邮购电话：010-85869375
全国新华书店经销

开本：880mm×1230mm　1/32　印张：10.125　字数：227千
2024年11月第1版　2024年11月第1次印刷
定价：49.80元

如有印装质量问题，请致电023-61520678

# 目录

# 时间的馈赠

## 阎真

作家，中南大学文学院教授、博士生导师，湖南省作家协会副主席、省小说学会会长

印象中，2014年在毛泽东文学院讲课的时候，袁姣素拿了本比较老版的《沧浪之水》请我签名，又加了微信，长什么模样，不太记得了。后来，她写了小说作品就发给我看看。我一般是大致浏览，提点儿想法和意见。她也很实诚，认认真真地照着我的建议去修改。整理妥当，仍发来给我看看。之初，我并无特别的印象，学生脸谱多，网名多，联系得勤的也多，谁是谁，有时候都搞不清。但她有个特点，发来作品，定要我给个回复。有时候忙忘了，她会隔几天问一次，让我不得不打开文档，浏览一番。时间久了，我有了印象，也懂得了她的执拗与较真。之后，她发来作品，我也不敢怠慢。我知道自己的意见对她来说，是多么重要！于是，记住了“袁姣素”这个名字。能有这般印象，于人海之中，也很不容易。那个时候，尽管素未谋面，但在网络的交集

中，这些温润自如的文字，让我能感应到一个人的执着与模样。

2016年的春夏时节，袁姣素给我留言，说她写了第一部长篇小说，想请我作序。我想到她生活在基层，还能有这般坚持，着实不易，便毫不犹豫地答应下来。后来，她到长沙做了文学期刊的编辑，有了新作，仍会一如既往地发给我。2021年，她又写了一部反映高铁发展的长篇小说《白驹过隙》，想请我给点儿意见，并打印装订好，送了过来。我与她在作品中的交往已经有些年月，她的为人和作品风格也大致熟悉，便爽快地答应了。这部小说集《蓼水微澜》辑录的作品，在发表之前，我也大都看过，能得到长沙市中青年作家项目的重点扶持，也是靠作品说话，实实在在，让人服气。我真心地为她高兴。《周礼·考工记》说："天有时，地有气，材有美，工有巧。合此四者，然后可以为良。"说的是要做出一件好东西来，需要天时、地气、材美、工巧，四者融合至理想状态，方可成器。而这四个方面的因素齐聚一身，非一日之功，需要时间的"包浆"。我们写作也是如此，需要各种综合因素的参与，和恰到好处的"火候"。袁姣素的写作应是如此，有恰巧的"火候"，有时间的"馈赠"，有她的努力与坚持。小说集《蓼水微澜》收录的是从2014年开始到如今的作品，十年时间，不疾不徐，写得从容，走得稳当，一步一个脚印，经岁月的"摩挲"，竟也有属于"她"的气息了。

袁姣素生长在湘西南雪峰山脚下，她的作品与这方水土紧密相连，有着不可分割的水乳交融。一个作家的创作，在文字的"举手投足"之间，总与胞衣地互为因果。就像鲁迅之绍兴，沈从文之凤凰，张爱玲之静安，莫言之高密乡，等等。《蓼水微澜》这部小说集亦有着浓郁的地域文化特征，其风土人情、文风特质，都与湘西那方神奇的土地血脉相连。从某种意义上看，也是我们湖湘文化的一种传承。在方言的处理上，我很赞赏她的做法。在一篇作品中，穿插那么几个字眼，通俗易懂，既有文化地理的标志性，又赋予文本一种神秘色彩，跟着人物心理与文意理解，不用注释，便可会意。这样有趣又有意味的语言，在小说中不时地亮眼，让人品读之余忍俊不禁，既内里蕴含，又敛容沉思。也许，生活中感性，写作时理性，这两者时而交错融合，亦可搓揉出不一样的风景。

小说的选材，也是需要下一番功夫的。记得2014年前后，她发来一个短篇给我看，题目是《我想飞》。故事讲述了一个生长在农村的小人物，父母早逝，经济拮据，靠亲友帮衬和介绍工作养活自己。在乡村环境中，这类底层农民工在成家立业上成为一个难题。其实，这种题材也很老旧，却让她写出了神髓与新意，有一种在粗粝中流淌的唯美气质，读来很有意味，又颇有嚼劲，主人公自始至终的那种“我想飞”，却又“很难飞”的痛楚与矛盾状态，给人一种难言的痛惜感。我当时就给予了肯定，后来果然发表在《西部》杂志，题目改成了《飞翔的嗥叫》。《走卫星》的选材是用了心思的，也有新意，这个题目也有点儿特别，让我心里一动，一口气读下来，这颗卫星果然是用来“走”的。一个“走”字，道出了那个时代的氛围与印记，也树立了一个在处理突发事件时的乡村传统与权威话语的人物形象。在小说语境中，给人一种庄严有序又五味杂陈的交错感。从这些作品中，能感知到她的小说语言是沉浸式的，顺应人物心理与气场，纯粹、干练、有容、有度。有着新式的“古典”，老派的“新意”。耐品，好读，有味。可见，一篇好作品，有“天时，地气，材美，工巧”的因缘际会。

我期待，那属于时间的“包浆”。

# 第一辑　梦驻楼兰

古风大雅一壶茶

# 家务长

## 1

“晚晚，我爹爹昨晚亥时去了。他咽气前留下了话，说家里没有当大事的人，要请您来当家务长。”明生边说边扶着柳青云的胳膊，单腿下跪，行了个孝子礼。柳青云扶明生起来，说：“当就当吧！我也是进八十的人了，隔土的日子也近了，说不定跟你爹爹一样，哪天说走就走了。我一辈子冇当官的命，就当当这个家务长吧。”

柳青云赶到灵堂时，大哥已经安然憩息在漆黑的千年屋里，几个侄媳妇跪在灵柩旁边烧钱纸。柳青云望着大哥微微含笑的遗像，不禁悲从中来。他深深鞠了三个躬；点三炷线香，插到香炉里；走到铁脸盆旁，烧起钱纸。礼毕起身，把明生递给他的那条土纱白布捆在腰上。然后，掏出手机，一一拨号过去，请和尚师父来念经。又安排二哥的大儿子负责后勤采买，差人去山上折松柏枝，请好包场搞红白喜事的厨师，喊来隔壁邻居帮忙搭外场的棚子。将白色的对联两边贴好，把白色的气垫充好气，在气垫中间再贴上白纸，上书三个黑字——“当大事”。

一切事务安排下去，柳青云又退到门口，双手叉腰，凝望着整个灵堂，觉得像那么回事，又觉得不够到位，缺了点儿什么。缺什么呢？柳青云看着屋里屋外忙忙碌碌、进进出出的人，一下子也说不上来。只是心里有那种感觉。

柳青云突然想起，明生来的路上告诉他，大哥攒下了十五万元，一直舍不得花，也是不想让子女出丧葬费。他知道，大哥一辈子省吃俭用，从不乱花一分。大嫂因病已先去往极乐世界，留下大哥一个人守着老屋场过了十八年。逢年过节，子女们来看望一下，也就是几天工夫的热闹。听明生讲，大哥死前，还上街扯了几丈白布，他怕儿媳们买的质量不好，又怕他们不识货，买不到那种质量正宗的土纱布。柳青云心想，唉，人这一辈子，值不值，就看怎么个活法，大哥也忒死板了，人都不在世上了，还管那块白布正宗不正宗！明生还讲，医院检查出来肝癌晚期的时候，都瞒着没有告诉他，怕他经不住打击。结果身体状况不行了，瞒不住，才告诉他实话。在最后的日子里，他疼痛难忍，去医院住了三天，因为怕死在那里，就又回到了自己的老屋。柳青云这才悟得，怪不得一个月前经过这里时，大哥还好好的，他戴着副老花眼镜，端坐在门口的枇杷树下，没病一样，还谈笑风生的，一点儿都瞅不出来是个绝症病人。临死前，大哥还要他在屋门口拍了张照片发到家族群里。在北京工作的小侄儿说：“老头子精神矍铄，有儒雅之气，真像个退休了的老教授。”

## 2

第二天，和尚师父到了灵堂，开始念经了。歇个把小时念一下，孝子们就要拜经，拜忏，在灵前烧钱纸。念救苦经的时候，长子端着灵牌带领其他孝子孝孙们围着灵柩转圈，低头敛目，有感情的还要拍棺痛哭，诉说死者一辈子受过的苦难，场面越悲伤越好。据说，这样是给亡者在生时犯下的过错赎罪，可以减轻罪孽，使灵魂升入天堂。

既然是土葬，就要搞得是个土葬的样子。柳青云心里总有点儿恍惚，感觉大哥咽气时把这样大的责任交付给他，是对他的无比信任，他应该做好这件事，当好这个家务长。

柳青云这样想的时候，就把明生拉到一边，问："打好坑眼了吗？请地仙架了罗盘看了向吗？"

明生说："请了，坑眼也打好了。爹爹在生时就把这事交代了，跟我姆妈葬在一起。姆妈离世时，这块地是他早看好的，那个时候就预置了两个人的地。"

"哦，要得，要得。你爹爹把这么重大的责任交付给我，自然有他的用意。他还有什么愿望没有实现的吗？"

"应该没有吧，该了的都了了。"

"哦，你们的生辰八字与他出殡的时辰合了几天？"

"六天。讣告上都写了。合时辰的时候，我心里就想着如果在家里待六天就好了，出殡那天也刚好套上了星期六，六六大顺嘛。小孩儿也放假，送他上山的人多些，场面热闹些。不想，真的就合到了六天，说明爹爹和我们的心思是相通的，我们想什么，他就应什么。这个时候的天气也热，要是放家里摆个十多天的，塞多少冰进去都没有用的，怕发臭。爹爹是个爱干净的人，脸相都改色了，还不肯在床上拉屎尿。有几次身边没有人，他也没有力气喊，就从床上滚下地，在地上拉了，等我们来了再收拾。直到最后一天落气，他的床上都是干干净净的。”

“哦，大哥的脾性我晓得，他是节省惯了的人，在家里多摆一天就要多一天的开支。上祭那晚唱戏的乐队请了吗？”

“没有请。还唱什么戏？都是些逢场作戏的把戏，费钱不说，还费精力，都是给后人立碑的。说某某的伢老子死了，场面搞得多热闹多隆重，还请人来唱戏哭丧，死者看不见也听不见，何必多此一举呢？可您是家务长，要是您说要请，那就请，没得半句二话讲的。”

这时候明生媳妇冒出来插了句，说：“请也可以。但是晚晚，办丧的费用我们要给您交个底，老头子存的丧葬费在丧事上只能开销一半，剩下一半我们六姊妹要分的，也算是老头子留给我们的一个眼目吧。”

明生也赶紧接腔：“要得的，就这么办，其他事情都由晚晚做主。”

柳青云见明生在他媳妇面前唯唯诺诺的样子，吟了半晌，说：“大哥一生节约惯了，他舍不得浪费的，就随了他的愿，唱戏就不请了。那这样好吗？大哥人都去了，丧事也要办得像个样子，请套广乐班子给大哥热闹几天吧。”

“送山的乐队班子都请了的。”

柳青云说：“我知道，我说的是这几天和尚师父念经，有套班子在，吹吹打打地配合一下，他也念得有劲些，不然他都好孤单。”

明生说：“算了吧，家里还有几姊妹呢，意见难得统一，莫要搞得不痛快。”

柳青云想，难道你是他肚子里的蛔虫？他在生节约，死后还想着要节约？老头子留下了那么些钱，该花的得花，得给他热闹热闹。你们几姊妹自己不放放悲声，请人家帮忙来哭一场也行呀！你们也都搞得好，不差那几个钱，他自己留的钱就用在他自己身上吧。当家务长就得跟死者的思想套上拍子，按照他的意愿去办事，冥冥中也是有心灵感应的，我想什么，就是他想什么，不然请我来当家务长干什么？难道就是来吃六天白豆腐的呀？但他只是嘴巴张了张，却没有发出声，最后只化作一声长叹：“唉，我总觉得少了些什么。”

少了什么呢？

柳青云也不晓得。

## 3

柳青云肩膀上的白布从左肩移到右肩斜扎，怎么扎怎么不舒坦，可又到底是个怎样的不舒坦，他自己也搞不清。呆呆地坐在堂屋的一侧，听着侄媳妇们妯娌间的对话。

明生媳妇说：“老头子一生也是享到福了的，儿子们都很孝顺他。只有娘老子去得早，没有享到子孙的福。”

几个媳妇都点头如鸡啄米。

老二媳妇有点儿神秘兮兮地问：“老头子快要落气的时候想要见的人是哪个？”

明生媳妇说：“还不是那个保姆。”

声气小了下去，柳青云尖起耳朵才听得到她们的谈论。

明生媳妇讲："老头子从知道自己的病已经到了晚期，倒床也就二十天。这段时间都是几个崽轮流守夜照顾，手机也不在他身边。几年前被赶走的那个保姆，居然到屋门口问老爷子是不是病了。她说她有种不祥的预感，晚上还梦到老爷子跟她说身体不行了，要她来看看。那天正好是明生守夜伺候老头子，他感到特奇怪，就问她什么时候做的梦。保姆说就是昨天晚上。邪门呢，人还没有落气，就开始托梦了！明生就把她引到老头子的床前。老头子还在昏迷中，明生喊醒他，说保姆来看他了。老头子睁开眼睛看了看她，跟她握了握手，没有力气说话，只点了下头，眼泪就流出来了。等保姆走了，没两个时辰，老头子就咽了气。"

"可不是呢，人要离开时，有些事情还真是扯不清的。"老三媳妇又开腔了，说，"老头子咽气的前两天，跟老三讲，他有个在一起工作了几十年的同事，姓李，老三也认得的，年轻时经常到屋里来，不晓得现在到哪里去了，很想见见他。结果当天下午，那个同事就从屋门口路过。老头子都九十岁了，六十岁退的休，他们已经三十年没有来往。"

"快莫讲了，听得我汗毛都倒竖了，起了一层疙瘩皮……"

柳青云望着那口漆黑的千年屋，突然觉得那里面的内容是如此神秘而丰富，那层包裹着冰块的被褥下面，不只是一具刚刚凉了的肉身，应该还有大哥的三魂七魄。

## 4

说到保姆，柳青云也是知道的。大嫂去世后，大哥好静，总不肯去几个崽屋里轮流着过日子，就一个人孤孤单单地伴着大嫂的遗像过，一过就是十年。十年过去，大哥的身体也不如以前硬朗了，就想请个保姆照顾，不用子女的钱，他有退休费付工资。和子女一商量，也都同意，有个人照顾也好，大家都省心。托人介绍，前筛后选的，最后大哥看中了一个五十多岁的妇人，也是个单身婆，听说老公是前两年得病死了，一个人在搞药材生意。子女多搞得不好，她也不想待在家里吃闲饭，让他们闹心。大哥也就是个头晕眼花的，平素不想做饭，保姆的责任也就是帮他洗洗衣裳，弄两餐饭菜。早餐他自己解决，中午弄饭的时候才过来，又不是倒床的病人，不需要端屎端尿的。事少，人清闲，待遇也不让人吃亏，自然有人愿意抢着干这份差事。

谁知道，半年后，这两人的生活倒过来了。每次明生去看老头子，都是老头子在搞饭菜，洗涮衣裳，保姆在品着茶看电视。明生气呼呼地说："到底是哪个照顾哪个呀？每个月开钱给你，莫不是请你来喝茶的呀？"老头子系着围裙，从厨房探出个头，应声说："明生呀，你来了呀，吃了吗？一起吃饭吧，我烧了糖醋鱼。你金姨今天感冒了，我让休息一下。"明生没好气地说："每次来都是她生病了，既然身体这么不好，还来干什么保姆呢？那她请你算了。"

明生回去后就把看到的情景告诉了媳妇。明生媳妇说："那还得了？赶紧把姊妹兄弟几个拢来，开个家庭会议。"一讨论，大家的意见都不相同，有赞成的，有不赞成的。有人说："只要老头子高兴乐意就行，只要他身体好就好。"明生媳妇说："傻呀！一码归一码，要是两人只是搭伙过日子还好，怕就怕在她哄老头子高兴了，把这种关系的性质改变了。老头子八十好几了，她还不到六十，图个什么呀？她那边的子女都不管她的，等老头子过世，我们还凭空添了一张嘴吃饭，何必自找麻烦？”这么一说，重心问题就出来了，大家统一了意见，跟老头子交了底。老头子也是五心不做主，再也不提请保姆的事情。

这事柳青云大哥也跟柳青云诉过苦，说：“我就是想有个伴，日子过得有味些。不然天天一睁眼就是自己弄三餐饭吃，一个人看电视打瞌睡，又没有其他爱好，日子过得冇得味。我几十岁的人了，想要有个伴，也没有犯天大地大的错吧？有个合意的保姆，硬是给赶走了。”

“也是，也是。人都是要老的，相互体谅最好。”

明生也跟他说：“老头子都是八十多岁的人了……也不想想我们后代的苦，照顾一个老人还不嫌够，还要照顾别个，又不是自己的亲娘老子。”

柳青云就说：“那不呢，我们三弟兄，我是最小的，都快进八十了。你奶奶，我们三兄弟的娘，在那么艰苦的年月都活到了一百岁呢！你看看你爹爹的耳朵，比你奶奶的都长，耳垂那么肥厚，是有福的长寿相呀。我们是几代遗传的长寿基因呢，看你爹爹的身体状态，以现在的生活条件，比起我们那老娘，寿命应该只会多，不会少。”

“也有可能，我媳妇就说，别看老头子精瘦精瘦的，身板可结实着呢。说不定等他去了，我们也都七老八十的了，到时老得拜路都拜不得了，只得孙子、玄孙代替了，有味吧？”

“哈哈……有味。”

和尚师父此刻正在念救苦经，他手里的木鱼密集地敲打着，发出笃笃笃的声响。

## 5

第四天，族里的堂兄弟们送来花圈，抱来一大捆烟花爆竹。柳青云赶紧挥手制止，指着门口一侧摆放的一块牌子，上面写着“禁放爆竹”。他们也就不再点燃引线。柳青云朝明生他们一摆手，明生立即会意，带领着兄弟姊妹、媳妇、孙辈排成两排，列队跪在灵堂门外迎接。堂兄们扶起跪了一地的家眷，就在灵柩前鞠躬，烧了钱纸。然后接过茶水、瓜子花生，动一下口，祛除晦气。柳青云吩咐管事跑腿的给他们每人发一块孝布下去。接着门外又来了一支来做人情的队伍，堂屋里，灵堂前后都挤满了人，柳青云又忙着指挥去了。

第五天下午就要上祭了。据说上祭的时辰到了就不能受任何人情了，也不接受亲友吊唁了，所以这天前来做人情吊唁的特别多。柳青云也是忙得脚不沾地，连水都没有喝上一口。要安排人给来吊唁的人发人情包，开车来了的，还要发条红带带，表示亡灵会保佑出车平平安安的。此外，还要还没有正式结婚的晚辈上红，玄孙也要上。柳青云虽然年纪是一大把了，也经历过许多的红白喜事，但还是第一次当家务长。他有时候觉得，自己指挥着一屋的孝子家眷们萝卜白菜般跪倒一槽，迎接前来吊唁的亲友，同时又要安排后勤采买、厨房一日三餐按时开餐、人情登记、财务入账出账等等一切事宜，俨然是指挥着三军人马的首长。这些人都得根据他的指挥行事，一切都在他的安排下按部就班，井井有条，柳青云是有种成就感的。他感觉他一辈子没有当过官是一大憾事，他真是能管事、能做大事的料子，又不由得佩服起大哥的眼光。

可每次他在迎来送往的当中，总感觉少了些什么，或者是哪里没有做到位，但又想不出到底是哪里的问题。这个念头有时候在脑海里时隐时现，蹦出来一下，又被前来吊唁的人冲跑了。

傍晚时分，上午来吊唁的堂兄们派了个代表来，问是谁在当家务长，会不会办事，懂不懂规矩。

柳青云挤过去问："什么事情？"

那人扬着手里的白色土纱布气冲冲地说："你是怎么当家务长的？！堂兄们过来怎么给他们发的是这个布？看不起人吗？"

柳青云愣愣地问："是这个布呀，不对吗？这可是大哥亲自上街去扯的正宗土纱布。"

那人又问："那你给娘舅家里发的是什么布？"

柳青云用手一指："也是这个布呀。"

那人指着他身上的白布问："你自己怎么也背着块白布？"

柳青云说："我是他的弟弟，我披挂白布都四天了，不对吗？给大家发下去的也都是白布，我做错什么了，你这么兴师问罪的？"

那人就说："你卵都不懂一条，来当什么家务长呀！堂兄和娘舅跟亡者是同辈呀，不能发白布，要发青布的，懂吗？你自己当家务长，你肩上背的应该是青布，晚辈才是披挂白布。"

明生媳妇就插了句："发都发了，就算了吧。家务长也是一片好心，青布比白布要贵些。"

"你以为家务长是那么好当的？一块布的颜色就代表了生者的辈分，青布、白布，还有上红，都是辈分的象征，怎么能够眉毛胡子一把抓呢？老规矩是万万年遗传下来的，怎么能破坏呢？破坏了就等于是打了亡者的脸。想想看，他能同意你这样胡来吗？还是老办法，一是一，二是二，出殡那天早上，大家都要来吃餐饭，到时给他们补发青布。必须的，冇得条件可讲的，冇讲规矩，哪有方圆？”那人不由分说把白布丢到桌子上，转身离去。

人群中开始议论纷纷。有人说“也太嚣张了”，也有人说“家务长不懂的地方就得问，不能不懂装懂，坏事咧，让人家看笑话的”。

柳青云愣愣地立在那里，脸上一阵阵发绿，刚刚那种油然而生的统帅感荡然无存。

## 6

出殡前还有个闭殓仪式。是生者与亡者的最后一次见面。亲人们看一眼亡者，把随葬的东西放好，就要盖棺上封了。柳青云问明生：“看好闭殓和出殡的时辰了吗？”明生说：“看好了，闭殓是凌晨5点半，出殡是6点半。”柳青云说：“那好，今天晚上所有的直亲都在这里守夜，免得错过了时辰。这么早赶过来，也不安生，怕撞上什么灵异的怪事，这个关键时候要注意点儿。尤其是出殡的时候，要看看闭殓时辰跟哪些人的八字相冲，到时跟出殡时辰相冲的人就回避一下。也是依照老规矩，凡事以防万一最好。”明生连连答应，说：“我会通知大家，今晚就都陪老头子最后一个晚上吧。到时，我来收集大家的衣边角。”

凌晨3点前后是最难熬的。柳青云坐在堂屋里的靠椅上闭目养神。老二把几条凳子拼在一起，躺在上面睡；老三也坐在桌子边趴着睡；老四在里侧蜷缩着身子睡。他们在灵堂侧屋守灵，怕屋里进来了猫、狗等冲撞了亡灵。这几天由于轮流来守灵，连续熬了几天夜，差不多都被搞乏了，躺倒在什么角角窝窝的都能睡着。其他的家眷都在楼上摊起地铺，横七竖八地躺在地上和衣而睡。真像要上战场的士兵一样，只等号角一吹，随时翻身而起。

柳青云并没有完全睡着，他这个坐镇指挥的统帅一丝也不敢大意。在这个关键时刻，其他人都睡去了，只有他还半醒着。他时而掀开眼皮，眯着眼角观望一下灵柩周围有无动物进来。年轻人毕竟是不经事的，躺下呼噜打得山响，就是灵堂进来了老虎都不会晓得，别说是猫狗了。

好不容易挨到了凌晨5点，柳青云起身把明生他们兄弟几个一一喊醒，又去喊楼上睡着的人。大家迷蒙着眼睛到处寻找剪刀，把身上的衣服剪下一点点儿边角，一起交给明生。明生招呼弟弟们抬开棺盖，再抬开那床包着一床冰块的棉絮。柳青云站在正对大哥的位置，喊大家围到灵柩面前来。明生先把装好衣边角的袋子放进去，再把老头子生前喜欢穿的衣服一起放在千年屋的两侧空隙处。他知道，老头子生前没有什么特别的嗜好，既不抽烟也不喝酒，更不打牌，他的爱物少得可怜。柳青云安排明生几弟兄用胶布把大哥的手脚固定好。明生媳妇靠着儿子的肩膀，轻声说：“我不敢去看，怕得很，怕看了晚上会做噩梦。”儿子说：“那我先帮你看看吧，要是不太那个，我就告诉你。”柳青云望着大哥的遗容，对围在后面不敢靠前的家眷们说：“快看看吧，最后一眼了，合上了棺顶就再也看不到了。自己的伢老子，不怕的，他会保佑他的子孙后代代代兴旺发达。老头子是个慈善的人，心里只装着后代子孙。你们看他的脸，真的还是跟在生的时候一模一样，面目慈祥得很呢。真就最后一次相见了，抓紧时间，5点30分准时要闭殓了。”柳青云说这话的时候，声音急促而哽咽。他好像是在看着自己的后事，好像躺在千年屋里的是自己，他在心里呼唤着自己的至亲骨肉："快看我最后一眼吧，看完我就能安心上路了。"

柳青云心里对大哥说："大哥呀，对不住你！我这个家务长当得也是草草了事呀，主要还是磨盘压住手，想给你操办个热热闹闹的丧事也是束手束脚。带兵打仗也得粮草先行，没有粮草，我只是个狐假虎威的家务长呀！现在在这种场合，晚辈们还给家务长三分薄面，等你上山了，我就什么都不是了。没有做到位的地方，大哥多包容。你就安心上路吧，来生我们还做亲兄弟！"柳青云控制不住地老泪纵横，感觉这条归去的道路离他这么近，又这么真切。过了两分钟左右，他抹去泪水，问："都看了吗？"众人回答："看了。"柳青云说："那就以自己的辈分，平时喊什么，这个时候就连喊三声吧。"于是，灵堂里响起各种不同的称呼声，有喊"爹爹"的，有喊"爷爷"的，有喊"外公"的，还有喊"公公"的。男男女女，老老少少，声音有小有大，有弱有强，此起彼伏。他们在这个庄严的时刻，在柳青云的带领下，送灵魂上路，勇敢而坚定。

末了，柳青云说："明玉站过来，你是女儿，要连拍三下千年屋，喊三声'爹爹'。记住从上往下拍呀。"明玉照着做了。柳青云抬手看看表，刚好是5点30分，一声令下："盖棺！"

## 7

6点30分的时候，和尚师父和抬灵柩的十多个壮汉准时赶到，准时给亡者出了殡。柳青云心里松了口气。大哥交付的事马上就要做完了，这几天里他可是一刻也不敢松懈。那个青布事件，像是给了他一记闷棍，给他结结实实地上了一堂课。剩下的事情，他是什么都不敢马虎，不懂的马上请教念经的和尚师父。那个和尚师父抽了他不少的好烟，嘴巴也笑成了个弥勒菩萨。

讣告上写着8点半准时开餐。早餐来用餐的有五十多桌，马路两边一字排开，到处人头攒动，呼唤声此起彼伏，热闹得不得了。快到开餐时辰了，柳青云正要给厨房下令上菜，那边又闹起来了。邻居气冲冲地找到明生，说："你们的家务长是哪个？今天这个事情没有处理好就不准开餐，怎么做事的？"

柳青云就立在一边，他马上应声："我就是家务长，什么事情？"

"什么事情？看看你们做的好事！"她拉着柳青云到马路边的灵柩旁，说，"你扯个密线看看，你们的灵柩摆到这个地方，刚好正对着我们家里的祖先神龛，有这么办事的吗？"

柳青云赶紧道歉，说："对不住，对不住，我还特意嘱咐了他们抬柩的，要看好位置，千万不要乱摆。可能是当时光线也差，出殡的时候你家里还冇开门，疏忽了，无心之过，无心之过。我马上安排人去移动一下。"

人群里有人问："已经出殡了，是能随便移动的吗？"

"可以移动的，没事，没事。"柳青云说着就安排抬柩的过去，心里其实在打鼓。

那灵柩似有千钧重，十几个壮汉大声吆喝："起！"终于往前挪动了几步。柳青云把两根长凳摆好。待棺柩稳稳地落在上面，他那颗蹦跳不止的心才安定下来。

## 8

灵柩队伍缓缓前行，乐队吹吹打打，车马披麻戴孝。柳青云指挥着送葬队伍浩浩荡荡地开拔上山后，心里还在犯嘀咕，少了些什么呢？还是哪个地方不对头呢？这几天他一直在悟这个问题，却总也悟不通。就在地仙师傅一声令下，灵柩缓缓地落在那个四四方方的坑眼中。他脑壳里突然有一道灵光闪过：啊！想起来了，怎么从头至尾都没有放哀乐呢？！是城管不准放，还是忘记了放呢？还有哭声，从他到灵堂后的几天里迎来送往，到闭殓，到出殡，到上山，都没有听到！

柳青云抬起那双浮肿的眼，茫然地望着后面的远山，山上郁郁葱葱，层峦叠嶂，他好像隐隐约约听到山那边的声音，像是几只鸟在叽叽啾啾，又像是一曲哀歌正越飘越远……

（原载《作品》2018年第10期）

# 暖冬

## 1

这是一个不寻常的冬天。

整整一个冬天，没有落雪，就连早上起来，也很难见到枯草地上的一片白。与往年的冰天雪地比，好像还是十月小阳春，更看不到在屁股下提溜着个木火箱走来走去的老人。

有人无所事事，在空旷的田野里闲逛；有人在院子里没来由地发呆，看狗打架；有人就站在不远处，把日子想得不切实际，很遥远。

时令眼看就要立春了，阳光晒在每个人身上，还是暖烘烘的。暖冬下，有几个回乡过年的男人都往外走，一不小心就显露出他们的烦躁和不安，不知是谁说了一句："天如今也反常了，看来要出事。"

女人像往常一样，推开那扇发出吱吱啦啦声的破木门，眼神呆滞无光。她切了一筛子的萝卜干，放到太阳下晒。一片片萝卜干摆在干净的石头上，白得令人晃眼。那是她在青黄不接的季节里准备过渡的，所以她的每个动作都很专注，生怕漏掉了一片。她今天全身缟素，从头到脚都是白晃晃的，莫名增添了一丝恐怖感和刻骨的寒意。村里的老太太们一个跟着一个，颤巍巍地走进了女人的家。她们一个比一个恐慌，一个比一个悲痛，嘴里不停地说：“天哪，怎么了？天哪，怎么会？天哪，怎么能这样？”

前几天，大伙儿还看到二爷在这里有说有笑，现如今，说没就没了，说走就走了。

女人愣怔怔的，两行浊泪肆意地汪汪地流，冲刷着那张不干净的脸。她伸手去抹，却留下一[illegible]灰手指印，泪水一泡，更是花得不像样，像刚刚[illegible]她一身白极不协调，很是打眼。

[illegible]殓了没有啊？”七嘴八舌的声音让[illegible]。

[illegible]期就不行了。二爷死后，当天就被送[illegible]骨灰盒回来了。”

家[illegible]上，摆着二爷的骨灰盒。



“真不像话！太不像话！怎么不见他儿子回来给老子送终啊？”

这下，村子像发生了地震，院子里简直就像炸开了锅！

“咦，哪能开这种玩笑？哪能这样忤逆不孝？”

村子里，祖祖辈辈一直都是土葬，火葬这种稀奇事还远没有普及。老人们都希望百年之后，沿袭祖祖辈辈的传统和教化，洗得干干净净的，穿戴整整齐齐的，在千年屋里睡得安安稳稳的，还要带上平时娱乐的喜好，如纸牌呀，烧酒呀，等等。那是他们今生第一次也是最后一次，正正式式、体体面面地回归曾经劳作的土地，飞到梦中的天堂。

二爷就这样不见了。一个高高大大的汉子，才走过六十五个春秋，如今却憩息在这方方正正的小木盒里。人们一时不敢相信，那个活生生的二爷真的从这个世界上消失了，更不敢相信他现在就蹲在自家的神龛上，没有一点儿动静。这就是命。二爷给人装殓了这么多年，轮到他自己时，却没有装殓的机会。

二爷的小儿子不懂道理，不打照面，不知踪影，无法找寻。村里的家务长对此事极为愤慨，也极为无奈。

二爷本来有两个儿子的。大儿子在十六岁下海做苦力时，从高楼失足摔死了。小儿子在外面打工也是发达了的，听说娶了个媳妇，成了家，还买了精装房，过得像个城里人。女人是后娘，二爷的小儿子却从不把她当娘，最多跟别人一样，说“这个女人”，正面见着，也不抬眼，高兴时“喂”一声，已算是给了天大的面子。有人说二爷的小儿子不仅嫌这个女人邋遢，更嫌这个女人污了他家祖先。

大伙儿晓得，这个女人是二爷从迎春店用一篓鱼换回家过日子的。二爷喜欢鱼，更喜欢这个女人。他和这个女人相依为命近三十载，凄风苦雨，也是焐热着日子一路走过来的。

现如今，吹吹打打送二爷入土为安是最为重要的。但是吹吹打打，总要破费的，而二爷的小儿子没露脸，一切都是空话。几个辈分高的老人骂骂咧咧：“二爷的小儿子根本就是个砍脑壳的家伙，出报应喽，莫在这一带带坏后辈的细伢子，败坏祖上门风！”

## 2

不知道是什么原因，二爷的小儿子很少回来看老两口儿。他结婚时，二爷和他的女人还包了个两万元的大红包，那是他们老两口儿的全部积蓄。在二爷和他的女人做了爷爷奶奶后，女人还去了二爷的小儿子那里，帮忙带了三个月的嫩娃娃。

后来，女人不声不响地就回来了，尽管常爱找人说起城里的孙子，说起城里的好，却从不说起二爷的小儿子和他的媳妇。没有人知道，女人在城里怎么样，也没有人知道，女人心里受了怎样的伤害。那时，女人还是像往常一样。因为那时还有二爷。

现在，没有了二爷的女人，一夜之间就不像女人了。没有了二爷的老屋，也失却了一屋生气。村里的老老少少都不敢经过二爷的家门，那古老破旧的屋子，一眼望去，黑洞洞的，从里面透出一股寒森森的阴风，让人感到毛骨悚然。乡下人崇信鬼神，晓得女人家里摆着一个人的骨灰，总觉得二爷的阴魂不散，会在晚上出来寻替死鬼，所以晚上一般都是不从她家门口路过的。即使白天经过，也都提心吊胆，走得极快。女人还是日日从那间阴森森的屋子里进进出出，忙上忙下。有时，还在二爷的骨灰盒前摆上他平时最爱喝的烧酒，絮絮叨叨地说一大堆让人摸不着头脑的话。

七天之后，女人脱去缟素，又像往常一样，在屋前屋后倒腾她从外面捡回来的破烂儿。她分出矿泉水瓶和纸盒之类的，然后挑着去废品回收站，换成一元一元的小票。女人开始了没有二爷呵护的日子。

慢慢地，大伙儿忘记了二爷的小儿子，忘记了二爷，却时时记得这个有些邋遢的女人。没有了二爷的女人，一下子好像老去许多，人也消瘦了。

后来，有村邻自发地把一些旧衣物送给女人，家里有多余的口粮也给她分一点儿。每回，女人总是用那双被柴火熏得乌黑的爪子捧着，嘴里还一个劲儿地说："够了，够了呢。我不饿，我饿不死呢……”

女人是真的老了，那满脸横爬的纹路深深地刻在她曾经俊俏的脸上，一层黝黑的皮松弛下来，脖子上突出一条条青筋，像一条条蚯蚓。看着她每天挑着破烂儿在院里转悠，大伙儿又想起了二爷。

## 3

二爷在家里排行老二，小时候因为家里穷，没有读多少书。但是生性豪爽，嗜酒如命，说话天上地下的不着边际，于是大家给了他个尊号——二爷。村里不论男女老少，大家都喊他二爷。

二爷的命不好，中年丧妻，两个儿子都由他独自抚养成人。大儿子因为家里实在太拮据，就自告奋勇，提出辍学下海去捞钱，没想到出去还不到一年就出了意外，从楼上掉下来。钱没到手，人却砸死了。小儿子坚持读完了高中，高考时却榜上无名。二爷也只不过郁悒了两三天，此后仍旧每天喝一斤烧酒，说话的嗓门儿依然敲铜锣一般响亮。那些年，尤其在每个寒冷的冬天，二爷都喜欢边喝烧酒，边哼唱小调。

大队见二爷生活艰辛，就让他在那条连接村里和城镇的寒沙河上摆渡，大队部每月给他一些钱度日。二爷每天摇着船，把村里要过河的人送到对岸；从城镇回来的人在对岸喊一嗓子，他又把人接过来。可这样的日子没过多久，政府又在寒沙河上架起了一座桥，以便两岸的人出行。大伙儿自是感觉方便多了，二爷却不声不响地失业了。

有了桥，交通便利了，村里一些乡亲就开始做起了买卖。有些人三伏天不再背着打谷机，反倒摇身一变，当起了老板，挣着大把大把的钞票，富得流油。发达的，就到对岸搞铺子，成为地地道道的商户。二爷虽然高大魁梧，力气也大，但脑袋不活泛，不会来事。他更喜欢捕鱼，在水里讨生活。他的水性很好，一个猛子扎下去，可以在水里闭气十多分钟，出来时鸭子似的抖动着头上的水。此后，不管春夏秋冬，他总能在那条河逮到大大小小的活鱼，然后提到街市上卖掉，日子倒也过得如鱼得水。

二爷的小儿子高中毕业后，闲着无事，喜欢躲在屋里，听录音机里的流行歌。他不喜欢说话，也不屑于跟别人打成一片。即使在路上碰见村里的熟人，他也目不斜视，昂头挺胸而过，好像这些人不属于他的世界。二爷却不是这样的人，他老少搭三帮，跟小孩儿也划得来。大冬天的，他喝一壶烧酒暖暖身子，就到那河里折腾去了。没搞一晌午，准能捞到一些鱼虾，大的拿去卖掉，剩下的分给在路上碰到的乡里村邻。有些细伢子嫌冷，不想用手去拎，他就张大嘴巴，用力地往细伢子的手心里哈上一口气，连说“不冷了呢”。再不拿，就在他们的胳肢窝里挠痒痒，细伢子就忍不住发出清脆的笑声，拎着鱼，欢快地消失在山路上。

二爷的小儿子在家里游手好闲了一阵，就打点行李，下海捞生活去了，剩下二爷一个人。二爷还是那样，打鱼喝酒，喝酒打鱼，冬天也不例外。那些年的冬天，冷得人打哆嗦，二爷却跟个没事人一样。二爷的冬天，是火热的冬天。二爷的冬天，是有希望的冬天。

也就是在有一年的冬天里，二爷买回一台黑白电视机。二爷说，电视机上的雪花点点，是他的鱼儿。他是用好多好多的鱼儿，换回了这些雪花点点。那时，整个村里也就两台黑白电视机，二爷感觉自己雄气了一回。晚上，他把电视机搬到屋外面，拉长了天线。村里的老老少少把地里的活儿忙完了，就拿上自家的小板凳，早早地去二爷屋前占个好位置。那排场和架势老大了，里三层外三层的，黑压压的一片。头顶着皎洁的月光，一些小媳妇还带着零碎儿，吧嗒吧嗒着嘴。相距较远的乡邻，也会抢在节目开播的时候赶到场，一直到放广告的时间，才舍得离开一下，去外头的地里解手。那上瘾劲儿，不得了！节目放完了，大家相继离去，二爷就会拿着手电筒给乡亲们照明，嘴里喊着“当心呢，慢慢走，明天再来呀”。

时间久了，家家都买了电视机，二爷的门前就冷落了。慢慢地，他自己也看得生厌了，感觉生活越来越乏味，就连那田里青蛙的呱呱叫也好像没有以前那样响了。田野里，劳作的人也越来越少，一片死寂。

夜里，二爷一个人喝着烧酒，嚼着花生米，孑然一身的影子投到斑驳的墙上。他总感觉身边缺少了什么重要的东西，就好像吃的菜里没有放盐，就好像每天去河里捕鱼，回来后没有跟他分享的人。二爷感觉生活没有意思，人也没有精神，他像一头困在牢笼的猛兽，有力气却没有地方发泄，又像一条厌烦了寒沙河的鱼，找不到岸。

也许，生活的海洋，要有停靠的彼岸。也许，幸福是一种发自内心的安宁，一种守望。

## 4

有了桥，有了热闹，寒沙河好像也有了温度。水也浅了，沙也少了。来河里淘沙的人，带来了一些新鲜东西，也不知道是好是坏。

在码头的那一端，不知道什么时候竖起一间迎春店，白天晚上都有一堆女人，或大或小，或胖或瘦，或乖态或丑陋。这些女人是铁打的营盘流水的兵，喜欢待就待，不喜欢就走人，鱼儿一样涌来，又像鱼儿一样溜走。她们一样画着个大花脸，打起十二分的精神，或坐或站，或倚或盼，或搔首弄姿，或守株待兔。路过的，无论老少、高矮、胖瘦，一个不小心，就成了她们的猎物。

寒沙河的水养鱼，也养人。

这间迎春店起初在村里引起一阵不小的骚动。女人们心里愤懑，指指点点，恨不得用唾沫淹死它。二爷说不上有意见，也说不上没意见。在店门口，在那些火辣辣的目光中，他来去自由，镇定自若，目不斜视。有人逗二爷："呦，卖鱼回来啦？去快活了一回吧？"二爷很生气，说："我二爷是什么人啊，正儿八经的三代贫民出身，做事一是一、二是二，怎么会去干那见不得人的勾当？"他大吐一口唾沫星子，重重地溅落在那人的面前。

有一次，二爷像往常一样卖了鱼回来，经过那间店子的时候，无意之中听到一个怯生生的声音，不禁扭头，见到一个模样清秀的中年女人。那女人操着一口当地山区的口音："姐妹们，给个位置吧，我是新来的。"其他人你看着我，我看着你，都没有吭声，也没有挪动。那女人不敢去挤，只站在一边，很落寞。二爷觉得奇怪，平时那些女人都操着叽里呱啦的外地口音，路人都很难听懂的，当地口音他还是第一次听见。于是，他放下肩上的渔网和那篓活蹦乱跳的鱼，细细打量起那女人。

那女人有些与众不同，虽然年纪偏大，不如那些女人年轻，但未施粉黛比那些女人还要中看些。二爷越看越中意，就大胆地跨前一步，示意那女人到他这里来。那女人盯着二爷，犹疑着走到他面前。

二爷看得更仔细了。呵！蛮俊俏的呢，西瓜头，瓜子脸，看起来清清爽爽的。尤其是那双眼睛，像两颗晶莹剔透的葡萄，水汪汪的。就是皮肤黑了点儿，不过活脱脱也是一朵黑玫瑰！二爷的心怦怦乱跳，掩饰不了满脸的喜悦。

二爷小声地问她："你叫什么名字？是当地的吧？怎么到这里来的？"

那女人霎时红了脸，低下头去，竟忘了回话。她摆弄着有些过时的旧碎花衣襟，不敢抬头。

"怎么来这里的？"二爷又问。

许久那女人才说："我是被人介绍来的，听说这里可以捞到钱。"

二爷怜悯地看着眼前这个女人，拉起她的手，说："你知道这里头是干什么营生的吗？"

那女人低着头，也没有抽回自己的手，喃喃地说："我也不知道，来的时候只是听人说很轻松，不用挑重担，干重活……"

"傻瓜，十足的傻瓜！"二爷拨弄开女人额前的刘海，直直地盯着她，一字一句地说，"你跟我，一起过日子吧？我也穷，但是我有让你吃不完的鱼儿！……"

那个冬天下了一地厚厚的雪，可两人不仅不觉得冷，还都感到心底流淌着一股暖流。夜深了，透亮的雪光照着他俩前行。

## 5

二爷牵着女人的手过了桥，心里满满当当的。他血管里的血沸腾了，全身上下好像充了气，都要飞起来了。是啊，冬天即将过去，春天已经来临。

碰上乡里乡亲，二爷就傻呵呵地问：“你看这女人乖态吧？好心跟我回家过日子的哟，心甘情愿的呢！”就是碰上村里的细伢子也不放过。这些屁孩儿一个劲儿地啧啧称赞：“乖态，真的乖态！”

二爷终于有自己的女人了。有了女人的二爷，比二爷还像二爷。

二爷就这样跟女人开始过上了男耕女织的日子。他们没有去镇里登记，没有领那个大红的本本。女人不计较，说：“费钱呢，实实在在地过日子就好了。”

二爷再也不是一个人吃饱全家不饿的汉子了，他有了女人，干活更卖力了。以前是一天去河里捕一次鱼，现在一天去两次了。河里那张网撒得大大的，恨不得一下子把河里的鱼捞光。

二爷每天把捕的鱼拿到街上卖掉，剩下一些缠在网丝上的小鱼就带回来。女人见了总是开心地笑着。她小心地取下小鱼，然后晒干，再点燃柴火熏得黄亮亮的，拿出去卖。很多人寻着香味，过来买她的鱼。

时间久了，大家发现女人虽然模样清秀，但是有些憨憨的，只能做些简单的农活，也不太懂得人情世故。也许，是在山里待久了，又没有读过什么书，接触外面的世界更是少之又少了。女人一刻也离不开二爷，在她的世界里只有二爷，二爷的家就是她温暖的港湾，二爷就是她心里的天，她的主心骨。

村里一些古灵精怪的媳妇见二爷出去了，就去寻二爷女人的开心，故意问她：“就凭你这模样，找个条件好一点儿的多好啊，干吗就相中了二爷呢？这日子过得苦不拉几的，天天熏鱼，腥臭腥臭的，把张好看的脸都糟蹋了，你真想要做‘柴火西施’啊？”

女人傻呵呵地笑着，露出一排好看整齐的白牙：“什么是‘柴火西施’啊？二爷没遇上我的时候，是有个退休的干部喜欢我，六十多了呢。刚来的几天几乎天天来找我，问我跟他回不回去过日子，还说他的儿女都搞得蛮好的呢，就是身边差个照顾的人。我看他的条件倒是蛮好的，就是不喜欢他的身板，一阵风就能刮倒，没有二爷健壮，不像二爷实打实，是干活的人。”

“哈哈，难怪你对二爷一见钟情呢，莫不是相中了他钢铁般的身板，能干活，会来事吧？”那些女人乐得前俯后仰，把眼泪都笑出来了。

女人怔怔地看着，感觉她们话里有话，可就是说不上来，也不知道怎么反击。她只是嘿嘿地傻笑，那张俊俏的黑脸悄悄地泛上来一抹红晕，漫山遍野。

女人是幸运的。二爷把她领回来不久，那个迎春店就关门了，听说是有个男人去里面风流快活被老婆发现，他老婆就向当地派出所报了案。那些女人一下子逃得远远的，店子也查封关门了。如果二爷没有领她回来，她这时候还不知道去哪里流浪呢。

不知不觉，二爷的小儿子已经出去了十七年，中间回来一次，说是要结婚了，媳妇要求在外面买房子成家。二爷和女人把他们几年来积攒下来的钱全部拿出来，数了数，整整两万元，全都交到儿子手上。那是个冬天，寒风刺骨，小儿子忙赶到里屋。女人眼里噙着泪，满脸的委屈与不舍。那是她和二爷几年来辛辛苦苦地积攒下来的，是细细地过日子的钱哪！尽管有些不舍，她还是对小儿子说：“跟媳妇成好家，好好地过日子，日子要过细、过圆润了。二爷和我都好着呢。”女人用她那双黝黑的手，揩去情不自禁的泪水，一条条纹路深深地烙在脸上，接着又露出她那惯常的憨憨傻笑。

二爷的小儿子不能体会站在她面前的女人的心思。他心里讨厌女人吃了他的那份口粮，给这个家增添了负担；讨厌这个女人的不体面，让他在村里抬不起头来。他甚至疑惑，这个女人是不是个神经病。对这个后娘，他就像见了生人一样。女人还是像往常一样，老是围着他转，给他做好吃的，想方设法地讨好他，他却没有给过这个女人一丝好脸色。他嫌女人做的饭菜不干净，嫌女人丢了他的脸，嫌女人污了他的祖先，甚至嫌生他养他的这地方的水太冷、地太贫。

女人每天还是赶早上山，去寻些荆棘回来，晒干，熏鱼。久违的阳光下，她那双粗糙的手掌上留下一道道伤疤，那深深的伤口里渗进了烟灰，弯弯曲曲的，活像一条张牙舞爪的黑蜈蚣。

## 6

每个人都像一条鱼，游在自己生活的河流里。

有一年冬天，特别冷，河面冰封，二爷捕鱼的小船只能搁浅在岸上。就算不是这样冰封的冬天，有时他在河里待上一整天，都捞不到几条小鱼了。河里的鱼越来越少，二爷的生计也越来越难。二爷说话不再像往常那样声如洪钟了，背部也微微地佝偻起来。由于天寒地冻的时候经常泡在水里，他犯上了严重的风湿病，所以每次下河他不得不喝一两斤烧酒来热身。就这样，慢慢地，他几乎每餐都离不开烧酒。本地的烧酒，是一种米酒，里面含有大量的甲醛。不知道是酒精伤害了肝脏，还是河水长期浸泡，他的右眼变得太阳一样红，最后失明了。从此，二爷又多了一个绰号——独眼龙。

但讨生活，二爷还是有办法的。不知道从什么时候起，二爷给死人做起了装殓。谁家里有了白事，他总是第一个早早到场，二话不说就捋起袖子，把亡者洗得干干净净，穿戴得周周正正，让亡者体体面面地入殓。每次，他都能在当大事的时候派上用场，吃得流油，还给自己的女人带回一些油腥。末了，当大事的人家还要给他一个小红包。大伙儿都问二爷怕吗，二爷说："怕条卵！不做亏心事，半夜不怕鬼敲门。"

不管谁家里老了人，都去喊二爷装殓，给他一些辛苦费。二爷也从不嫌多嫌少，谁喊都去。二爷做事仔细认真，慢慢地，成了方圆几十里有名的装殓师。

二爷还有一门看家本事，就是治各种牙痛。听他自己说，是祖上传给他的。一些四处求医，甚至去了很多知名医院都不能根治的患者，就去找他试试，也是死马当作活马医了。二爷每次都鼓着那只左眼查看一番，搞清楚是哪颗牙在作怪，就拉开了架势。他点燃一根长长的灯芯，找准那颗痛牙，从嘴巴里压过去，直到火熄灭。周围围观的人看得惊心动魄，嘴巴张得大大的，等那团火熄灭了才放心地合拢来。然后，患者煎了二爷自己寻来的草药，喝上一碗，只一碗，痛牙真的就好了，再也不痛了。就这样，一传十，十传百，方圆百里都知道了二爷的这门绝活。

治好的患者，总有一些人要上门来感谢二爷。二爷却绝不收钱，他说这是祖上的规矩，已经流传了几代人了，收了钱就不灵验了。但是，若有人提上一篮鸡蛋，或者抱上一只母鸡，加上一壶烧酒，给二爷送过来，二爷还是不会拒绝的。

但究竟装殓的活和治牙疼的事，不见得天天有，二爷的日子就有些接不上趟，过得清汤寡水的。

自从二爷给死人装殓后，村里有一些人开始渐渐地疏远他了。他们说，老远就能闻到二爷身上一股刺鼻的臭味和酒味，那种味，令人不堪忍受。他们还说那是尸身味，因为二爷经常跟死人打交道。

后来，二爷也明显感受到那些人异样的眼光。走路时，那些人远远地躲着他。二爷知道，那些人不光是嫌他做的这种差事不体面，更是嫌他脏，嫌他穷。二爷想起以前的事，想起以前的冬天。

二爷不在乎别人的眼光，也从不看低自己清汤寡水的日子。他看着自己的女人，心里有一股暖流流遍全身。他知道，只要有眼前这个女人伴着他，他什么都不怕。

冬天再冷，女人也会给他焐热脚的。焐热的冬天里，有他温暖的生活。

## 7

二爷变老了。仿佛是在一夜之间。他偶尔背着渔网出门，直到夕阳西下才疲惫不堪地回家。残阳拉长了他的影子，他的渔网还是空空的。他的身板不再挺拔，而是在渔网下面弯成一张弓，好像一不小心就会断裂。他的眼睛跟黄昏的晚霞一样，红彤彤的，像血一样。

二爷感觉自己的身体在一天天垮下去。每到傍晚，他就由女人搀着，去村口的桥头等着。桥上一辆辆小车从他们身边驰过，扬起一阵阵灰尘。马路两边绿油油的田野，已经变成了一排排高楼大厦。这个村庄已经不是从前的那个村庄了，变得二爷有时也不认识了。女人跟二爷一样，眼里放出长长的线，看得很远很远，希望能突然看到奇迹。他们不知道，这样的日子能坚持多久。

二爷眼睛里的期待越来越弱，直到有天他们等到很晚，二爷喃喃自语着：“这孽障，不知道过得好不好呢？托人带信都半年了，怎么也要捎个信回来呀。我可能等不到了。”

二爷说倒就倒了，像一块大门板一样轰然倒地。他不省人事的第三天，小儿子终于回来了，带着他去了医院。在医院住了没几天，二爷就匆匆地离开了这个世界，离开了跟他相濡以沫快三十年的女人。

而今，二爷已经化成了烟灰，静悄悄地蹲在老屋的神龛上。他眼睁睁地看着女人孤零零一个人早出晚归，不声不响。

日子仍然是那样平淡如水。那台老掉牙的黑白电视机，在半夜里不甘示弱地发出吱吱啦啦的声响，诉说着经年的美好时光。

那天，女人从这间老屋走出来，迎着一脸的阳光。女人心里想着，这个冬天真是出奇地暖和！要是二爷还在，陪他晒晒太阳多好啊！可怜，他生前过的冬天几乎都落雪，那刺骨的三九寒天，二爷都在河里跟冰水打交道。几十年了，这是第一个不落雪的冬天，二爷居然就走了。女人在心底问：“二爷，你还怕冷吗？哦，瞧这记性！二爷躺在盒子里哩。二爷，你在小小的盒子里还觉得冷吗？要是能出来享受暖暖的阳光多好啊！”有人喊女人，跟她打招呼。女人还在自顾自地想着二爷，没有反应。“喂！问你呢。”那人又对着她的耳朵喊了一嗓子。女人吓了一跳，依然是憨憨地一笑，答非所问：“我、我、我还要去捡废品呢……”女人走了。她身后是长长的影子，在暖阳下有些单薄和无助。

女人身后的老屋也默默无语。它的屋檐仍然是那么弯弯尖尖地刺向苍穹，看起来像个大大的问号。屋前一堆乱七八糟的破烂儿，那里面有女人从很远的地方捡来的纸盒，易拉罐空瓶，红白喜事放了礼花的空炮仗。那就是她的整个生活。谁也不知道以后会发生什么，因为这个冬天出奇地暖和，太阳懒洋洋地晒着慵懒的万物。

就在这个暖冬，一个没有风的晚上，二爷的老屋燃起了熊熊大火，燃得特别起劲。火势凶猛，被惊醒的人们不敢靠近半步。村里的老人看着这场大火，惊呼着：“天火！天葬啊！”谁也不知道起火的原因，谁也不知道女人是否跟二爷一样化成了灰烬。老屋毕毕剥剥地烧了整整一个晚上，烧得那么彻底，最后只剩下一堆废墟。

后来，有人说看到二爷的女人在很远的地方捡垃圾，一脸的黑，一晃眼却又不见了。人们说，是那个女人的魂魄。但是，谁也说不清，那女人是人还是鬼。还有那场无名的大火，也生生地成为一个谜……

在这个暖冬，有人想到以前冬天里那厚厚的、洁净的冰雪和白白亮亮的光。也许那样的冬天，才叫冬天。

（原载《创作与评论》2014年第9期）

# 蓼水微澜

## 1

柳采蓝竟然天远地远地过来了。柳胜利觉得正午的阳光照在身上，像凉水泼在心口上。

许是亲戚朋友被借怕了，借不到了，否则柳采蓝也不得这么老远地折腾过来。可柳采蓝这家伙，脸皮刷了锅灰似的，蹭了一次又蹭一次，以为人家都是该他的。

柳采蓝往柳胜利门口一站，把双手放在补丁踏补丁的地方揩了又揩，说些不着边际的话：

“人嘛，一撇一捺，都那样。莫要吊着个苦瓜脸，山高路远的，容易吗我？”

“没见我正忙着嘛！不是我说你，你做事也得换个肚子想想，过来也得打声招呼，哪怕问问秀珍也行。下个月汀儿过生，我要回去的，用得着这么火烧屁股吗？”柳胜利头也没有抬，边揉面粉灰边讲。

“哦，把你的嘴巴挂把锁，先锁个十天半月的试试。真是鸡肚子不晓得鸭肚子事呢。”柳采蓝翻着眼皮，把手拢在两只宽大的袖管里，倚在门框上。

“唉，老大不小的，都进三十的人了，怎就不想事咧？你呀，真应该倒回到你姆妈的肚子再转两回，莫要做个人胚子！”

“真是站着说话不腰疼。那我跟你换一下试试，你做柳采蓝，我来做柳胜利。我要是在这里做事，就不信做不出来个包子馒头。你做柳采蓝，可就不定晓得自己该干什么了。”

“我要是柳采蓝呀，就是上街去拖板车，也不得到处盯筒筒。”

“我还是头一回找你吧？你这么想事的人，不会跟我一样不晓得世相吧？”

就这样，柳采蓝跟柳胜利软磨硬泡了几个钟头，柳胜利终于不情愿地把三十斤面粉灰的票根子分给了他，那可是他在这里积攒了几年的呢。柳胜利晓得，这年头，粮食就是命呀！可没得办法，谁叫他是柳采蓝呢，谁叫他是柳传六的崽呢。他一直记得，当年是柳传六救了他们父子二人。

那个时候，柳胜利也才十三四岁吧，他和爹爹被日寇的枪林弹雨封锁在死人堆里，不远处就有日军在对尸体补枪。眼见装死也装不了多久，柳传六如天兵天将出现在他们父子身边，拉起他们就跑。那个凶险的场景，柳胜利至死都不会忘记。

走的时候，柳胜利还记得他爹爹拍拍柳传六的肩膀，竖起大拇指说：“真是了不起呀，柳山里的大英雄！还记得当年，刘八那个恶霸带着一帮地痞当街欺负良家妇女，你一出手，十多个人打你一个，都没有打赢。刘八被打得屁滚尿流的，最后还被你单手举起来了。要不是他们赶紧赔不是，撤退下去，你当真就把刘八摔了下去，不死也得残废了。”

“哈哈，不死也得躺个十天半月的吧，不然也对不住我这身武功。”

回去之后，柳传六的英勇形象就留在了柳胜利的脑海中。

## 2

屋外落了一地的沙雪，有粗盐颗粒那么大。屋檐上，还有零星的冰糖大小的颗粒，发着叮叮当当的弦音落下来，听上去脆生生的。地上银子一样，白得晃眼，又像是铺了层海盐，踩上去，咯吱咯吱地响，好像鼹鼠在地底下打洞刨土的声音。

要是往日，柳汀早就钻到被窝儿里去哄弟弟睡觉了。可现在，她却靠在堂屋的门板上，一张小脸冻得青紫，一双圆溜溜的眼睛睁得大大的。屋前蓼水河上的风刮过来，像冻坏了的冰娃娃，从门框开裂的缝隙里呼呼地挤进来，钻进她裸露的颈脖。她拉开门闩，跑到屋檐下，伸出一双冻得紫红的小手。很快，在屋檐上跳着舞的冰粒子跳到她手上就不跳了，一个个都老老实实的。她满心欢喜地返身进屋。

秀珍正要闩门，柳汀却把背靠在门上，说：“先别闩门，爹爹还没有回来。”

“都子时了，又燃完一根灯芯了，应该是不回了。”秀珍说着便侧身进到右边的房里，拿了把铁剪刀出来，剪掉纱线上的灯花。见柳汀赖在门边不动，她又喊：“快进屋吧，风飕飕的，冻不冻呀？”

这时，柳汀看到手掌中的冰糖粒粒不见了，只有一摊水珠子汪汪地望着她，于是嘴巴一扁，要哭了。

柳汀的眼泪还没有落下来，有人就裹着一股寒风推门进来了，手里提着个竹篮子，上面盖了块白毛巾。柳汀一看，马上扑进他的怀里，还来不及喊爹爹，就哇的一声哭开了。

“莫哭，莫把弟弟吵醒了。今天是你过生，我能不回来吗？等你拱大灶的时候得提前回来，咱们拉钩了的。看，爹爹给你带什么了！”

柳胜利掀开竹篮子上的白毛巾，一只毛茸茸的小脑袋钻了出来。柳汀看到后，乐得不行，用手去摸小家伙的脑袋。

柳胜利说：“快从床下面的稻草垫子里抽根草出来。”

柳汀一溜烟跑去，柳胜利也闩上了门。

秀珍睨了一眼那个竹篮子，说：“莫非就带这东西回来？”

“快莫讲了。本来是攒下了二十斤粮票，想换点儿面粉灰的，没想到，采蓝兄弟竟然跑到工地上来了。你说，他人都过来了，我也不能让他空着手回了吧？”

“喔，他不能空手回，你倒空手回了。那叫我们几个在家里喝西北风吗？”

“真的是没办法，我十斤一担八斤一砣的话都甩给他了。”

“唉，真是要去串门纺纱了！给他找个婆娘管着，有了婆娘了，看他还好意思盯筒筒！”

“要得，这事就看你的了。再怎样，他也是姓柳，真要打一辈子光棍儿也是柳家的不幸，让柳山里的人看笑话的。我还指望他给传六叔叔续香火，传衣钵下去的。要是采蓝兄弟硬是油盐不进，你就用钻子钻他，千斤顶顶他，就不信，他完全是个石心人。”柳胜利咽了咽口水，拉着秀珍的手又说：“这次回来真是对不住。让汀儿帮你忙，多纺纱织布吧，反正你也没有奶给明生吃。要不，白天让汀儿带着她弟弟？”

“汀儿也才六岁，明生还不会走路，你也落得下心？”秀珍眼眶一热，清瘦的脸上就挂了两串冰凌。

柳胜利赶紧用衣袖替她揩了揩，轻声说：“莫哭咧，莫叫汀儿看到了。”心里却想着，幸亏只告诉她采蓝兄弟借了二十斤面粉灰，要是给她晓得了他给了采蓝兄弟三十斤，不晓得她要哭成什么样子呢。

柳汀手上拿了根干稻草，屁颠屁颠地跑来了。柳胜利抽出两只手，把小东西从竹篮子里抱了出来，用干稻草在它的屁股上刮了几下，边刮边讲：“这里以后就是你的家了，要晓得好歹，要懂规矩哈。拉屎拉尿都去外边拉，莫要邋里邋遢拉在屋里。”又转身对柳汀说：“你看，以后它就不会在屋里乱拉屎尿了。”

柳汀满心欢喜地把它搂到自己怀里。小狗伸出舌头去舔她的脸，柳汀吓得手一松，小狗就滑落到地上。

柳胜利说：“别怕，它没有满月呢，还是乳牙，不咬人的。弟弟吃剩的米糊，就给它喂点儿。”

柳汀怕是怕，却又要去逗弄。看着它鼻子尖尖上的那一小块黑补丁，就忍不住想笑。

柳汀说：“爹爹，给它起个名字吧。”

“行。名字是喊出来的，你喊它什么就是什么。”

“它还只有这么一点点儿大，就喊它点点吧。”

“好，点点就点点。我们大家都喊它点点，它就会知道自己的名字了。”

柳汀一伸手去摸点点，它就伸出粉红色的舌头舔柳汀的手掌心。柳汀觉得痒酥酥的。也真是神奇，点点只舔了几次她的手心，柳汀就不再怕它了。

那天晚上，柳汀没有睡好，一晚上起来了三次。第一次她说是要解手，要姆妈点亮煤油灯，却折身去灶屋的柴火堆旁看点点。第二次去看点点的时候，它摇着尾巴先钻出来了。柳汀把它抱回去，说："真是淘气，不好好睡觉。天冷呢，进去盖着被子，莫冻感冒了。"第三次柳汀起身用脚在枞木地板上找鞋子，却碰到了一团暖暖的绒毛，低头一看，差点儿叫出声来。原来是点点。不知道什么时候它过来了，正蜷缩着身子卧在她床头边的地上。这次，柳汀没有喊姆妈点灯，她猫着身子走进厨房，摸起一只碗，倒了点儿米糊，用开水冲好。然后折回去，抱着点点回到柴火堆旁。柳汀打了个冷战，把碗端到点点嘴边。看着它喝完，才回房去睡。灶屋外白茫茫的一片，透过一小扇窗户，有明亮的光线照进来。

蓼水河也安歇了，只有河面的一层薄冰，静静地、缓缓地漂浮着，映出清冷的月光。

## 3

蓼水河是自西向东流向的资水的一条分流。河的两岸，一边是集市街道，一边是田野农户。集市街道的那边是一溜排木梯吊脚楼，楼顶上几个大大小小的檐角，檐角一律拱着个弧形，弯得恰到好处，檐角的尖尖以各式各样的姿态指向蓝天。脊梁上不是雕龙画凤，就是双龙戏珠。这样的窨子屋多是祖上传下来的，设计巧妙、精致。街上，圆圆的红米花，薄薄的烫皮，红豆馅的糯米糍粑，在油锅里炸得喷香。挑着花糕粑粑担子的老人灵泛些，跟打银首饰、磨剪刀的工匠们一样来来去去，沿街吆喝。人声鼎沸，好不热闹。

柳采蓝和母亲就住在这条街的东边，走上几个台阶就是祖师桥了。在热闹的街面儿上，他们的木板屋出奇地清冷。为了晚上少闩几块木板，柳采蓝也是懒得可以，每天只取开两扇木板，留出一条窄窄的仅容一个人过身的门口子。正屋能容一小缕光线投进去，里屋整天暗沉沉的，就靠屋顶上那一小片玻璃亮瓦取光。由于长期没有清理那片亮瓦，白天的光亮也很是微弱，屋里瞅着朦朦胧胧的。到了里面，就成了光眼瞎子，什么都看得不清白了。床上的麻纱帐子又黑又沉，许是有几年没有见水了吧。他的母亲因为眼睛不好，也极少出门，成天在这间狭小的屋子里摸索着来来去去。

那天，柳采蓝提着三十斤面粉灰回到屋里。母亲接过去，用手一摸，软绵绵的，很是奇怪，问他："采蓝，你今天带回来的不是大米，怎么是面粉灰呀？我们这边谁家里能有面粉灰借吗？"

柳采蓝说："别人都讲我姆妈眼瞎，其实我姆妈心里头亮堂着呢。"

"莫绕弯子，就直说吧。"

"我……"

"你莫不是从哪里偷来的吧？要是这样，我情愿饿死，莫要给你爹爹脸上抹黑。"

"这么看不起你的崽？老实告诉你吧，我是去胜利兄弟工作的地方借的。"

"采蓝呀，讨米也好过偷鸡摸狗呀。你去十字街上寻个长期的事儿做，行不？别做几天事，帮几天工，就又歇着了，真担心哪天你爹爹回来……”

“就当他已经死了吧！”

“真是造孽啊，莫要这样恨你爹爹呀。”

“我没有这样的爹爹。记得我十岁的时候，他回过门槛一次，送了双解放胶鞋给你，人就走了。要是他想回，早就应该回了，都已经解放这么久了，就是活不见人死不见尸，心也太硬了。”

“哈宝崽，他有他的难处，莫要怪他。”

“许是真的死在哪里了吧！”

柳采蓝的母亲叹了口气，抱着面粉灰默默地进了那间熏得乌漆墨黑的灶屋。

柳采蓝吃了母亲用面粉灰调成的麦糊糊，倒床就睡。晚上，一个偌大的身影，掌着摇曳的煤油灯，坐在了他的床沿儿。柳采蓝闭着眼睛，一动不动。那身影想跟柳采蓝说说讨老婆的事。可柳采蓝的性子急躁得很，听不得啰唆话，惹得他不高兴了，火星子就蹿得很高，嗓门儿又大，给隔壁邻居听到了也不好。她给柳采蓝掖了掖被子，手从他的额头开始摸到下巴，停了少许。她坐了半晌，终是没有开口，就轻手轻脚地回房了。柳采蓝睁开眼睛，只听到一声长长的叹息，那声音在黑洞洞的空里振荡着，显得悠远冗长。

柳采蓝知道母亲想要对他说些什么。不是他不想成家，而是他的心里装着一个人。他把双手枕在脑后，又想起了那段刻骨铭心的往事。

这个人叫青梅。

夏天注定是女人的季节，是青梅的季节。在青梅成熟的季节，青梅就身着青色的连衣裙，像朵含苞欲放的水莲花，行走在蓼水河畔，看得柳山里的后生两眼发直，涎水直流。青梅是整个高沙市数一数二的乖态妹子，长得清丽脱俗，天生一副菩萨心肠，喜欢施舍穷人。在柳山里，青梅算得千好万好的女子了。可她的老子是被人戳脑壳的刘八，许多后生对青梅爱慕不已，又望而生畏。

只有身材高大的柳采蓝不怕死，暗中跟青梅交往。青梅去蓼水河边洗她那长长的青丝，柳采蓝便去河里游泳。青梅把头发打湿，柳采蓝就游过去把青春洗发膏挤出来，抹在她的头发上，再搓揉出白色的泡泡。青梅闭上眼睛，把头发浸在河水里，任长长的发丝顺着河水流淌下去。柳采蓝见她洗得差不多了，猫起身子就将她拉到河里。青梅不会游泳，慌得牢牢地抱住柳采蓝，柳采蓝就趁机抱起全身湿漉漉的青梅，游到岸上。两人手拉手，仰天躺在草地上，看周围的树木郁郁葱葱，闻着青草芳香，任由阳光泼洒全身。

柳采蓝挠青梅的痒痒，青梅笑得花枝乱颤，差点儿笑断了肠子，好不快活。青梅的脸蛋儿红得像桃花一样好看，柳采蓝咬着她的耳朵，轻声说："青梅妹妹，我要跟你好一辈子，要你一辈子。"青梅的身子颤了一下。两人在草地上滚来滚去，直到衣服干了才恋恋不舍地各自回家。

在这样美好的日子，柳采蓝和青梅一天不照面儿就难受。

几个月后，青梅说："采蓝，我还是跟我爹爹直说了吧？不管他同意不同意，我生是柳家的人，死是柳家的鬼。腿长在我自己身上，我要怎样，他也管不到我。"

"你爹爹不得同意，他会容下仇人的儿子做他的女婿？要不，我们把生米煮成熟饭再跟他讲？那个时候，他不同意都不行。"柳采蓝说。

“怕不好吧？柳山里的人会怎样看我？”

“也是，不能让你受委屈。那何搞呢？”

“你就落心吧，他们的恩怨是他们的事情，我们相爱是我们的事情，一代管一代，各不相干。我心意已决，他也没得办法，相信我。”

“那好，就听青梅妹妹的。”柳采蓝嘴上如此说，心里却是七上八下。

果然不出柳采蓝所料，当青梅跟刘八说了要跟柳采蓝过日子时，刘八大为震怒，抽出皮鞭狠狠地抽打青梅。他大骂青梅不孝，说她给她老子的心脏上捅刀子。还说，他刘八的女儿要嫁给柳家人，要么蓼水河倒流，要么柳传六亲自给他磕头。

第二天，天才麻麻光，刘八就命家人把青梅悄悄地送走了。

据说青梅嫁到一个很远的地方去了，刘八今生今世都不准她回到家乡。从此，青梅不见了，身材高大的柳采蓝也不再是柳采蓝了。

“青梅妹妹你在哪里呀？”柳采蓝的心痉挛了一下，泪水无声地滚落了下来。

## 4

当柳采蓝打探到青梅的消息，已经是五年之后了。

听说青梅由一个远房亲戚带着，被刘八强逼着嫁到新疆去了，在那边过得非常艰难。因为不肯圆房，那个男人经常打骂她，还把她锁在屋里，很少让她出来见人。柳采蓝听了，心里说不出的难受。在他心里，青梅的幸福就是他的幸福，青梅的痛苦就是他的痛苦。

青梅生活得不幸福，柳采蓝就坐不住了。他打听到青梅的地址后，就决定过去寻找。他给母亲提前准备好食物，又怕她担心，就扯谎说去找胜利兄弟，看看他那边有没有适合他做的工作。柳采蓝母亲听后，自然是一百个乐意，说："只要有了工作，日子就有了奔头。有了奔头，就不愁婆娘不找上门了。"柳采蓝听后笑了笑，心里却很是凄苦。

出门时，柳采蓝把母亲藏在箱底的一对翡翠玉镯子带在了身上，那是柳采蓝奶奶送给他母亲的唯一值钱的家当了。他母亲说，这个镯子是正宗的翡翠玉，是柳家的宝贝，她戴了几十年，身上久治不愈的风湿病都好了。那些病寒都被这个镯子吸进去了，里面那一丝一丝的暗红色就是她身体里的寒气。把这个镯子带在身上，还能避邪，等柳采蓝成了亲，就传给他的婆娘，还要柳采蓝要一代代传承下去。柳采蓝想，不管怎样，他都要亲手把这个镯子戴到青梅的手上，这辈子他只爱青梅，也只有青梅了。可是，他不知道能不能找到青梅，也不知道找到了青梅，青梅是否还是以前的青梅。柳采蓝的心里像鼎锅里煮沸的水，难以平静。但为了心安，他还是下定决心，一定要去找青梅，哪怕看上她一眼。

也许这对苦命鸳鸯没有在一起的命吧。就在柳采蓝满世界地寻找青梅时，青梅已经在柳采蓝动身后的第三天，借着给爹爹过七十大寿的机会，回到了柳山里。

青梅给她爹爹做寿只是个名，实际上是想找到柳采蓝，跟他商量两人一起生活的。她害怕她爹爹又把她送到那个荒无人烟的地方，那里太恐怖、太孤独了。没有爱，没有一个可以倾诉的亲人，她是铁了心要回来。她要跟柳采蓝一起生活，为此哪怕付出生命的代价，她也不怕。她甚至想，要是没有活路可走，就是死，也要死在有亲人的家乡。在青梅心里，柳山里有她的心上人，也有孕育了她的爱情的蓼水河。

再次踏上柳山里的土地后，青梅没有直接落屋，而是先去了柳采蓝家里。柳采蓝母亲告诉她，柳采蓝去柳胜利那里寻事做去了，估计短时间里不得回屋。

青梅急得不行，找不到柳采蓝，她这次回家的机会就白白浪费了，于是就问："我可以在这里住下吗？"

柳采蓝的母亲听后吓得不轻。无媒妁之言，又没有父母之命，她不敢让青梅住进来。更何况，青梅还是刘八的女儿。刘八对柳传六的怨恨，柳山里人人皆知，刘八是恨不得把他们母子扔进蓼水河去喂鱼的。这个结已经结死在那里，谁也不敢去解开。

柳采蓝的母亲只颤巍巍地说："青梅妹子，采蓝不在屋里，我一个孤老婆子不敢收留你呀。要不，你先回去吧，等采蓝回来了，我就要他找你。"

青梅听了，眼泪直流。任她苦苦哀求，柳采蓝的母亲终是不敢答应。青梅没有办法，只得回家去了。

刘八等他的七十大寿一过完，就要家人送青梅回新疆。青梅跪下，磕得额头上全是血，苦苦哀求留下来。其他人看不过去，都帮着求情。刘八却把手上的拐棍儿狠狠地敲在门口的石凳子上，斩钉截铁地说："还是那句话，要嫁柳家人，要么蓼水河倒流，要么柳传六亲自给我磕头！"

青梅突然停止了磕头，没有人察觉到，她的眼睛里闪出一道凄惨的光亮，嘴角也浮起一抹绝望的笑意。这时，她抹去泪水和血水，分别对着她的爹爹、姆妈，端端正正地拜了三拜，再磕了三个响头，提出要在离开家乡之前去逛逛十字街，登上祖师桥看看那条陪她长大的蓼水河。刘八察觉出青梅眼里的幽怨，也不敢太过强硬，就答应了。为了以防万一，要家人随同青梅一同前往。

街上人来人往，叫卖声此起彼伏，一如往常。青梅在街边买了20个鸡蛋，两把水灵灵的青菜。

要去祖师桥，柳采蓝屋门口是必经之路。青梅跟家人打了个招呼，说要把这些菜送给柳家婶婶，还了柳家的人情。不待家人开口，她就走进了柳采蓝的家门。青梅把买来的菜放在桌子上，扑通一声，就跪倒在柳采蓝母亲的面前，眼泪直流，不说一句话。柳采蓝母亲本来端坐在正屋的四方桌边，见状吓坏了。她赶紧扶青梅起来，还来不及说话，青梅的家人就冲进来，一把把青梅拽了出去。

祖师桥的风景，别有一番风味。下游的一边是柳山里，一边是云峰塔，中间是跨在河上的那道弧形的堤坝，蓼水河的水一年四季从堤坝上流下去，冲出一层层激越的浪花。青梅站在桥上面，望着柳山里那片葱葱郁郁的树林，露出一脸的幸福。恍惚之中，她仿佛听见柳采蓝在下游向她招手，轻声呼唤："青梅，青梅，快去柳山里洗头发去。"她低声应着："好咧，你先去吧，我等等就来。"话音刚落，猛地跨过祖师桥上的木栏杆，一头跳了下去。青梅家人见到这场景，一时竟没有反应过来，都怔怔地立在那里。等回过神来，便高声大喊："快救人呀，有人落水了！"

青梅当时站在祖师桥的正中央，跳下去的地方是个深潭，它是蓼水河最神秘的地方，整个高沙市水性最好的后生都不敢靠近。据说修建这座桥的时候，这里淹死了很多青壮年，其中不少还是熟识水性的高手。水下有个巨大的旋涡，人一掉进去，就被一股巨大的力量拽着旋转，直到精疲力竭，沉入潭底。大家眼睁睁地看着青梅落下去后，没有挣扎一下，便无影无踪了。青梅就这样消失了。

得知青梅回了柳山里，柳采蓝又急匆匆地赶回来了。他前脚进屋，后脚还未进门，就看到聚在祖师桥上的街坊邻居，他们一边谈论，一边摇头叹息。柳采蓝呆立在门前，费了好大的劲儿，才把那些破碎的语言拼接在一起。他紧紧攥着的翡翠玉手镯，也从手上滑落，摔得粉碎。

## 5

柳胜利又出门了。

晓得了柳采蓝茶饭不思后，秀珍左思右想，觉得应该去看看他，毕竟一笔写不出两个柳字。就这样，秀珍拎着几升米，来到了柳采蓝家里。柳采蓝躺在床上，消瘦了几圈，眼眶都是乌青乌青的，好像被人放了蛊，整个人都蔫头耷脑的。

后来秀珍又带着孩子们时不时地去看看柳采蓝，每次点点也摇着尾巴跟着。点点喜欢跳进柳采蓝的怀里，用温热的舌头去舔柳采蓝的脸，弄得他的脸湿漉漉的，好像真的刚刚哭过一场一样。一次，柳汀姐弟二人也像模像样地学着大人，摸摸柳采蓝的额头，再摸摸自己的额头。柳汀说：“嗯，好像是要发起高烧来了。”

半个月后，在一个天气晴好的日子，秀珍没有过去，孩子们也没有过去，点点却雷打不动地去了。它跳上床，用舌头给柳采蓝例行安慰后，并没有急着离去，而是摇着尾巴，嘴巴里发出呜呜的声音，好像在说："采蓝兄弟快些好起来吧，我们都好想你呢。"见柳采蓝没有吱声，它就乖乖地在床边蹲着，用舌头舔柳采蓝裸露在外面的手臂。柳采蓝的眼睛湿润了。点点是懂他的，这半个月以来，点点用它的实际行动鼓舞着他。在这个世上，青梅已经去了，再也不会回来了，但柳采蓝知道，他还有母亲，还有关心他的柳家嫂子一家，以及点点。柳采蓝的心情逐渐放晴了。

柳采蓝搂着点点的脑袋，把脸贴在它的脸上，终于流下了眼泪。点点一动也不动，任由柳采蓝抚摸，任由柳采蓝的泪水滑过它的脸。柳采蓝不无伤感地落了一阵泪水后，在心里再次暗暗地发了誓言：今生今世再也不娶老婆了，就打一辈子的光棍儿吧。然后就松开了点点的脑袋。点点也许被搂得太久了，刚一挣脱，就甩了又甩脑袋和身子，弄得一身毛发都乱蓬蓬的，像一只狮毛狗。

柳采蓝这时发现，点点已经不再是跑起路来四条腿打晃晃的点点了，而是柳山里的金毛狮王了。它的身躯长而结实，耳朵也很奇特，像两个握成的拳头，结实有力。它高兴的时候，耳朵就直挺挺地翘起来；不高兴的时候，耳朵就像两片晒蔫儿的包菜叶子。在这个特殊的年代，人人都要跟猪抢吃食，点点却健壮如牛，它全身的黄毛油光水滑，非常干净，摸起来像绸缎一样柔软和舒服。

柳采蓝终于翻身坐了起来。由于躺得太久，猛一坐起，竟有种头晕和想呕吐的感觉。点点也吓得跳下了床。柳采蓝把腿吊在床沿上，低头却看到床边只有一只鞋子。他正四下张望，点点却叼着另一只鞋子钻出了床底。点点好像是他肚子里的蛔虫，知道他的心事。柳采蓝笑了，他用手摸了摸点点的脑袋，说："点点，今天我们一起去河里捉鱼去。”点点的尾巴摇得欢快，好像在回应柳采蓝的话。

那天，柳采蓝和点点在蓼水河里倒腾了一天。夕阳西下的时候，他们带着有两斤左右的鱼虾，活蹦乱跳地回去了。

柳采蓝又活过来了。

## 6

柳汀习惯在屋门口架个瓷脸盆洗头发。这天，她洗完了头发，用秀珍的黑木梳子去梳，却因头发太长、太浓厚，把梳子的齿给梳断了。又拿篦虱子的篦子去梳，不承想篦子的齿比梳子更密，她用力一顶，篦子的齿又断了几根，像个掉了门牙的老太婆，龇牙咧嘴地望着她。

秀珍骂她：“要留这么长的头发？浪费水，浪费时间，还费梳子。等哪天收毛货的人过来，就剪下来，兴许还能卖得几个钱来。”

柳汀把头摇得跟拨浪鼓一样，执拗地说：“我不！我不剪头发的，我要留辫子，留一条很长很长的辫子。你要剪我的头发，我就跳蓼水河去。”

“嘿，你这犟丫头，哪儿来的烈性子？你看人家屋里的崽女，哪个不是规规矩矩地听大人的话的？只有你敢跟大人顶嘴，都是让你爹爹惯坏的。”秀珍生气地说。

隔壁的阿婆见了，就喊：“来，汀妹子，帮阿婆穿一下针。”

柳汀走过去，接了针线，一下就穿好了。

阿婆的嘴巴吱吱有声：“还是你们细伢子的眼睛亮堂呀，阿婆年纪大了，眼睛都成了配像的了。”转身又对秀珍说：“莫要再讲了，留条辫子也挺好的，长大了也乖致，也才像个姑娘家的样子。”

“那好，既然阿婆说了留辫子，就留辫子吧，不剪你头发了。带弟弟一边耍去。”秀珍斥了一句，也端把椅子出来，拿着正在纳的鞋垫，跟阿婆坐在一起。她把丝线捋顺，对阿婆说：“阿婆呀，问你个事。”

“什么事？”

“就是我那采蓝兄弟，他也是命苦，自从青梅去了，整个人就像被霜打蔫儿的菜苗，没个精气神。这男人还是要娶堂亲，日子才能过起来，不晓得高沙市有适合他的姑娘家吗？再不行，河对面的农村户也行，只要妹子诚实肯干就好。托您老人家放个信儿出去。”

“这个呀！我孤老婆子一个，平时又不出门，哪里晓得这姑娘家的信儿呀？”

“您老人家吃的盐比我们吃的饭都多呀，采蓝兄弟也是善心人，就当是做件烧香拜佛的善事吧。”

“也是，你家传六叔子是个好人，心里装着百姓。他人现在不知道是生是死，他的崽经历了这个磨难，我们该照看的得照看点儿。他的婆娘把你采蓝兄弟拉扯大也不易，日子苦呀，眼睛都哭瞎了。我老家有个侄孙女，二十多岁了，还没有成家。家里穷，姊妹多。她人是蛮勤快的，长得也还中看，只是有条腿小时候爬树给摔断了，是个瘸子，不晓得你家采蓝兄弟能看上吗？”

“这个，我倒是要问问我婶婶和采蓝兄弟。依我看，蛮好的，年纪般配，成分也差不多。”

“那好，打铁趁热，你赶紧去问问看。听说我那侄孙女那边也有人在做媒，要是你家兄弟看中了，我就回去告诉她回了那边的。这个主我还是做得了的。”

“要得，阿婆就是实心实意帮助他。事成了，怎么也要他给您老人家送双鞋子，串个媒人钱。”秀珍也是爽快人，交代完柳汀看着弟弟，说走就走。

阿婆还在后面嘀咕着：“媒人钱就省了吧，只要他们真心过日子就好。”也不晓得秀珍有没有听见。

过了两三个时辰，秀珍就回来了。阿婆还在门口等着。

秀珍告诉阿婆：“婶婶是一百个满意的，只要姑娘愿意过来，怎么着都行。只是采蓝兄弟不在屋里，听说是去一个堂叔家里了，等他回来了，要姑娘过来会会面就行。”

阿婆听了也很高兴，说是明儿就去老家，把侄孙女领过来。

眼看喜事就要大功告成，秀珍心里很是高兴。她知道柳胜利一直牵挂柳采蓝，操心他的冷暖，又担心传六叔叔的子嗣衣钵断送在他手里。柳胜利口头上骂他骂得凶火，却是刀子嘴豆腐心。她只愿柳采蓝顺顺利利地成个家，养个崽女都好。她觉得家里有个钻子钻屁股，他也不好再想着那种一人吃饱、全家不饿的懒人主意了，毕竟家里的婆娘也不会容他游手好闲过日子的。这个老大难的问题解决了，柳胜利回来不晓得怎样夸奖她呢，秀珍想得额头上都是蜂糖了，甜蜜蜜的。

这晚，秀珍扎扎实实地睡了个好觉。

第二天清早，秀珍听见有人在剧烈地拍门。柳汀先趿上鞋，一溜烟跑去，拉开了门闩，扭头喊着：“姆妈，采蓝叔叔过来了。”

秀珍赶紧翻身下床，说：“采蓝兄弟呀，我正要去找你。昨天晌午我去你屋里，你没在，只得跟婶婶讲了，隔壁阿婆的侄孙女愿意过来跟你过日子，只要你应句话。婶婶很是欢喜，要我带那姑娘过来跟你会会面，好把亲事给定下来。”

“定什么亲呀？我姆妈没啦！”

柳采蓝说着就朝秀珍单腿下跪行孝子礼，秀珍扶柳采蓝起身，脑壳还是懵懂懂的。又问一句：“你说什么？你姆妈没啦？怎么没啦？”

“我昨天去堂叔家里喝了点儿酒，回去得晚。我姆妈许是急着要找我回去，告诉我这事，就出去了。当时天也黑了，她眼睛不好，掉进蓼水河里了。我回去就睡了，不晓得她去了外面，一觉睡到天光，才发现姆妈一晚上不在屋里。我就出来找，结果碰上柳山里的顺子，他说柳山里下游有个老妇人淹死了，要我去看看是不是我姆妈。我跑去一看，果真是我姆妈，人在河里泡了一晚漂到下游来了，全身都是水肿的。我可怜的姆妈呀！”柳采蓝说得上气不接下气，最后哇的一声像个孩子一样哭开了。

秀珍眼泪也簌簌地流，对柳采蓝说：“在这里哭什么，赶紧回去当大事呀，我们等一下就过去帮忙。”

柳采蓝就呜呜地哭着回去了。

## 7

柳山里好像要出大事了。这段时间跟平常太不一样，天气异常燥热。不知道从哪里飞过来一大片蜻蜓，黑压压地在蓼水河上盘旋。傍晚的时候，又飞过来一大片盐老鼠，发出吱吱的声音。从柳山里路过的人们，还经常看到花花绿绿的蛇，四条腿的蜥蜴。柳山里的狗好像开会一样集体狂吠不止，叫声激烈，吵得人头昏脑涨。各家的主人骂骂咧咧地把各家的狗骂进屋里，可进屋的狗还不安分，仍然发出难听的絮絮叨叨。主人就当头一棒，骂道：“叫什么叫！再叫就把你剥了皮，炖了狗肉汤，反正都要穷疯了。”狗才乖乖地闭上嘴，把一肚子话闷在心里，悄悄地趴在狗窝里发出人类听不懂的语言。

这天，柳汀在前屋的木板上发现了一只巨大的蜘蛛，足有一只手掌那么大。她吓得捂住了嘴巴，想要唤点点过来。点点此时在厨房，正对着一只巨大的蜈蚣狂吠。蜈蚣时而扬起头来，时而低下头去。点点后退两步，又不甘心地前进两步，不知从何下手，似乎它也遇上了难题。等柳汀去寻了根木棒回来，那只巨大的蜘蛛又不见了，害得他们姐弟二人在前屋倒腾了一个下午。他们怕蜘蛛爬到床上，就把床单、被褥，还有垫在木床底下的干稻草都翻了一遍，却还是不见蜘蛛的踪影。接着，天上阴云密布，电闪雷鸣，连续下了几天暴雨。蓼水河的河床明显发福了，平时捣衣的码头也被水淹了。也许是山体滑坡了，或者是发生了山崩，上游的河水变得浑浊不堪，泛着黄色的波浪。

清晨的第一缕光线，穿过柳山里密密实实的树枝，投在一排排井然有序的木板屋上。第一个睡眼蒙眬的人打开木门，望着一夜之间从天际滔滔而下的浑浊的天水，呆若木鸡。第二个睡醒的人吱呀一声推开门，望着眼前的一幕发出了惊恐的吼叫。紧接着，所有的门都打开了，大家纷纷探出头来，还来不及问个究竟，就被眼前的景象吓蒙了。他们不知道上游发生了什么可怕的事情。也许上游的人还在睡梦中，席卷而来的洪流就扫荡了整个村庄，人们随着自家的牲畜，不知道经过了多少河流猛浪的冲击，才稀里糊涂地漂到了这里。也许一家人就这样团团圆圆地走了。也许树顶上还有谁家的孩子等着救援。也许一个家族就这样销声匿迹了。也许一个村庄已经不复存在。谁也不知道到底死了多少人，谁也不知道这些人和牲畜的尸体来自哪里，漂了多久，漂到哪里。

秀珍拉着孩子们的手，呆呆地望着这一幕。洪水卷着旋涡从他们门前快速冲去，看得他们胆战心惊，头也发晕。柳汀说了句“大水会不会冲进我们屋里去呀？”秀珍听后更加惊慌，屋里没有个男人，万一洪水淹到屋里，可如何是好呢？她拉着孩子们赶紧进屋，把门闩上，好像洪水真的要冲进去了。屋里也很沉闷。明生说：“姆妈，还是打开门吧，看着洪水还好些，知道会不会冲进来，关上门更加担心呢。”柳汀便去拉开门闩。秀珍坐在床上，没有吭声。

观看了一阵，就有人回屋做饭去了，也有人继续望着那些人和牲畜的尸体发呆，还有些胆子大的青壮年后生，仗着深识水性的本领，跳进了在屋门口的回水区，捡拾上游漂过来的木材和家具，肚子鼓鼓的猪、牛和羊。张柱子为了捡到那头百把斤重的猪，竟然不顾生命危险，眼看游到回水区域外面了。人们捂着嘴巴不敢发出声音，暗暗捏了把汗。张柱子的右手就要抓住那只翘起来的猪脚了，一个旋涡打来，把他连人带猪卷进去。一眨眼工夫，张柱子就不见了。张爹爹坐在屋门口号啕大哭：“你这个哈宝儿呀！”

人们还沉浸在早上的悲伤之中，中午又出事了。这个时候，雨水早就停了，太阳露出惨兮兮的脸庞，像个产后失血过多的妇人，没有一丝红润。浑浊的波浪在阳光的照射下，泛出土黄色的光亮。堤岸上，陈书记带着几个青年人在测量和记录水位。森工站里的泡木和切割好的模板全部浮在水面，随着水流撞击着锁着的铁大门。森工站的耿爹爹不顾家人的阻拦，从家里拿出了平日捞鱼的罾网。他说：“洪水大，上游的大鱼也多，这个时候放罾下去，准能罾到大鱼。”说着就在自家门口把张巨大的罾网用尽全力朝河里撒去，然后牢牢地握着罾网的竹竿，还叫家人搬了把竹椅子，自己坐在门口。半个小时过去，他开始起罾了。可就在他起罾的当儿，一个大波浪打过来，冲走了罾网。他舍不得放开手，被惯性的力量卷下去了。耿爹爹的儿子一个箭步冲过去，结果还是晚了一步，家里人眼睁睁地看着耿爹爹被滚滚的洪水吞噬了。

蓼水河两岸挤满了齐刷刷的人头，黑压压的一片。他们望着洪流中打着旋涡漂流下去的人和牲畜的尸体，从惊恐到沉默，从流泪到面无表情。太阳隐去了最后的光亮，人群渐渐稀疏，一个个慢慢地从哪里来回哪里去了。

到了晚上的时候，洪水又退了一层，但仍然能听到河流奔腾而去的涛声，像个新婚不久的娘子刚刚失去了夫君，发出的那种时断时续的、停息不住的哀鸣。

这一天发生的事情太多了，连大地都是倾斜的。咆哮的洪水冲走了一切，连刘八在屋外侧搭的一个偏屋架子也不例外。洪水无情，只要是阻碍它前进的，统统被吞噬，它才不管谁是霸主，谁是好人。

多么漫长的一天呀！仿佛人的一生，都在这一天上演。森工站泡在浑浊的激浪里，只露出半截儿身子，任由水流掏空它的五脏六腑。

当墙壁里的土蚕子也停止了哀号，整个街道便陷入了虚无，只剩下夜色在蓼水河浑浊的波浪里沉浮。

## 8

时间过得飞快，柳胜利在铁道线上跑来跑去，不觉已经快二十年了，柳汀出落成十六岁的大姑娘了，明生也满十岁了。他们一直在柳山里陪伴着这条不知疲倦、奔流不息的蓼水河。

快过年的时候，柳胜利就回家休假了。他到家的时候正好是除夕晚上，一家子正围在厨房烤火。他从秀珍的长吁短叹中，知道了柳采蓝的一些情况。秀珍和阿婆给柳采蓝穿线做媒了不知多少次，但都没有成功，不是姑娘嫌弃他，就是柳采蓝不点头，反正就是左右不中，成不了事。他说秀珍做得已经够好了，完全达到了长嫂为母的标准，要怪只能怪柳采蓝自己。

灶膛里的火烧得旺旺的，火舌头也伸得长长的。柳汀和明生把森工站前面的树皮剥了，摊晒了整整一个冬天，晒干了的树皮，干得像油膏，火柴一划，就能燃烧。

明生说：“火笑了，你们怎么都不笑？”

秀珍说：“那是树皮上晒干的松油。火要是真笑了就好了，是财运呢，那今年就有好收成了。”

柳胜利说：“大过年的，肯定得笑呀，开开心心地过个团圆年，多好。”说着挤出一副难看的笑容。

大鼎锅里正沸腾着一锅水，浮在水面的是一张腊肉皮子，下面垫底的全是切成方块的白萝卜。除夕是要炖年关的，可柳胜利家里没有什么炖的，只有把挂在灶膛上的那块腊肉取下来，把皮子切了炖萝卜。那块腊肉挂在上面快有一年了，熏得黑乎乎的。平常锅快要生锈了，就烧起锅底，取下腊肉，擦上一圈；锅吃到了油，就又把腊肉吊上去。用猪油炒出来的青菜，香气四溢。可是，柳胜利一家一年也吃不了几回猪油炒的青菜。

在回来的火车上，柳胜利带回来的生活钱莫名其妙地丢了。其实他在火车上根本没有睡觉，连转车也是捂着口袋走路的。为了以防万一，上车前还用针线在口袋缝了针的。他警惕心强，在铁路线上跑了快二十年了，从来没有丢过东西。老乡更是夸张，在内裤里面缝了口袋，每次回去都把钱贴肉放在里面，再加固缝针。他笑话老乡太死实了。没想到这次两人同时回家，老乡的钱没丢，他的钱丢了。他想不通，钱到底是在哪里丢的。刚下火车，他习惯性地一摸内袋，是空的。把衣服一脱，才发现内袋被小偷用刀子割开了，早已空空如也。柳胜利双腿一软，差点儿瘫了下去。一家子还眼巴巴地等他的钱回去过年呢！柳胜利欲哭无泪。铁路上天南海北的人太多了，谁又能看出谁是贼呢?

火苗在每个人的脸上亲吻着，大家都不觉得暖和，反而更冷了。“今年过年，就吃萝卜吗？”柳汀想问，但没有说出口。秀珍盛了一碗萝卜，放在灶台上。然后拿起另一只碗，盛了那块猪皮。又排好三个酒盅，倒了米酒。最后，在灶台下面的灰堆堆上插上香蜡。做完这一切，她双手作揖，喃喃自语道：“灶王爷爷，今天是大年三十，明天是大年初一，您老人家先吃吧。今年简单了点儿，希望灶王爷爷不要怪罪呀！”说着又是作揖又是鞠躬的，十分虔诚，好像真的有个灶王爷在等着吃东西。明生伸手去拈碗里的萝卜，被秀珍拍了回去。

秀珍说：“去！去！别在这里拿，要懂规矩，等灶王爷爷吃了我们才能吃。”

“灶王爷爷在哪里呀？我们看不到他在吃呀。”明生直愣愣地说。

“灶王爷爷是神仙，我们这些肉眼凡胎怎么能看得见？他吃的是碗里冒出来的蒸气和菜的香气，他先吃好了，才会保佑我们明年不愁吃穿。”秀珍双手合十，喃喃自语。

敬完神，秀珍就喊大家一起吃饭了，看着一锅没有内容的汤水，突然扭过头，转向蹲在柳汀身边的点点沉思了片刻。她说：

“要不，我们就把它杀了过年吧？反正这几个月都没有钱开支了。杀了它，腌起来，足足可以吃上一年。”

柳胜利叹了口气，说着自相矛盾的话：“唉，养了快十年了吧？估计有六十多斤重，相当于半个猪了。带它回来时刚好是汀汀的六岁生日。都说狗是通人性的，养狗的主人是不能杀狗的，也是不能吃自家养的狗的。”

“可又有什么办法呢？点点是我们家的功臣，我也是真的舍不得。可养它也是为家里做贡献的，既然现在家里困难，也是轮到它做贡献的时候了。”秀珍幽幽地叹了一口气。

柳汀的脸被灶膛里的火苗映得通红，她激动地说：“不要杀它，家里再没有吃的，也不能杀它。要是明年还是没有钱买粮买菜，我就去赶集，织布，做什么都行，只是不能打点点的主意。”

“你干活儿又能挣到几个银毫子呢？”秀珍丢了一句。

柳汀的眼泪都急出来了，说：“即使杀了点点，我就是饿死，也不会吃它的肉。”

看着柳汀哭得伤心，明生也哭着嚷嚷饿死不吃点点的肉。点点蹲在他们中间，像个犯了错误的孩子，耷拉着脑袋，不时用舌头去舔这对姐弟脸上的泪花。它似乎听懂了主人们的谈话，嘴巴里发出低沉的呜呜声。这是柳胜利带它回来后，第一次离开家的时候，它在奔跑中发出的那种绝望而悲伤的声音。它不害怕，也没有选择离开，只是安静地趴在地上，等待主人决定它的生死。

一家子都在沉默的当儿，点点居然流出了眼泪。

柳胜利说：“狗也会流泪呀？传说主人要杀羊的时候，羊会下跪和流泪。唉，那就不吃它吧。但是，柳汀，你要答应我一个条件。”

柳汀一听，马上用衣袖揩干眼泪，说：“只要你不杀点点，要我做什么都可以。”

柳胜利说：“你也长大了，该出去见见世面了。过年后，就跟我去铁路局吧，在那里做点儿事情，还能挣些钱。”又对秀珍说：“到时，我把采蓝兄弟也带上，他现在孤家寡人一个，也总得有口饭吃吧，说不定换个环境，会遇上自己的婆娘呢。缘分这东西，说不清楚的。”

秀珍点头说：“也好，都带走吧。女大不中留呀，终归是要飞走的。”

## 9

那天柳胜利出门的时候，一家子都出来相送。柳采蓝也背着行李来了。他一脸倦容，满脸的胡子茬茬，眼皮浮肿，不知道是睡得水肿了，还是神经衰弱，少了睡眠。点点也来了。它默默地跟在后面，耳朵耷拉，脑袋低垂。平时，它总是活蹦乱跳的，喜欢逞强，充能干，做什么都要冲在前面带路。可今天，它似乎也知道这是一场离别，陪伴十年的亲人要离开了，不安地窜来窜去，一会儿追起柳汀，一会儿又追起柳采蓝，一会儿又追起柳胜利。它不停地摇着尾巴，用舌头舔他们的鞋。真的是一个都舍不得呀！

柳胜利和柳采蓝把两个大皮箱扛上车。柳汀拉着明生的小手，泪水涟涟，难舍难分。又走到点点的身边，弯下身子，搂着点点的脑袋，嘱咐它看好家，当好家里的帮手，保护好家里的安全。柳汀说得泣不成声，泪水流到点点的脸上。点点没有狂吠，眼睛下面的黄色毛发湿了一片，也不知道是柳汀的眼泪，还是它的。柳汀抚摸着点点身上的毛发，发现点点的毛发不知道什么时候开始干涩了，不再像绸缎般光滑了，有几个地方还脱了毛，露出粗糙的皮肉。它也没有以前健壮了，行动也变得缓慢了。点点老了！柳汀心里一痛，拍拍点点的脑袋，起身就上车了。

柳胜利已经习惯了离别，可柳采蓝和柳汀还是第一次经历，他们望着车窗外的亲人，望着点点，不停地挥手，泪水也不自觉地奔涌而下。

车子发动了引擎。刚启动时，速度还不是很快，点点一直在后面追着跑。柳汀和柳采蓝打开车窗扬手，要它回去，点点反而加快了速度。这个时候，车子也加快了速度，点点居然再次跟着加速。它飞速地追着汽车，风驰电掣，像一匹发疯的快马……

也不知怎么了，眼前的一幕突然让柳采蓝想起了青梅，想起了他们曾经热血沸腾、信誓旦旦的誓言，想起了蓼水河，那里有他们的爱恨情仇。他不由得哭得更伤心了，也不知道是为了点点，还是为了青梅，抑或为了这条盛满了他快乐与悲伤的蓼水河。他的娘亲，他的青梅，他的爱和恨，都如蓼水河的流水一样一去不返了！

点点留下来了，但它的主人离开了蓼水河，去了更远的地方。

蓼水河仍然以它的姿态奔流着，诉说着一个又一个传奇的故事。静静地，悄悄地，涌出一层层洁白的浪花，拍打着时间的沙滩。

（原载《海燕》2021年第4期）

# 种太阳

## 1

三婶儿去地里摘丝瓜的时候，被蛇咬伤了。还好，不是那种很毒的蛇，听说是菜花蛇。有人说："这蛇没有毒，不用上医院去打针。"有人说："都是被蛇咬的，是蛇多少有点儿毒，还是要去打了针才能放心。你看就是被狗咬了，不管那狗是不是疯狗，都得去打狂犬疫苗不是？"三婶儿思来想去，还是决定去看看。

三婶儿去了村里的满珍屋里。满珍是村里的赤脚医生，是根生南下打工时带回来的广西妹子，在医院干过护士，会看一些常见的小病，还会接生。大家都说根生有福气，因为听说广西女人很能干活，家里家外的活儿一个人全包，男人穿着丝质袜和皮鞋在家里歇凉。这确实也是事实，根生一个大老爷们儿在屋里养得细皮嫩肉的，满珍却是风里来雨里去，种菜、挑粪、莳田、打禾，农活全都干，还要帮人瞧病，挣些外水。

三婶儿进去的时候，满珍刚给一个来瞧病的人输完液。那人给了满珍一张红票子，满珍说：“吊了三瓶大号的盐水，配了清热退火的中药在里面，一起就算六十块了。要是在医院，挂号费，诊疗费，取药划价，一条龙下来，起码得两百多吧。”那人连连点头，说：“那是，那是，要不大家有病都往你这里来呢。”满珍看到三婶儿用手捂着胳膊，就问她：“怎么了？受伤了？”

“嗯，被蛇咬了。”

“给我看看。”满珍拿开三婶儿的手，说，“还好，不是毒性猛烈的蛇，不然你也不会这么轻松。我先帮你处理一下伤口，再帮你敷上些中草药，几天就没事了。”

“那就好，那就好，幸亏有你，着急忙慌的，我都不晓得上哪里去看。”

“三婶儿莫要笑话我哩，如今的医院多得是。现在政策又好，还有了农保，费用多是能报销的。”

“医院远呢，不如你这里方便，一抬脚就到了，省事。再说了，到你这里也看习惯了，总觉得知根知底的，要看就看个落心。”三婶儿说着，一屁股就坐在一张藤椅上。她的伤口已经上了药，又用纱布包扎好了。

看三婶儿没有要走的意思，满珍就随口问了声：“你家圆圆满二十了吧？”

“没呢，明年才满，今年是虚岁。”说着就叹了口气。

满珍说：“这孩子独立性强，听说初二没读完就下海捞票子了。过年看到她回来，都快认不得了呢，蛮会弄潮的，我还以为是哪个香港明星呢。”

“唉，冇得办法。如今这世道也是变了，你说一条好好的裤子，非要在膝盖上剪个洞，衣服短得非得把个肚脐眼儿露出来不可。裁缝师傅也不如以前的了，你说这里露个洞，那里短一截儿的，到底能省下多少布料来嘛！这样做事简直是伤风败俗！”

“哈哈，三婶儿，这个你就不懂了吧，这不是节约布料的问题，是特意设计成那样的款式的。新潮嘛！”

“那我还是喜欢老式的样子，中看，耐穿。布料也多是棉纱的，贴在身上也舒服，不像现在那些什么尼龙布料啊，什么丝什么化纤的，滑溜溜的，颜色也不如以往的素净，打眼得很，一点儿也不好看，上身也不舒服。你说，现在的年轻人怎么就没有几个像你这样踏实的人了呢，不怕吃苦，不怕累，你看你的胳膊晒得比我的还黑。”说着三婶儿就捋起袖子来跟满珍比。

“人家都说我颧骨高，长得丑。我又是克夫八字，所以只能多干活，免得遭人嫌弃。”

“我看你也不算丑，不就是皮肤黑点儿、粗糙点儿？颧骨高点儿有什么呢？老话也有说不准的时候，你看你家根生被你养得白白胖胖的，就跟城里人一样，连脚板都没打湿过，大热天的，都是皮鞋套丝质袜，也不嫌热得慌。他吃得好、穿得好、耍得好，快活得就跟以前地主老财家里的少爷似的，你说你哪里克到他了？”

“话是这样讲，可我就总觉得自己欠了他的。唉，真的是前世欠下的。”

“当……”云峰寺的钟声响了起来，声音浑厚、响亮又悠长。

云峰寺在满珍屋对面，只隔了两块田。三婶儿听到钟声，眼神有点儿发痴，她讷讷地说：“真快呀，又到了该做晚饭的时候了。真的是做天和尚撞天钟呢。庙里的老和尚真准时，每天要敲两次钟。清早，我是听着他的钟声起床；下午呢，听着他的钟声开始做饭，准得很。哪天听不到他的钟声了，还真不习惯呢。”

“哪天钟声不响了，说明他生病了，或者是死了。庙里就他一个人，孤孤单单的，真要是死在里面，谁也不知道的。”

“是的，是的。这老和尚的身体硬是好呢。自从他在这里做了住持，钟声就没有停过，好像从来不见他生过病。都不记得他到这个庙里来多少年了，整天就是打坐，吃斋，念佛，上香，打扫院子，几十年如一日，真是服了他了。出家人真的是六根清净呀，无牵无挂，了无烦恼。唉，烦得很，我也回家做饭去了。”边说边问，“多少钱？”

“自家的婶子呢，就算了吧，不要钱。”

“那哪儿行？一码归一码，钱还是要数的。”三婶儿说着就从裤兜里掏出一块折叠得四四方方的手巾，一层一层地打开，露出一沓卷起来的新旧不一的票子来。三婶儿把食指放在口里吮了下，从里面抽了张十元的出来，放到满珍手里。满珍死活不肯要。两人在那里推来推去，搞了几个来回，还不见分晓。三婶儿最后把钱放到配药的桌子上，说：“多了少了我就不管了。多了呢，肥水不流外人田；少了呢，就当赊了跑路费。”边说边慌里慌张地拔腿就跑。动作也利索，窜得兔子一样快。

等满珍拿着钱追出来，三婶儿已经走远了。满珍边跺脚边喃喃自语：“唉，你看，你看，三婶儿这人，无搞呢。”

## 2

圆圆说回来就回来了。她的两条腿杆儿细得就跟两根麻秆儿似的，皮肤是纤夫身上的那种古铜色，头发是爆炸式，就像海里的波浪一样起伏不定，桀骜不驯，不用朝前去嗅，远远就能闻到海盐的味道。她经过满珍的屋门口时，满珍正在择菜，一抬头就看到了她。

“哟！圆圆呀，什么时候到屋的？”

“回来有两三天了。今天屋里没生意吗？以往从你屋门口过路，看见里面的人都打了堆呢。”圆圆说着，就蹲了下来。她双手叉着下巴，穿着条牛仔短裤，把个屁股绷得鼓鼓的。

满珍给她递过去一张矮木凳，说：“坐嘛，这样子叉着个下巴累不累呀？”

圆圆望着那张黑不溜秋的木凳犹豫了一下，但也就是两秒钟的工夫，就把屁股挨了上去。

“听说不久前我妈被蛇咬了，多亏你救了她。”

“多大的事儿呀，别老挂在嘴上，三婶儿还硬付了钱，我都不好意思了。”

“其实，要是我在家里帮她做做祷告，她也不用到你这里来治就会好了。”

满珍心里一怔，说：“你做的是什么祷告，这么灵吗？”

“是的呢。唉，满珍姐，你说生孩子疼吗？”

“你说呢？”

圆圆一脸骄傲地说：“我觉得疼。可我不怕，我现在是有组织的人了，我要生的也是神的儿子。神的儿子有巨大的能量，所以我也不会疼。”

满珍满眼疑惑地看着她，又问：“圆圆，你不是在外面打工吗？做的是什么工种呀？”

“嘿，满珍姐，这么跟你说吧，我们也能治病救人，即便生病了不打针吃药，每天做做祷告就能好。”

“圆圆，你在外头给人骗了吧？要不就是被人洗脑了。”

“谁能有本事骗到我呢？我们教会的人都是有真本事的，神着呢。我们教主不仅能治病，还能升天呢。这可是个秘密，你千万莫讲出去。嘘，天机不可泄露。”圆圆把食指放在嘴巴中间，左右各瞄一眼。说罢，一对圆圆的眼珠子再次落在满珍高耸的颧骨上。

满珍用手摸摸她的额头，说：“好像也不烧。我给你量量体温吧，看看有没有低烧。有时候低烧还麻烦些，看又看不出来，反反复复，拖得久了，也会有许多的后遗症。”说着就扔下手里的菜，站起身，进里屋去了。圆圆还没有反应过来，满珍一只手里就捏着根体温计，一甩一甩地出来了。

“妈呀！我可没病呢，你莫吓我。”

“没事，你把它插到胳肢窝下面，几分钟就好。”满珍又说，“圆圆，你在外头千万莫要学坏，三婶儿就你一个女儿，你要是有个什么事情，叫她怎么活嘛。”

谁知道圆圆没有接她的体温计，却闭上眼睛，在胸口划了个十字，嘴巴里面还念念有词：“万能的主啊，请饶恕她的罪过吧！”声音越来越低，语速越来越快，像念经一样，满珍都听不清楚。等她睁开眼睛，就突然抓住满珍的手，急切地说：“满珍姐，我刚刚替你做了祷告，万能的神已经原谅了你的过错。希望你也能加入我们，做神的门徒。有了神灵的庇佑，你也不用开诊所了，有病人前来看病，你只要叫他们祷告，病就会好了。不用打针吃药，一本万利呀！”

“妈呀！你莫吓我，我干脆去给自己量量体温，莫自己烧成了脑膜炎了还不晓得。”这回轮到满珍心慌意乱了。“哎哟！”她拿起菜盆，正要转身却把凳子踢翻了。顾不得疼痛，慌里慌张地走进去。刚择的长豆角掉了一地，蛇一样地蜿蜒在她的身后。

## 3

云峰寺的钟声响起的时候，满珍正扒完最后一口米饭，还来不及咽下去，就看到三婶儿十万火急地往这边赶。

根生放下碗筷，不满地说：“你们娘儿们的事情就是多，成天疯疯癫癫的，不晓得是在干些什么。”

“你少讲两句，三婶儿到了屋里你莫再这么讲，许是有什么要紧的事儿呢。”

“什么要紧的事？还不是圆圆的事？年纪轻轻的，神经兮兮，去搞什么传销。自己卷进去了也就算了，还在村子里大肆宣扬，动员大家跟她一起去上当受骗。自己是个脑膜炎，还要大家都跟她一样脑壳进水？”

“我看圆圆有点儿不对劲，不是做传销发展下线那样简单。她那天到我这里坐了会儿，我就看她的眼神不对。怎么讲呢，就是那种半夜受了惊吓，丢了魂儿的症状，有点儿装神弄鬼。也许她在外面受了什么刺激，自己都不晓得自己说了什么。”

“听说外面有许多奇奇怪怪的人，莫不是被人放了蛊……”

根生话没讲完，就起身了，脸上堆起了笑容：“三婶儿来了呀，呷饭了吗？”

“哪里还有心思呷得下饭？圆圆又到外头去了，我拦都拦不住。”

“嗯，嗯，我出去有点儿事，你跟满珍在屋里坐会儿。”根生说完，把三七开的刘海捋到头顶上去，抬脚迈出门槛。

满珍给三婶儿让了座儿，又去饮水机那里取了杯水递给她，说：“莫急，莫急，先喝口水再说。”三婶儿接了，端在手心，却又不喝，怔怔的，一脸的茫然。满珍也不催，慢慢坐下。两人呆呆地干坐了几分钟，谁都不先讲话。

三婶儿终于忍不住，把一次性的塑料杯凑到嘴边，喝了一口。接着又叹口气，说：“满珍，你说三婶儿无搞呢？你三叔走了两年了，屋里没有个主事的男人还真是不行呀，压不住台面。圆圆呢，也不听我的话。我想叫她待在屋里算了，不要她出去打工了，就算嫁不出去，大不了我养个老姑娘。去外头就等于放了野，不晓得搞些什么名堂，脑壳中了毒一样。你说一个年纪轻轻的女孩儿，再怎么讲还是进过学堂门的人，却一脑壳的糨糊，简直是哈得死，呷了糊涂水了。”

“那天圆圆在我这里坐了会儿，你晓得吧？她告诉我病人不用打针吃药，只要诚心做做祷告就好了，还要我跟她学，你说笑人吗？我都不晓得她说的到底是个什么组织，脑壳短路了的。”

“她是在外头学坏了。我问她在外头跟什么人交往，她神神道道的，说话颠三倒四，都不像是我的女儿了。有时候搞得我都六神无主，真不晓得是她神经还是我神经了。”

“就怕她走入邪道，多吓人。以前一个从外面回来的人生病了，在我这里打吊针，跟大家讲了个白话，也是他在外头亲眼看到的事。一个二十多岁的伢子，不知道学什么功夫，说是可以长生不老，功德圆满时还可以练到羽化升天的地步。他对父母说他是闭关修炼，把自己关在家里，天天看书练功，结果最后走火入魔，神志不清，从六楼窗户上跳了下来，当场死亡，脑浆和血流了一地。”

“满珍，你快莫讲这些血淋淋的事儿了，怪吓人的，我怕晚上做噩梦。”三婶儿用手揉着胸口，喘了一会儿气，又说，“满珍，你是不知道我有多烦。有时候真想跟庙里的那个老和尚一样出家算了，凡事不管，百事不听，一身轻松。你三叔倒好，两眼一闭，早早地去了，眼不见心不烦了。我也冇得个相知的人，心里的黄疸水只有跟你倒，无搞呢。”三婶儿说着就用衣襟去揩眼泪。

“三婶儿，你也莫太着急了，当心伤了身体。你一提那个老和尚，我倒有个主意。那和尚慈眉善眼的，不知道有没有心思还俗，要不然，你们凑一家也蛮好的。”

“可别笑死个人。人家是出了家的人，怎么还可以成家呢？我都是进了五十的人了，脸面当紧。再说了，人家会笑话我的，说这天下的男人莫不是死光了，主意都打到和尚的头上去了。”

“这你就不懂了，和尚是可以还俗的。再说了，我觉得你们两个还是蛮般配的，都是老老实实规规矩矩过日子的人。看来看去，这村里跟三婶儿年龄配得来，又是独身的男人，也只有他了。”

“莫出这样的馊主意，我都羞死了。”

“不是你讲家里缺个主事的男人嘛，也好管住圆圆，我这才想到他的。要是你不愿意，我也不讲了。这样吧，听说那和尚的签蛮灵的，要不我陪你去试试？抽个签，让他给圆圆打个保卦，这样你也落心些。”说着就起身。

“也好，这样才是句人话。”三婶儿用衣袖又揩了揩眼睛，然后去满珍的房里照了下镜子，把头发拢了又拢。满珍喊了几声，她才慢悠悠地出来。

## 4

相传，每年的二月十九、六月十九、九月十九，是观音娘娘的生日，信佛的人都会去庙里上香。每到这三天，云峰寺就烟雾缭绕，拜了菩萨的人，往大殿正中的功德箱里塞进张五元、十元、二十元不等的纸币。也有大方的，塞进一张红票子，但都是极少数。寺里的慧真大师也相当忙，他一整天都在正殿击磬，帮人抽签和打卦。慧真大师一年四季就是把两件僧服穿到底，一件藏青色，一件暗黄色。头上光溜溜的，脑壳顶上没有九个圆点儿，没有受过戒，是能还俗的普通和尚。

三婶儿本来是不信佛的，但自从那次满珍带她去庙里给圆圆抽了签之后，就加入了信佛的队伍。不管是不是观音娘娘生日，她都天天往庙里跑。每天不去磕个头，心里便空落落的，晚上也落不了瞌睡，好像有个什么事情没有做完。三婶儿这才知道，当和尚真是清苦，每年也就热闹个那几天，其他的日子基本上看不到人影子，鬼打得人死。她看到和尚每天吃的菜，不是青菜，就是豆腐，不见一点儿油星子。她就真心佩服起慧真大师来。

三婶儿去得勤了，慧真大师跟她熟悉了，也不喊女施主了，而是跟大家一样喊她三婶儿。有次，三婶儿跟慧真大师扯了会儿家常，慧真大师就问她饿不饿，说着就去房里拿了水果和一些饼干。三婶儿不肯吃，说这些都是他好不容易攒起来的，毕竟不是天天都有香客来的。然后要帮他去弄饭。慧真大师又不让，说到了敲钟的时间，他要去敲钟去了。三婶儿无奈，只好走了。

三婶儿拜佛的时候比谁都虔诚。慧真大师每击一下磬，三婶儿就跪一次。每次行礼，两手、两膝和头一起着地。每一个动作都做得极为认真，很是到位。该弯的地方弯，该柔的地方柔，该伸直的时候就伸得笔直。十个手指头自然地蜷缩，再自然地伸展，像两朵在莲花池里缓缓开放的莲花。

三婶儿许的都是同一个愿，菩萨知道。也许，慧真大师也知道。

## 5

第二年春暖花开的时候，圆圆又回来了。她到屋的时候，已经是晚上12点多。她不是一个人回来的，而是多带了一个人，这让三婶儿始料未及。

圆圆带回来的，是一个一个月零八天的男婴。她到屋后没说别的，只是告诉三婶儿，孩子是她给神生的。三婶儿听后，气得肺都要炸了，却又不敢声张，更不敢骂圆圆，只是让圆圆待在屋里，哪里也不许去。交代完，就急匆匆地出了门。

三婶儿高一脚低一脚地来到满珍屋门口，也不敢拍门，只轻轻地敲了三下。

满珍屋里的灯亮了，传出一声：“哪个？”

三婶儿没接话。

满珍竖起耳朵仔细听了听，又拍了拍根生，说：“根生，你听到外面有人敲门吗？”

根生像猪一样哼唧了一声，不耐烦地说：“这么晚了，会有谁来敲门呀？你也是鬼摸到头了。”

满珍讷讷地说：“我好像是听到了的，声音很小。莫不是有人半夜发烧了？”

“我看是你发烧了。有人来看病的话，心里肯定是急得死，门都要拍得山响，喉咙都要喊爆的，哪里会跟只耗子似的，生怕吵醒你？”

“也是，也是，那是我听错了。”

满珍刚把身体倒下去，门又敲响了。

“不行，我得去看看。莫不是进来了小偷？”

满珍一骨碌爬起来，披上衣服，穿上鞋，走到堂屋门口。猛地把门打开，却看到三婶儿一个人东张西望地立着。

“这么晚来，是哪里不舒服吗？”

“嘘！声音轻点儿，进去再讲。”

三婶儿侧着身子进了门，转身又把门闩上。

满珍把三婶儿领进给人看病的那间房，搬了张藤椅。

三婶儿整个身子瘫在椅子上，有气无力地说：“满珍，三婶儿这次真的有难了。你一定要帮帮圆圆。”

“圆圆怎么了？”

“她抱着个孽障回来了。你说，要是给村里人知道，一个二十岁的大姑娘还没有谈过对象就生了孩子，以后怎么嫁人？”

“那孩子的父亲呢？”

“圆圆说，孩子的父亲是神。你说到哪里去找个神哪？造孽呀！”

“这可就真的难了。有了这个孩子，以后圆圆就难找对象了。无搞呢？你先莫急，让我好好想想。”三婶儿把一双浑浊的眼睛瞪得大大的，深邃又茫然。她的两只手搭在藤椅扶手上，不停地摩挲椅子上的细藤，要从里面磨出来个什么似的。

满珍在屋子里踱来踱去，两只胳臂交错叠在胸前，眉头拧成个“川”字。时间一分一秒地过去，不知道谁家的公鸡开始打鸣了。“岗、刚、昂……”声音开阔、嘹亮，又中气十足，生怕人家不晓得它是只叫鸡公。接着，院子里的狗也开始吠起来。

三婶儿有气无力地说：“满珍你坐着，莫晃来晃去了，看得我眼睛都花了。”

满珍的屁股刚一挨到凳子，整个人就像弹簧一样弹起来。她激动地说：“我有主意了。”

“那你倒是快说呀，莫在这里卖关子了。”

“这样，我们把这个孩子送给慧真大师带。云峰寺离家近，你可以天天去看孩子。慧真大师反正也是一个人，有个孩子陪着，他肯定会同意的。”

“只要慧真大师能接受，这可是再好不过的办法了。可是，又怎么跟他讲呢？”

“出家人不问红尘的，就说是捡来的。”

“捡来的为什么非得给他带呢？”

“你担心这担心那的，还怎么去做事？赶快行动呀。等到天亮了，大家看到你抱个孩子，还不问东问西的？到时你有十张嘴巴也说不清。”

三婶儿应着“好咧，好咧”，就踉踉跄跄地跑出去了。

三婶儿回到家时，圆圆已经睡熟了。她轻手轻脚地抱起孩子，再次出了门。

来到云峰寺，三婶儿拍门喊醒了尚在熟睡中的慧真大师。慧真大师看到三婶儿抱着个婴儿，慌里慌张地立在门口，就问：“这么晚来，是这孩子怎么了吗？”

三婶儿也不搭话，径直将孩子塞到慧真大师的怀里，等他抱牢实了，才说：“这孩子就拜托给你了。”

慧真大师惊诧地说：“三婶儿呀，莫开玩笑！我年纪大了，寺里香火也不旺，怕是养不活他。何况这孩子还这么小，怕是才刚刚满月吧？”他撩开孩子的裆部看了一眼，又说：“呦，还是个带把的呢！带把的吃香得很，要是有施主想要，我就把他过给别人，好吗？孩子这么小，我怕奈不何。况且，我也没有带孩子的经验。”

“求求你了，慧真大师，我会给你送奶粉来的。不要送给别人，我只相信你。我平时有空也会过来帮帮你的。”

“不好的，不好的。这是寺庙，我们两个孤男寡女的来往，会给人家说闲话的。再说了，人家要是问起，我该怎么说起这孩子的来历呢？”

“就说在寺院门口捡的。”

“人家还是会怀疑，如今孩子也很金贵，况且还是个带把的，哪个会舍得丢掉呀？再说了，就是要丢，也是要寻个家底厚实的主，好希望孩子将来有个好的环境和未来，哪个会希望孩子一出生就遁入空门呢？这也说不过去。”

“我不管说得过去说不过去，我要看着这孩子长大，不能送人。就让他继承了你的衣钵吧，等你老了，身边也有个陪伴和照顾你的人，还可以给你送终。实在不行，就说是你自己生的。”三婶儿说着双膝一软，就要跪下去。

慧真大师赶紧用一只手将她搀扶起来，说："我生的？我一个和尚，平白无故地生个孩子出来？"

不待慧真大师继续往下说，三婶儿就猛地转身，自顾自地走了，只留慧真大师在她身后大喊大叫。

天已经麻麻亮，云峰寺的钟声也刚好敲响了，那声音在村子的上空震荡，余音浑厚而悠长。三婶儿回头望去，云峰寺东边的檐角上空，飘来了一片鱼鳞云。她怔了片刻，掉头继续前行。路边杂草上的露珠，像一只只水灵灵的眼睛，瞪视着她，三婶儿匆忙的脚步不时将它们碾碎。在她身后，天上的那片鱼鳞云愈积愈大，越来越亮，正变幻成一只腾跃而起的金鱼。

## 6

那天，圆圆醒来后，找不见孩子，跟三婶儿闹腾了几天，哭哭啼啼，不肯进食。她一会儿说要去跳河，一会儿说要去喝敌敌畏，一会儿又拿只长筒丝袜闹上吊，搞得三婶儿心惊肉跳的，几次都想把孩子抱回来。三婶儿心想，大不了把张老脸豁出去了，事情搞大了，人命可不是闹着玩的。她觉得廉耻跟命比起来，还是命当紧些。三婶儿思前想后，正打算去庙里抱孩子，圆圆却安静下来。圆圆对三婶儿说："孩子是神的后代，是神把他接走了。我也想开了，我还这么年轻，才二十岁，正是八九点钟的太阳，能量大着呢，还有一屋的事情等我去做呢。"听圆圆这么说，三婶儿就落了心。

事情平息下来。圆圆在家里进进出出，又跟往常一样大大咧咧了。三婶儿想，毕竟还是个不知事的黄毛丫头，都已经当了娘了，还是细伢子个性。外人也都看不出来，圆圆是生过孩子的人。

时间一长，三婶儿就寻思给圆圆找个对象。只有把圆圆嫁出去，她才能真正地落心。乡里的妹子，在圆圆这个年纪，正赶上相亲的黄金季节，可登门给圆圆牵线的媒婆总迟迟不来。三婶儿也知道，圆圆在外头的事情搞得村里人风言风语，毁掉了她的名声，媒人自然是不敢登门了。记得满珍跟她讲白话时，还替圆圆抱不平。村里的人都讲圆圆的脑壳进了水，肯定是找不到婆家了。满珍当场就讲了她们，说："哪个屋里没有个闹心的事儿？圆圆还小，不懂事。你们要积点儿口德，是个人的话就劝她到正道上来，莫要在人家背后戳脑壳。老话都讲，人老了，都是栽花不栽刺了。你们看，现在地里的庄稼也没谁肯去种了，讲人家的风凉话却是上劲得很。如今条件好了，都闲得慌，不种地，种种阳光也好嘛。"三婶儿听了，嘴上不吱声，心里却是火烧火燎的。到了晚上，她在床上翻来覆去地睡不着，那张咯吱作响的木床总要咯吱咯吱地响到寺院的钟声响起才停歇。

一天，闲在家里的圆圆接了一个电话，就又要出门。三婶儿这回是铁了心不准她再出去，就说只要圆圆迈过门槛一步，她就立马死在圆圆的面前。圆圆见硬闯过不了关，就乖乖地待在家里。不论白天还是晚上，三婶儿都打起十二分精神盯着。圆圆到哪里，三婶儿也到哪里，像只跟屁虫一样紧紧地粘在圆圆的屁股上，用饭勺刮都刮不下来。盯了几天后，见圆圆好像也收了心，三婶儿也就松懈下来。哪知，有天清早三婶儿醒来，圆圆却不见了，屋里弄得乱七八糟的，像被土匪刚刚打了劫。三婶儿走到堂屋，看到桌子上留着一张纸条，她抓起就赶紧跑去找满珍。满珍拿起纸条，念给三婶儿："妈，我喊了村里的秀枝一起南下了，她愿意跟我一起去发展大事业，我有伴儿了，你落二十四个心。我们计划春节前回来，到那时，你就会明白我们的事业是多么神圣和伟大了。在这里一时跟你也说不清。总之，你落心就是。多保重！圆圆上。”听完之后，三婶儿哭笑不得，却也无可奈何。

几个月后，秀枝一个人回来了。她告诉三婶儿，圆圆和几个门徒教会的人在做祷告的时候去体验“升天”，他们把自己关在屋里，浇上汽油，点火自焚了。由于房子的门窗都被钉死，几个人都被活活烧死，无一幸免。三婶儿听完，当场就蒙了，好像一下子失去了记忆，身体一下子被什么抽空了。她的目光变得呆滞，见了谁也不认识了，只会傻笑。

满珍去看三婶儿的时候，三婶儿已经认不得了。三婶儿披头散发，眼神涣散，呵呵傻笑。满珍的眼泪哗哗地流下来。她想接三婶儿到屋里去住，可是根生不准，说三婶儿只是族里的婶子，离血亲远着呢，所以他没有照顾的责任与义务。满珍为此跟他吵了几次，但每次都是以失败告终。根生最后用一句话就把她给堵了：“你是克夫八字，谁都不敢讨你当老婆，只有我胆子大，命也大，不怕死，要了你，你还有什么话可说的？”

## 7

三婶儿失踪了。

满珍得知这个消息后，发动村里的十多个人，把附近的村庄和小镇翻了个底朝天，还在车站、码头等地张贴上寻人启事，却都没有发现三婶儿的下落。三天之后，精疲力竭的满珍准备打道回府。她失望地回头，扫视了一下身后的茫茫人海，却恰巧看到一个熟悉的身形。是三婶儿。三婶儿站在路边的垃圾桶旁，正弯腰捡别人丢掉的食物。满珍用手捂着嘴巴，汗水和泪水簌簌而下。她忘记了这几天马不停蹄带来的疲惫，三步并作两步跑过去，挽起三婶儿的胳膊，说："走，我们回家去！"

满珍不顾根生的反对，将三婶儿接到了屋里来住，她把三婶儿全身上下都收拾得利利索索的。猛一看，还真不晓得三婶儿的脑壳里出了毛窍。

每天，云峰寺的钟声仍然准时响起，好像什么都没有发生过。人们忙忙碌碌地围着自家的灶台转，轻烟淡抹。满珍听着钟声起床，给三婶儿梳洗完毕，搬张椅子让她坐下。三婶儿也不说话，只是咧着嘴巴对着满珍笑。满珍拍拍她的肩膀，就挎个竹篮子，带上奶粉、水果之类的食物，咣当一声推开门。她看到寺院的屁股后头，一轮圆圆的红日正在冉冉升起。

（原载《佛山文艺》2017年第5期）

# 梦驻楼兰

## 1

这天天气晴好，操场上有个女生在跑步。因为是慢跑，穿过窗前那一排杨柳要将近一分钟。

丁一凡立在木楼上，推开后窗。操场四周的垂柳太细密了，他总感觉眼前被拉了一卷珠帘，看外面的景物视线受阻，尤其是看那跑步的女生时极受遮挡。好不容易挨到她跑出了那层层活动的珠帘，她又要拐弯了，丁一凡就只能看她的背影。看正面与看背面的效果当然是截然不同的，丁一凡喜欢看她正面跑步的样子。他可以看到她的两腮因为运动而绽放出的粉色桃花，配上那条黑绸子一样油光水滑的马尾辫，煞是好看。还有胸前那两只活泼可爱的小兔子，在她跑步的时候一蹦一蹦的。丁一凡心生欢喜。

女生叫露兰。因为家里太穷，开蒙读书很晚，到初三的时候都已是十八岁的大姑娘了。她生得一双水灵灵的鱼水眼，看人的时候扑棱扑棱的，打火闪一样。发育得也早，虽出落得不十分标致，模样却蛮招人喜欢。丁一凡是她的班主任。

露兰的裤兜里揣着封信，是丁一凡写的，原本夹在她的作文本里。丁一凡告诉她，为了让她接着读书，他特意找了她的父母，给他们做了许多思想工作。丁一凡想要她上高中，然后考大学。要是家里有困难，他还打算用他的工资供她上完大学。但是露兰的父母不同意。她父亲说："山里的孩子能读个小学就不错了，何况露兰还读了初中，在女娃里面算得呱呱叫的了。这方圆几十里，哪个女娃像我们家露兰读了这么多的书？"她母亲说："女大不中留，迟早是要嫁人的。书读得太多了，东挑西拣的反而不好。错过了好年纪，就难找到称心的了。"露兰的父母说这话的时候，丁一凡很想告诉他们，露兰不着急嫁人，读书读到老都行，只要她愿意读，反正有人会等她的。可是，他又不敢讲，只得吞口唾沫，将话咽到肚子里。

露兰自打看了信，心口上就有了头小鹿。也难怪，自从上初三以来，她就没有买过圆珠笔。每次笔芯还没有用完，丁一凡就出现了，不是送给她一盒笔芯，就是一沓红杠杠的信纸，要她当草稿纸用。露兰这一学期的笔和练习本，几乎都是丁一凡给的。每次给露兰的时候，丁一凡的眼睛都望着窗外。露兰想问些什么，又觉得不好问，就毛草草地收下了。现在一想，她就明白了。当然了，丁一凡还隔三岔五地给其他家里有困难的学生送一些学习用品，只是没有像送给露兰这么勤。这是丁一凡与露兰的上一任班主任不同的地方，学生也喜欢跟他打交道。那年，丁一凡刚好二十三岁，是罗盘学校的初三班主任兼语文老师。

露兰的上一任班主任姓肖，是个五十多岁的老教师，已经调到另一个更偏远的学校去撞钟了。他的教鞭之所以换成撞钟，露兰是知道原因的。上届的学姐们悄悄地谈到那个肖老师时，露兰碰巧听到了。她们说最怕肖老师来上课了，因为他上课有个习惯，总喜欢在领读的时候在课桌间走来走去，在一些发育早熟的女生桌前停下，仿佛不经意般把手搭在她们的肩膀上，两根手指还有节奏地敲打。这弄得她们心慌慌的，就怕那手指敲到头上去，给她们吃上一记“鹅梨”。尤其可怕的是冬天，这个肖老师会突然把手从她们的衣领口伸进去，握住她们刚刚隆起的小山包。胆小的女生吓得面如土色，却不敢声张。胆子大的直接站起来，满脸通红地质问。这个肖老师居然说：“不要大惊小怪的好吗？在这个鬼能打死人的山窝窝里给你们上课，头发都熬白了，我容易吗？都是这鬼天气太冷了，老师的手都冻得握不住粉笔了。拿不稳粉笔，又怎么给你们上课呢？”后来有个女生终于忍无可忍，把他的行为告诉了校长。第二年，这个肖老师就被调走了。那时丁一凡刚巧从学校毕业，接了这个肖老师的担子。之前学校开会制定了保密制度，丁一凡自然不知道上一任班主任的事情了。

## 2

罗盘学校就在罗盘山上，是一座很老的旧宅改建的，里面的构件看起来破破烂烂，却颇有气场。亭台楼阁，假山水池，样样俱全，活脱脱一座小型的大观园。老宅的背面是一大块空阔的坪地，坪地上立着一根笔直的杉木，剥了皮，底部装了一个小小的滑轮，一根粗大的尼龙绳一直延伸到顶端，顶端挂着一面五星红旗。这就是用来升旗和做课间操的操场了。

露兰跑到第八圈的时候就不跑了，咚咚地直接奔向二楼。丁一凡赶紧走到书桌边坐下，拿了本厚厚的《红楼梦》打开。门咚咚咚响了三下，丁一凡的心也突突突地跳了三下。

“请进。”

门推开了，露兰只露出半边脸，像只熟透了的水蜜桃，红是红，白是白。

“进来。”丁一凡端起白茶缸喝了一口水，又说，“渴了吗？我给你倒杯凉开水。”说着起身就要倒水。

露兰走到书桌前，双手直摆：“不要了，不要了，我不渴。”她头上热气腾腾。白白的的确良衬衣有些泛黄，汗出得多了，衣服黏在身上，绷得紧紧的，让她的身体看起来凹凸有致。

丁一凡一抬眼就看到了露兰的胸部，被一件白色的纱背心包裹着。汗水把衬衣和纱背心连成了一体，能清楚地看到里面的辙印。他赶紧低下头，盯着他那双洗得泛白的解放胶鞋，干咳了几声，低声问道：“那信，看了吗？”

“看了，容我回去跟父母商量一下。”

“当然，父母为主。”

“丁老师，可以问个问题吗？”

“当然可以了。喊我‘一凡’吧，这又不是在教室里上课，用不着那么正式。”

“……那、那你一直都在这里教书吗？”

“也许吧。我也不知道。”

“你老是看着地上干吗呢？上课的时候你总告诉我们，看着人的眼睛说话代表诚实，不敢正面看人的眼睛就是心里有鬼。”

丁一凡赶紧抬起头。不知怎么，他的额头上渗出了一层细密的水珠，手里攥着一块叠得四方方的白色手巾，却想替露兰揩她额头上的汗珠子。手举到半空，又停住了。若是在以前，他肯定是揩下去了，还会用手敲她的脑壳顶，骂她一句“这么大的孩子了，怎么就不懂照顾自己呢？”可这次不一样，他不敢揩，也不敢骂骂咧咧。好像心里藏了什么，憋得他满脸通红，心里慌慌的，倒像他是个犯了错误的学生了。他的手举了那么一会儿，就窘迫地把手巾塞到露兰的手上，说：“你自己揩揩汗吧。”

露兰拿着手巾也没有揩。她稍稍退后了一步，用那手巾绞着几根手指，说：“给我六天时间行吗？六天，就六天，六天后我再来这里找你，不见不散！”一口气说完，抿嘴一笑，像只快活的小鸟，左一下，右一下，拐了个弯，风一样没影了。

丁一凡愣愣地看着她的背影，端起白茶缸，喝了一大口开水。半天才回过神来，冲着那扇半掩的门喊：“兰兰，放心吧，我会一直在这里等你。”也不管露兰能不能听见。

丁一凡放杯子的时候，突然发现打开的《红楼梦》那页宝玉和黛玉的插图，两人的脚在上，头朝下。原来是把书给拿反了！他摸着心口位置，喃喃自语：“天哪！这何得了！这何得了呢！”

### 3

露兰一整天都在那间小小的木房子里生闷气。

她被父亲用挂锁从外面锁上了，只留了扇木格子的窗户透风。屋外有些响动，她的眼睛放光，然后扑到窗口喊：“喂，外面有人吗？”可外面的响动就响那么一下，好像故意吊她的胃口。她越喊，响动的声音就越远，搞得她筋疲力尽，喉咙冒烟。她只好老老实实地躺到床上，瞪着麻纱蚊帐顶的那只绿头苍蝇发呆。

露兰正出神的时候，好像又有人用手指在敲窗户。但这时候她又听不见了。那人似乎急了，喊：“姐，姐，你在屋里吗？”声音有些要男不女的，像老鸭公的声气。

露兰终于听见了，她回过神来，一个鲤鱼打挺从床上跃下来，奔到窗户边，说：“露根，是你吗？”

“不是我，还会有谁？屋里又冇得鬼！”

“爹爹和姆妈呢？他们不在屋里吗？”

“不在，他们去田里放秧水去了。”

“那你把姐放出来吧，求求你了。姐出来不会亏待你，你要什么姐就给你买什么。”

“锁匙在姆妈身上拴着呢。”

“那你用石头把锁砸开吧。”

“我不敢，爹爹会打的。”

“平时是不是姐最疼你了？塞到嘴里的零碎儿都要掰出来给你留着。姐有事求你了，你就不帮姐了吗？”

“姐，不是我说你，一个教书匠有什么好？我们家本来就穷得叮当响了，还嫌穷得不够热闹。昨天婶娘带的那个人我看也蛮好的，只是老相点儿，给你买了那么多好看的衣服，眼睛都看花了，人家都羡慕得眼珠子冒血呢。谁一辈子穿过那么贵气的衣裳？”

“小屁孩儿，你懂个球！你要真为姐好，就把姐放出来。”

“我不！姆妈说屋顶上的压梁檩条都霉了，再不修，怕是要塌了。那人带来的礼金钱足够竖座洋房子了。竖了新屋，等我长大了，就不怕讨不到好的婆娘。”

“就知道钱！就知道竖屋！那人嘴巴里镶的那一嘴金牙，黄得像你小时候拉出来的苞谷屎，恶不恶心？！”露兰说着眼眶一热，哇哇地大哭起来。

“姐，你莫哭呀。那人还在婶娘家里等着呢，听说过几天就要回香港了。你要是跟着去了香港，要什么有什么，过的日子赛神仙，老逍遥快活了。”

“赛你个头！你怎么也跟他们一个鼻孔出气？你忘了小时候跟我拉的钩了吗？你说只要姐有难，你就是姐的救星。要不，姐只求你给我寻支笔过来好吗？我写几句话，你帮我送到学校给丁老师。”

“好个什么，要是给爹爹晓得了，我的腿不被打瘸才怪哩。姐，我再告诉你，听婶娘讲，过两天你还不答应，她就要领着他去东头的翠芝家里。翠芝只有十八岁，也是黄花大闺女，生得也蛮乖致的，只是皮肤黑了点儿。”露根说着，从窗口给露兰递进去一块苏打饼干。

露兰气哼哼地背过去，僵僵地直立着，说：“不给我寻笔来，我就不要你的饼干。”

过了好大一会儿，听不见动静了，露兰才转回身，窗户口子上放着一块苏打饼干，露根早就不见影儿了。

## 4

丁一凡在学校待了一个暑假，天天掰着指头算。这六天真难挨呀，都已经挨了一个暑假了，还不见露兰的影子。他其实是晓得露兰的屋的，以前他去做过家访，那条山路还依稀记得，也不算太远，翻过一座山就到了。

新学期开学了，丁一凡迎接新生报到，在花名册上一一填下名字。这时，却听见有人在谈论露兰。

数学老师跟英语老师说：“你知道吗？听说我们上届毕业班的露兰嫁到香港去了。男方是个香港佬，搞实业的，老有钱了。有福气啊，以后就有享不尽的荣华富贵了。”

“好什么好？听说那男人都可以做她的老子了。”

“听说还要给她家里竖洋房子呢。”

“大老远的，两眼摸黑儿，没有一个看着眼热眼熟的，也不自由，什么都要受管束了，日子也不见得好过。”

“我看未必。人往高处走，水往低处流嘛。”

“也许人家正甜蜜着呢，看你们在这里瞎操心。”化学老师又凑过来添了一句。

“你们说谁呢？露兰？哪个露兰？”丁一凡把笔一搁，蒙起个脑壳问。

化学老师说：“你呀，年纪轻轻的，怎么像个呆子？就这块屁股大的地方，能有几个露兰呢？你班上的露兰你不晓得吗？都炸开花了，我们这个山窝窝飞出了金凤凰。”

“什么凤凰？”

“露兰哪！她翅膀一扇就飞到香港去了，别人是想都想不来的。”

丁一凡眼前一黑，赶紧扶住桌子，才没有栽倒。

晚上，丁一凡做了个奇怪的梦。他梦见露兰穿着诰命夫人的服饰，头戴凤冠，身着霞帔，端坐在学校毕业典礼颁发奖状的台子上，一副雍容华贵的模样。他穿件青色的长袍，头上还戴着一顶帽子，一副落魄书生的样子。他看到露兰，怯生生的，正要隐身而退。露兰抬头看到他，朱唇轻启，喝道：“台下何人？”

他只好双手一拱，垂下头，低声说：“小生丁一凡有礼了！”

“丁一凡？这名字听着倒很耳熟。”

“我们本来就熟识呀，我还是你的先生呢。”

“大胆！何来刁民，居然敢在诰命夫人面前撒野！”

露兰突然勃然大怒，拂袖而去。可就在她离开的时候，从身上掉下来一条白色的方形手巾，风一刮，就飞到丁一凡的面前来了。丁一凡捡起来一看，原来是那天露兰跑步时他送的那条白手巾。他赶紧跑去追露兰，边跑边喊：“兰，兰，你的手巾！”可无论他怎么跑，都追不上露兰。露兰像只凤凰一样，身子轻飘飘的，跑又不像跑，飞又不像飞，他自己倒是跑得舌头都要吐出来了。路边的树枝把他的帽子扫下来，长袍跑起来又很不方便，害得他栽了个跟头，摔了个猪啃泥。跑着跑着，丁一凡就醒了。他感觉全身酸痛，嘴巴里还在喊着“兰、兰”的。幸亏是单人宿舍，没有人听见，否则真要被人笑话了。

丁一凡心里涌过一阵波浪，没有了睡意，摸索出枕头下的上海表，拧了拧发条。自从露兰嫁人的新闻传开后，她就变成了人们嘴里的金凤凰、白天鹅，这座山疙瘩里的男人们都成了癞蛤蟆。要是被人听见他喊“兰、兰”，那还不被大家的唾沫星子淹死？他丁一凡算个球，又是哪根葱，竟然敢打露兰的主意，真是要给他自己找不快活了。他坐起来，在桌子上摸到一盒火柴，划了一根，房间顿时亮堂起来。他取下桌上那盏煤油灯的玻璃灯罩，点燃灯芯。灯罩一点儿也不清亮，上面蒙一层雾蒙蒙的东西，擦也擦不掉。灯芯是棉纱做的线带带，头子上烧得黑乎乎的，像一朵黑色的蘑菇云。他用剪刀剪了下灯花，又拧动灯上的发条，把沉在煤油里的棉纱带带铰下一小截儿。

山里的风大，晚上尤为猛烈。灯刚点上，就有夜风从房子的缝隙吹进来，火苗左右摇曳，屋子里的东西也跟着一晃一晃的。丁一凡赶紧把灯罩安上去，火苗才安分起来，一股青色的淡烟带着火光的温度，从灯罩口上蔓延开去。丁一凡坐在那里发了一会儿呆，然后又缩到被窝儿里，反剪着双手枕在脑后。在橘色的光亮里，这间房子蓦然变得神秘起来，那些模模糊糊的暗处仿佛隐藏着许多看不见的生灵。一只长脚的黑蚊子蛰伏在麻纱的蚊帐顶上，不知道什么时候又潜下来，趴在他的胳膊上狠狠地咬了一口。“哎哟喂！”丁一凡轻喊一声，啪地一下拍上去，他的影子被放大，投在对面的墙上，一会儿像老鹰，一会儿又像野猪。

丁一凡在床上辗转反侧，木床发出咯吱咯吱的碎响。他以前每个晚上都能听到后山上猫头鹰的叫声，虽然阴沉难听，好歹也有些响动。这个时候却什么都听不到了，整座大山都异常地静谧，静得让人心慌慌的。丁一凡又想起以前给露兰辅导功课的种种情景，眼泪不觉悄悄地滑了下来。

## 5

露兰家的洋房子竖好了，骄傲地雄踞在这个山窝窝里。

露兰的父母在大山里也洋气起来，把衣服都分了工，干活是干活的衣服，出客是出客的衣服，人也陡然间变得尊贵起来，逢人说话的声气都变了。以前是还未开口说话先连叹三声“唉！唉！唉！”现在是气也不叹了，说话不带半点儿磕巴，做事麻利，不打半点儿折扣。要是遇上个倒霉蛋在他们面前叹气，就会说“没事叹什么气啰，一叹三年穷呢！”说这些的时候，就好像他们从来就没有叹过气。也难怪，这人运气来了的时候，真的是门板都挡不住，做什么都很顺遂。村里有人羡慕地说：“你看，你看，露兰找了户好人家，他们连说话的水平都高了起来，真的是人逢喜事精神爽。”也有人说：“神气个什么呢？听说露兰是死活不肯的，她喜欢的是罗盘学校的丁一凡老师。嫁人的那天哭得肠子都要断了，他们也好意思显家屋？就不怕戳脊梁骨？”可不管人家怎么议论，他们都是把眼睛眯成一条缝，该干吗还是干吗。

但露根不一样，他对谁都是赔小心，小小年纪一下子就变得老成了。从露兰离开家后，他一放暑假就背着个木箱子到处卖冰棒，翻山越岭的，有时候要走二三十里山路，回到家里人也累得瘫了，把一沓皱巴巴的零票子拿出来一数，除去进冰棒的本钱，也赚了几块。有时候卖的时间长了，冰棒箱子密封不严，里面的冰棒就融化成一摊冰水。露兰的父亲数落他：“家里又不缺那几个散钱，折腾个什么？”露根对他吼一句：“苦一点儿我愿意！阿姐自从嫁人后就没写过信，也没回来过，谁晓得她过得好不好？！”露兰父亲听后，就去一边吧旱烟。露兰母亲就讷讷地自言自语道：“兔崽子，别瞎说，你姐好着呢！估计现在都已经是当了娘的人了，到哪儿横竖不是过日子？”

丁一凡有时候去学生家里做家访，在路上碰到露兰的父母，很想问问露兰的情况。但他们一看到他就远远地躲开了，他连个说话的机会都没有。放暑假的时候他也碰到过露根，有好几次还看到他背着个冰棒箱子赶路，汗淋淋的，不禁想起露兰那天在办公室的样子，还有那条被露兰带走的白色手巾。露根的皮肤本来就很黑，天天在太阳底下晒就更黑了。远远地，他看到丁一凡就咧开嘴笑，露出一排白白的牙齿，奔跑着给丁一凡送过来一根冰棍儿，死活不肯收钱。这样客气地推搡几下，待丁一凡张嘴想要问问露兰的情况时，他又像泥鳅一样游远了。

罗盘山的人都说，罗盘山出了两朵花，一朵是露兰，一朵是翠芝。也真是怪事，露兰十八岁就嫁人了，一样大的姑娘，翠芝到现在还没有嫁出去。也不是没有人喜欢她，去她家里说媒的都串起线线来，可就是没有人说得成。不是对方没有相中，就是翠芝不喜欢。婚姻线，婚姻线，真的不是一牵线就能成的缘。这人嘛，还真的是各有天命。

丁一凡呢，自打在露兰那里受了挫折，就在谈恋爱的问题上打了个死疙瘩，任媒婆说破嘴皮子，也是油盐不进。他在单身宿舍里养了几株兰花，每当那洁白的花朵开放，整个房间都香喷喷的。这个时候他就把鼻孔凑过去，嗅着兰花的清香，情不自禁地喊着一个女人的名字。

不觉间，七年就这样过去了。露兰的故事在罗盘山已经不再新鲜了，丁一凡也有多次调到县城教书的机会，但他总把机会留给别人，生怕他前脚一走，后脚露兰就回来了。他固执地认为，露兰总有一天会回来的，哪怕她已经拖儿带女。他只想要她一句话：她是愿意跟他丁一凡成亲的，只是条件不许，情非得已。人们都说丁一凡是个半癫子，要不就是脑袋有病。

其实，露兰的婶娘也给丁一凡和翠芝牵过线。大家也都认为翠芝跟他丁一凡很般配，何况丁一凡都老大不小的了，过了这个村就没那个店了。大家满以为能成，谁知道落花有意，流水无情，翠芝当然是一百二十个乐意的，哪知道丁一凡一口回绝得干脆。露兰的婶娘说：“丁老师，露兰早已经嫁人了。七年了，从没回来过。也不是人家不让她回，而是她自己不肯回，你也应该死心了。”丁一凡不作声，只是把目光投向别处，自顾自地发呆。

## 6

这年的春上，雨水特别多。在一个雷雨交加的晚上，翠芝家里传出一阵凄厉的号哭声，山里的狗也吠得厉害，整座大山都沸腾了。大家拿着手电筒，慌慌张张地朝翠芝家里赶去。

原来翠芝的爹爹被雷劈死了，人死在水库边的自家田埂上，一身焦黑。翠芝的母亲披头散发，哭天抢地。丁一凡看到缩在角落里发抖的翠芝，心里一阵难受。翠芝本来是有个哥哥的，但她哥哥小时候上山砍柴被五步蛇咬了，由于毒性太厉害，死了。现在翠芝父亲又没了，只剩下她们母女两个。家里条件本来就不太好，以后的日子更加艰难了。丁一凡走到翠芝身边，搂着她的肩膀。翠芝哽咽着喊一声“丁老师！”就哇的一声哭开了。乡亲们看到这对可怜的母女，只得帮她们料理了后事。

此后，翠芝有事没事就喜欢往丁一凡的学校跑。站在那座木板房的楼梯口，高声喊着“丁老师在吗？”学校的寄宿老师听见了，就竖起耳朵听。丁一凡开始还是蛮客气地请她进去喝杯茶，问问有什么事情。后来去的次数多了，翠芝每次把他房间的一壶开水都喝光了，还没有说出个所以然。丁一凡也不晓得说个什么笑话，调节一下气氛。翠芝只能窘窘地干坐着。丁一凡拿一本书来看，也不说话。两人在房间里就这么待着。翠芝就只得走了。

寄宿老师开丁一凡的玩笑，说他蛮有女人缘，罗盘山的两朵玫瑰花都中意他，真是有福气。丁一凡走到那几盆兰花的中间，说翠芝是个好姑娘，他不想耽误了她。寄宿老师劝他做做好事，娶了翠芝算了，省得人家姑娘深一脚浅一脚地往这里跑，还说人一辈子总得结婚生子，不能总活在梦里。丁一凡懂得这不是笑话他，是掏心窝子的话。可他自己晓得，露兰走了后，他的心也跟着走了。反倒是跟这些兰花结下了不解之缘。白天黑夜，他只要看到这几盆兰花就心安了。每嗅一下兰花的香气，就喊着一个女人的名字，他感觉这样就很满足了。

露兰离开后，丁一凡每天就是三件事打转身：上课、去收发室查信、闻兰花香。久而久之，这就成了他既定的生活规律。学校里的老师都讲他是头犟驴，顽固透顶，一根筋。有老师说："这么多年了，也真的是忍得住。干脆改名算了，叫什么一凡，分明是童子仙人身，就叫丁一仙算了。"玩笑归玩笑，人们私下里却议论，他莫不是身体上有什么毛窍，要不年纪轻轻的，硬是不想成个家哩。话传到丁一凡的耳朵里，他也不恼，头一摇，手一摆，一笑了之。

后来，翠芝再来喊他，丁一凡在房间即使听到，也不答应了。

## 7

由于条件的限制，学校的一个小小的杂什间被女教师们做了专门的洗澡房，男教师就不管那么多了，天大地大的，天一黑，随便找个背身的地方就可以撒泡尿，冲个澡。这天，天将要麻麻黑的时候，丁一凡像往常那样提了一桶水，到宿舍楼下面的菜畦边冲凉。整座大山异常安静，只时不时地从山对面传来一两声鸟鸣，还有翅膀振动的忒儿声。树木像哨兵一样默立，慈祥又沉稳。听着菜地里的虫子的啾唧声，丁一凡想到他已经步入而立之年，却仍然孑然一身，独自与大山相守，心下突然感到一阵凄凉。他赤裸着身子，闭上眼睛，把一桶水从头到脚地淋下去，感觉一切都是赤条条的。这时，他突然听见一阵急遽的脚步声，从宿舍楼的木楼梯那边传来。那人边朝楼上走，边喊"丁老师、丁老师！"一个女人的声音！丁一凡的身子猛地一缩，鸭子似的将头上的水珠抖了抖。然后他抓起毛巾，来不及擦干身体，就匆匆地穿上衣服赶了过去。

天已经暗下去了，也看不清来的是什么人。丁一凡提着水桶上楼时，刚好碰到那人又急匆匆地转身往回跑，结果两人撞个满怀。那人跑得急，一下子没有立稳身子，硬生生地把丁一凡从楼梯上扑了下去。滚到楼梯口的时候，丁一凡正好压在那人上面。丁一凡对着那个黑乎乎的人影问道：

"你是谁？"

"是丁老师呀！我是翠芝，来找你有事。"

丁一凡赶紧站起身，问翠芝："伤着没有？"

翠芝也站起来，说："还好，就是头皮麻麻的，有点儿痛。"

"那赶紧去我房里看看伤着没有。"说着又慌慌张张地寻到那只水桶，跟翠芝一起上了楼。

丁一凡打开门，点燃煤油灯，才看到翠芝左额头上的一道弯弯的血痕。他赶紧去拿了酒精和棉球过来，帮翠芝擦去。又扒开翠芝的头发，看到她头皮上有一道细细的口子，正冒出血来。丁一凡又把棉球蘸上酒精，轻轻地擦拭。翠芝身子颤抖一下，倒吸了一口气。

“很痛吗？”

翠芝点点头，说：“不要紧，这点儿小伤算不得什么的，以前在山上砍柴，我的手指都差点儿砍断了，就一张皮连着骨头。”说着把那只手伸出来。

丁一凡眼角一瞥，一道像蚯蚓一样的疤痕赫然在目。他皱了皱眉头，用手抚摸了一下那道疤痕，问：“还痛吗？”

“早就好了，不痛了。”

“我问你额头上的伤口还痛不痛。”

“也不痛了，丁老师用酒精一涂就不痛了。”

“你来找我，是有什么事吧？”

“差点儿都要忘了正事了。”说着，翠芝从屁股后面的裤兜里掏出来一张纸。

她识字不多，要丁一凡帮她看看。丁一凡展开一看，发现原来是张彩礼单，就说：“恭喜你，就要结婚了吧？有一大笔钱呢。”

“冇得办法，姆妈得胃癌了，要一笔钱给她治病。”

“怎么不早说呢！那人待你好吧？”

“有什么好不好的。听媒人说是个瘸子，比我大个十来岁，结过婚，有个孩子，馋酒，经常是醉醺醺的，老婆都是被他打跑了的。”翠芝说话的声音有些哽咽了。

丁一凡一把将翠芝拥到怀里，说：“可怜的翠芝！你的命怎么就这么苦呢？你哥没了，你爹爹没了，你姆妈又得了重病，这个家你该怎么办呢……”

翠芝在丁一凡怀里嘤嘤地饮泣。她像一条被剥了壳的虫子，软塌塌地黏在丁一凡的胸口。她喃喃地说：“丁老师，我知道我配不上你，但现在我求你就要了我吧，我过几天就嫁给那个瘸子了。”

“傻瓜，我要了你，就一定会娶你。”

丁一凡揩去翠芝眼角的泪滴，也克制不住，泪眼婆娑起来。他喃喃地说：“兰，我们两个怎么都这么命苦呢？”

外面仍然很静，风微微的，虫子在默默地交谈。兰花熏着露水，正朵朵开放……

## 8

这天晚上，丁一凡做了一个梦，梦见露兰回来了。

他们两个，都已经两鬓斑白，满脸褶皱，走路都已经颤颤巍巍的了。他们拥抱在一起，泪眼相看，悲喜交加。

丁一凡说：“你说要我等你六天，结果一等就是六十年！”

露兰泣不成声地说：“丁老师，不，一凡，你今年高寿？”

“八十有三。”丁一凡颤巍巍地伸出三根手指。

露兰推了推了老花镜，抚摸着那三根干瘪的手指：“是啊，六十年了，整整六十年啊，我再不回来，我会死不瞑目啊！这六十年你是怎么过来的呀！”

“我倒是过得蛮惬意。楼里楼外，都种着兰花，每嗅一下，我就喊一次你的名字。”

“我让你等了这么久，你后悔吗？”

“不悔！你让我知道，爱，原来是生长得那么慢的东西……”

（原载《延河》2021年第8期）

# 第二辑　三个人的晚餐

消夏图
丁酉鸿伏画

# 走卫星

## 1

“嗯，啊，各位父老乡亲，注意了啊，接上面的文件指示，近日将有一颗试验发射卫星降落在我们这里，具体降落地点不详，日期不详……应该、可能就在这三五日之内，大概范围就在高沙市，请大家做好临时迁移准备。尽量不要滞留在镇内，以免造成财产与人身伤害。”

二癞子在村里喊广播的时候，河对岸镇政府的扩音器也在喊。二癞子这边的喇叭又伸长了脖子，连续播报几遍，此起彼伏，彼伏此起，整个上空弥漫着急性咽喉炎的症状。

广播车轮战停了没几分钟，二癞子和翠云就去了晚晚家里。

二癞子说：“晚晚，你是村里头最……最有威信的长辈了，帮……帮我拿个主意。这文件都下来了，我这个书记也……也得带头迁移一下吧？”

晚晚说：“还真走吗？”

翠云赶紧接腔：“不走不行！这卫星可不是闹着玩的，听说有航空母舰那么大，怪吓人的！要真是从空中落到我们镇上，整个高沙市还不被毁了？”

“去……去，你个娘儿们，知道，知道个屌！没看过电视里面……发射卫星吗？不就一颗……一颗原子弹那么大小吗？”二癞子咽了下口水，说，“大小倒……倒是不怕，怕的就是它一旦着……地发……发生爆炸，可不得了。威力比不上原子弹，肯定也……也是一颗炮弹吧？万一运气不好，嗖的一下落到谁家屋顶上了，一家子还……还不死翘翘了……”

说着说着，他突然憋着声气，朝屋顶偷偷地瞄了一眼。屋顶上的亮瓦被落叶挡住了亮光，正好一阵风吹过来，那些落叶燕子般起身飞走了，漏下来一线细带带一样的光亮。光线中悬浮和翻滚着数不清的微尘，正好打在二癞子的左脸上，他的左脸顿时被这道光劈成了两半，一晃一晃的，幽暗而明亮。这时，他身子颤了一下，好像卫星真的落下来了。

“是咧，是咧，那黑白电视机又小，也看不怎么清楚，到处都是雪花点点，哪个晓得那个卫星到底有多大呀？”翠云也朝屋顶瞄了一眼，把衣角掖了一下又一下。

晚晚对二癞子说：“看看，就你这心理素质还当什么村支书呀？为人不做亏心事，半夜敲门心不惊。全村人都盯着你呢，你这么慌慌张张，全村还不乱成一锅粥？”

“晚晚呀，我……也难呢。”

“是啊，昨天，我叔全家就已经坐班车去外地了，说是过了这几天危险期才回来。”翠云马上把话接了过去，说，“谁愿意这么折腾呀？没办法，人命关天！”

晚晚坚定地说：“要走你们走，反正我是不会走的。你们也真是㞞得要死，一个卫星就把你们吓得屁滚尿流了。真要有什么天灾人祸的，还不钻了牛屁股？俗话说，生死有命，富贵在天。命都在阎王手里攥着，他判笔一勾，你不去报到都不行。但要是你阳寿未尽，你就是到了阴曹地府，他也得让你还阳。”

晚娘正在择菜，她把一根黄瓜掰成两截儿，给二癞子和翠云一人一截儿。听到晚晚的话，她也附和地说：“这话也是有道理的。前不久村里的陈老五都被妆了尸了，大家也都是看着他死了的，没有心跳，鼻子也不出气。他硬是在棺材里躺了几天几夜，和尚师父也给他念了经，快要合棺出殡入土了，他又突然从里面坐了起来，你们说怪不怪？”

“吓人！”翠云吐了吐舌头。

晚娘说：“是呀！也是他阳寿未尽，阎王又打发他回来了。”

翠云说：“话是这么讲，可这也是真家伙，货真价实的卫星呀，一旦着地爆炸了，可不是过家家。”

“要走的我也不拦着，腿都是长在自个儿身上。哼，我倒要看看这颗卫星到底有没有这么邪！当年走日本都不怕，还怕它？”晚晚冷笑一声。

## 2

王晓荞只有十四五岁，是老王的女儿。其实晓荞是排行老二的，上面有一个姐姐，下面还有个弟弟老晚。但老王总对外人说，王晓荞是他的晚女，宝贝得不得了。他也从不喊王晓荞的全名，开口闭口总是“荞、荞”的。喊得久了，家人也都习惯了，外人也跟着这么喊。

荞是被老王用胡子茬茬扎着长大的。荞的样子很甜，惹人怜爱，尤其那双眼睛，是一双鱼水眼，城里人讲，这样的眼睛会说话。老王喜欢用短短硬硬的胡子茬茬去扎她那张懒豆腐样的小脸蛋儿，喜欢把手伸到荞的胳肢窝里挠她的痒痒。两人那个黏糊劲儿，不知道该用什么词形容才好。荞的母亲总说，真是前世欠她的。对的，就是乡下人喜欢挂在嘴巴子上的“前世”。

荞不像那些洋气点儿的喊“爸爸”“妈妈”，土一点儿的喊“爹爹”“姆妈”，而是喊老王“晚晚”，喊老王媳妇“晚娘”。她一生下来就体弱多病，几近夭折。八字先生说，荞的八字太硬了，命里与她父亲相冲，所以，荞不能直接喊“爹爹”或“爸爸”，得改口。那喊什么呢？八字先生说，喊“晚晚”吧。晚晚在族里跟父亲同一个辈分，是父辈兄弟里最小的一个。荞开口闭口喊“晚晚”，慢慢地，大家也都喊老王“晚晚”，喊老王媳妇“晚娘”了。

晚晚有艺术细胞，天生就对音乐敏感，会填词谱曲。什么乐器到他手里，他摸个几天就会摆弄，练个把月就能滚瓜烂熟。他会拉二胡，会吹唢呐、笛子、口琴，会弹秦琴、土琵琶和三弦。这东西还真是天赋管着，很多人也跟晚晚学，可学多久都没有晚晚弹得天花乱坠，拉得炉火纯青，好像那些乐器天生就是晚晚手里的菜，晚晚怎么摆弄，它们都服服帖帖的。又跟他家里养的小黄一样，只要他招呼一声，小黄就乖乖地坐在他脚边，听他发号施令。小的时候，荞没有跷跷板坐，晚晚的二郎腿就是荞的跷跷板。荞在他的腿肚子上一上一下，怡然自乐，很多时候甚至是抱着他的腿肚子睡着的。晚晚也不把她抱到床上，只是把腿轻轻地放下来，然后开始弹琴。

荞最爱听的乐器是秦琴，土话叫蹦蹦琴，三根弦下面的琴皮是蛇皮做的，据说是那种身上鳞甲很硬的大毒蛇或者蟒蛇的皮。弹出的声音特别响亮、清脆，真可谓余音绕梁，三日不绝。晚晚在院里弹琴，整个村子都能听见琴声。有时候，晚晚兴致一来，拉条长板凳一坐，上手就是一曲《高山流水》、一曲《天仙配》，再接着是《赛马》。他双目微闭，身子微颤，时急时缓地扭动，把弦的左手蛇似的灵活自如，忽上忽下，右手如簧撩拨，刚柔并济，脚板也配合着全身的节奏打拍子。琴声一停，鸦雀无声。晚晚睁眼一看，不得了，屋门口圈满了人，发着呆气，意犹未尽。等大家回过神来，口哨声此起彼伏，闹着喊着要晚晚再来一曲。晚晚嘿嘿地笑着，向大家摆手示意，说："都回吧，都回吧，该做饭了，伢子们该饿了。"

## 3

高沙镇本来是个重镇，历史色彩浓郁。最初的名称叫高沙市，秦汉时建街，唐宋时称市，明清时臻于鼎盛，五里长街，烟景繁华，享有"小南京"美称。它自古以来就是最热闹的地方，每逢节日，人声鼎沸，水泄不通。也怪不得，高沙明明是个镇，这里的人却偏偏要喊作高沙市。

塘湾村是高沙镇里最大的村，也是大多数人先富裕起来的地方，跟高沙市仅一河之隔。二癞子的叔叔是高沙市的党委书记，塘湾村的村支部书记自然非二癞子莫属了。当然，没有规矩，不成方圆，所谓的民主投票还是要过一过的。

二癞子是村里响当当的人物，除了口吃得厉害，还是蛮聪明的，做事也分得清公母。他长得五大三粗，一副癞子样。在家里排行老二，小时候皮得很，老跟小燕子过不去，喜欢掏燕子窝。大人们喊都喊不住，就吓唬他，燕子窝是掏不得的，掏了头上就会长癞子。他还是不听劝，大家就都喊他“二癞子”。二癞子的媳妇翠云是村里长得最光鲜、最水灵的媳妇，人们都说，二癞子真的是行了狗屎运，活生生摘到一朵鲜花。翠云不仅长得乖态，嘴巴也乖。在路上，遇见谁都甜甜腻腻地喊“叔呀，吃饭了吗？”“婶婶，你这衣服挑得真好，耐看，还耐脏，在哪里买的？”说得人额头上全是蜂糖。老话说得好，嘴巴甜，当得钱；嘴巴尖，翻上天。翠云就是这样的人物，是塘湾村的一把脚，在媳妇里面算个厉害的角色。

翠云最喜欢往晚晚家里拱，喜欢听晚晚弹琴，也喜欢跟晚娘说说家长里短，嚼嚼舌根。

这不，走卫星回来后，听说荞被晚晚打得半死，她还真有点儿不敢相信。她知道，荞是晚晚的心肝宝贝，好奇晚晚怎么就舍得往死里打呢。她炖了一锅鸡汤，还在里面加了不少补药，香喷喷的，趁着热气就往晚晚家里赶。

还没有进屋，翠云就闻到一股苦苦的中药味。晚娘在屋檐下守着一个火炉子，热气腾腾的，像在蒸包子。炉子上放着一个药罐，罐子上面又敷了一张黄色的土纸，冒着气泡，还不时地溢出来，流在红通通的边沿上，发出吱吱的声音。天气热，没有一丝风，屋门口的树叶纹丝不动，人在屋里坐着不动也汗流浃背。晚娘拿着把蒲扇，一边扇风，一边往远处张望。

“晚娘，望哪个呢？快来接一下。”翠云喊。

“哦，看你晚晚回没回来。一大早被村里叫去开这次走卫星的总结会了，到这时候了还不见人影。你这是端的什么？”

“鸡汤呀。听说荞这次伤得不轻。”

“是咧。这次走卫星，跟同学出去玩了七天，一进屋就被她晚晚打得死，用皮带子抽得全身乌青乌青的，加上天气热，在外面中了暑，一回来就发烧了。”

“大家都走卫星了，干吗要打她？我去看看这丫头。”

“别进去了，荞刚刚睡了。一身的伤，还在发烧，打针吃药都不管用，都已经几天了。高烧低烧连着来，真是邪乎了，这烧就这么难退。也许是她晚晚从来没有这样打过她，心里难受，所以这烧也难退下来。”晚娘把鸡汤端进屋里，又带了张四四方方的矮木板凳给翠云。

翠云一屁股坐上去，一边嗑南瓜子，一边说：“也怪不得晚晚着急上火，这次走卫星发生太多的事情了。顺子带着媳妇一起出去的，结果回来的时候就剩下他一个人。他媳妇都已经八个月的肚子了，听说在车上动了胎气，早产了，大出血，还没送到医院人就已经冷了，一尸两命，怪可怜的！”

“是咧。”晚娘叹了口气，接着说，“也怪不得他打荞，荞跟我说只去同学那里玩三天的，结果去了七天，连个电话都不打，走卫星的都回来了，只有她拖到现在才回来。你晚晚看到走卫星的人回来，听说了什么车祸呀，细伢子溺水呀，还有被自家的板车撞到的，死死伤伤。他急得死，七天时间，什么东西都吃不进去，夜里都是抬起眼睛睡觉，整个人都瘦了一圈，像是得了一场大病。他不仅担心荞，看到乡亲们的损失更是心痛。荞是鸡肚子不晓得鸭肚子事！”

“也是，荞没有回来，晚晚哪里吃得下睡得香？从小到大，荞没有离开过你们，晚晚这几天不知道怎么熬过来的。这世道，有些事情还真是说不好，有时候好端端的一个人说没就没了的，真的是天有不测风云。这次走卫星回来后，村里统计了人数，本来是活生生的人，回来后就无端端地少了好几个。所以荞出去几天没有音讯，晚晚肯定是急得不得了。他那么喜欢荞的，全村人都知道荞是晚晚的宝贝疙瘩，加上这次出去躲卫星谁也不听他的劝，造成了这么多的意外损失，晚晚心里不晓得怎么痛呢。唉，想想都不敢相信，真像是做梦一样。”

“要真是场梦就好了，梦醒了什么都还在……”

天空澄净无云，而大地被阳光烤得金黄，散发出烤锅巴和熬米汤的香味。

荞在里屋躺在床上，其实并没有完全睡着，她在迷迷糊糊中听到晚娘和翠云的对话，恍如梦境……

## 4

晚上的时候，塘湾村家家户户灯火通明，白天的广播似乎还在屋檐顶上，雷一样滚来滚去。都到半夜了，所有的屋子都没有熄灯，都顽强地挺着，谁也不愿意第一个把亮拉熄。所有的人都在床上辗转反侧，木床发出咯吱咯吱的响声，冷不丁一听，还以为是谁推开了谁家的房门。晚娘把一根红蜡烛插到神龛的香案上，双手合十，嘴巴里面念念有词：“祖宗保佑！祖宗保佑呀！保佑高沙市！保佑塘湾村！”她弓起脊背正准备来个九十度的阿弥陀佛，就听见一阵急遽的敲门声。

她赶紧去打开门。翠云满脸通红，上气不接下气地说：“不得了，不得了，西村头的六嗲嗲刚刚去了！”

晚娘说：“去哪里了？”

“是那个去了。”翠云接了声气说。

“他怎么就去了呢？平时不都见他好好的吗？”

翠云说：“是这样，他家里的人在讨论明天走卫星的去留问题，说他年纪太大，都八十多岁了，又有高血压，怕他在路上受累，要他在家里照顾牲畜。老头子不依，说离不开孙子，一天看不到孙子在身边，就像是猫被拔了须。家里人做不通他的工作，他儿子就骂了声，老不死的，好人命不长，丑人占地方。六嗲嗲听见这话，白眼珠一翻，腿一伸，就这么去了。”

“啊，怎么会这样？”晚娘捂着嘴巴，有点儿不敢相信。

翠云说：“是咧，太突然了。应该是心脏方面有问题，或者是脑溢血之类的毛病，不然不会去得这么快。”

晚晚说：“那他们家赶紧当大事呀！”

翠云说：“当什么大事？他们家里人说去了也好，去得轻松，没有欠一天床债，真是前世修来的福，也省了走卫星的麻烦。他们说等走卫星回来再给他送葬。”

“遭天谴！真的是家里出报应了。我倒要去问问他家里人。”晚晚义愤填膺地说道。

晚娘也说：“走，去看看。”

六嗲嗲屋没有惊天动地的哭声。他家的堂屋门开着，六嗲嗲直挺挺地躺在一张木板上。他家里人都忙得团团转，正在收拾走卫星的东西。

晚晚冷着脸，大喝一声：“你们都停下，都在搞什么？！家里死了人，该哭的要哭，该烧纸的去烧纸，六嗲嗲尸骨未寒，你们也真是做得出来呀！”

这一家子看到晚晚突然出现，都愣住了。

六嗲嗲的儿子说：“没有办法，明天就要走卫星去了，没有时间管这档子事了。”

“真是不肖子孙！死者为大，走卫星算哪门子事？那个时候六嗲嗲走日本都不怕，你们这些不肖子孙倒好，一个卫星就让你们都做了怕死鬼。”

“政府都下通知了，你还管得着吗？再说了，活人重要还是死人重要？”

“六嗲嗲上辈子造了什么孽了，生出你这个杂种来？”

“你骂什么人？这是我屋里的事，关你卵事？”

“我真要替六嗲嗲刷你几个耳巴子，打掉你的六分屄气！”晚晚说着就挽起袖管。晚娘和翠云赶紧拉着。

正在大家推推搡搡的时候，塘湾村所有的灯一齐熄了，整个村子立即陷入一片漆黑。一种令人毛骨悚然的安静笼罩在上空。所有的声音和动作都停住了，好像被孙悟空施了定身法。躺在床上的人不再翻身，大气也不敢喘一口，只把耳朵竖得高高的，留一对眼珠子在黑暗中滴溜溜地乱转。他们全身的神经紧绷，做着随时弹射出去的准备，好像那颗卫星会突然从空中降落下来，把这里炸得人仰马翻，灰飞烟灭。

突然，一阵清脆的声响传来，响亮而清晰。所有人都把心提到了嗓子眼儿，一动不动。有人飞速地运转着大脑；有人僵着身躯，把拳头塞进嘴巴；有人一脸的迷惑，懵懵懂懂，不知所以；有人用手捂着耳朵，把头缩进被窝儿。

声响再次响起，紧跟一个男人粗暴的呵斥：“撞到鬼吗？慌里慌张地干什么？老祖宗传下来的青花瓶都被你打碎了。六嗲嗲说，这个老古董都传下来几代人了，是家里的宝贝。”

一阵嘹亮的哭声，划破了夜空中浓浓的黑暗。几乎所有人都长长地吁了口气，一下子把身体柔软下去。

这时，不知道谁家点燃了蜡烛，哧的一声燃起微弱的光亮。有人说：“唉，真的是屋漏偏逢连夜雨，真是怪了，这个时候都停电。”有人在黑暗中摸索着，咕咕噜噜地，自言自语着。院子里的狗又开始吠起来，塘湾村的夜空飘忽着点点光亮，一跳一跳的，虚幻而迷惘，像个被放了蛊的病人。

“晚晚，我们走吧。我也出来得急，没架势，没带手电筒。”翠云在暗处打了个冷战，挽着晚娘的胳膊不知所措。

“唉，走吧！”晚晚叹息着说道，“这年头，好事也做不得。皇帝不急太监急，真的是人死如灯灭！”

## 5

塘湾村就是一个“台湾岛”的地形，要想去对面的镇上，必须坐渡船。河水自西向东哗哗流淌，清澈见底，浅一些的地方，还能看到丝草葳蕤，鱼虾来来往往。河面有一百多米宽，挨近对面码头的地方河水最深。

为了方便大家去河对岸，村里就出钱造了条大渡船，可同时乘坐一二十人过河。摆渡的是个独眼老人，以捕鱼和摆渡为生，喜欢喝米酒，甲醛中毒得厉害，最后视网膜破坏，一只眼失明。但他水性极好，是这条河上的独行侠，大家都喊他“独眼龙”。

这几天，村里几乎所有人都倾巢出动，连家畜都赶出来了。码头两边人声鼎沸，熙熙攘攘，好不热闹，连过年都没有这种阵势。要过河的人排了一长串，独眼龙忙得要死，一天从早到晚都不歇。刚好又是夏天，天气热得不行，码头上的人稍微一动就挥汗如雨。

晚娘担了一桶凉粉儿，在码头边上的柳树林里卖，一毛钱一碗。她舀得飞快，不一会儿就卖完了。等船过来的间隙，大家就围着晚娘的桶，像麻雀一样叽叽喳喳。

“这鬼天气，太热了，不小心还真得中了暑。走个卫星中暑，要喝十滴水，刮痧，就不划算了。”

“哈哈……刮痧就总比命都没了强吧？”这人把衣衫脱掉，用手一拧，就拧出脏脏的水来，也打个哈哈说，“老花猫打瞌睡——当不得死。”

“管那么多干吗？还是喝碗凉粉儿爽快。”

“多放点儿醋，口不干些。”

他们喝完凉粉儿，嘴巴一抹，就飞起脚去赶渡船了。

有个婶婶转身回来，劝晚娘：“村里人都走光了，你还在这里卖凉粉，真是个财癫。赶紧收拾家里，走人吧。”

“你们走吧，我是公不离婆，秤不离砣，老王不走，我也不走。”

“那你家老王呢？你把他带到渡口来看看这架势，我就不信他真不走！”

“我在这里卖了三担凉粉了，他也给我送来了三次。乡亲们也劝过他，但谁劝他他就骂谁，他脾气犟，就是不肯离开这个屁股大的窝。”

“那他窝在家里干吗？”

“他在家里弹琴呢。”

“真是服了你们了，都火烧眉毛了，屎都到了屁眼儿了，一个还在卖凉粉儿，一个还有闲心弹琴。”

讲着讲着，独眼龙在船尾扯着嗓子喊：“你还上船吗？我要开船了。”

那个婶婶的爷们儿就骂骂咧咧地走过来：“你个抹桌布，还在这里慢腾腾地干什么？真的是头发长见识短，没见过发苦难财吧？人家是要捞笔票子，最后一批才走的。都是聪明人，哪个像你蠢得死！”

“就你聪明？！一毛钱一碗的凉粉叫作捞票子？”她一边急急地赶脚，一边撩起衣襟擦眼睛。没走几步，又折身回来，对晚娘说：“论辈分，你得喊我婶婶。听婶婶一句劝，你们两个老的不走，家里的细伢子一定得安排好了。要知道你家老幺是老王家的三代单传，还要靠他延续香火呢。”

“婶婶放心，我背着老王把老幺打发到县城他外公家了，荞也跟同学出去了，家里就剩我们两个。”

“那要得，那要得。家里就靠你们两个打招呼了。”

整个塘湾村的脚板都在响，咚咚地在院子里来来去去，匆匆忙忙，尘土飞扬。就连狗好像也觉察出了这天的不寻常，在院子里飞快地跑来跑去，追逐着自家的主人奔跑。跑到渡口，却又被打发回去守屋。狗也听话，一步三回头地赶回去。它们蹲在自家屋门口狂吠，歇斯底里地发泄着。

晚晚此刻仍然在院子里弹琴，他弹的《梁祝》《江河水》虽然婉转缠绵，却不能换回乡亲们哪怕一秒钟的停留。在他的屋门口，有一棵高大的椿树，上伏一只叫蝉，喊破了喉咙，配合着晚晚的琴声。整个村子，狗吠，蝉鸣，琴音，不绝于耳。

## 6

走卫星的第二天，渡口仍然热闹非凡。在柳树林里，晚娘仍然摆了桶凉粉儿在卖。她站在蓬蓬间挥动着蒲扇，没一会儿又手搭凉棚，看向竞相过河的人。只见那边船身刚到岸，这边码头就马上又挤满一群人。老老少少，男男女女，阵容浩荡。

这天过河的，不光是人，还有牲畜，鸡鸭结成群，还有灰嘴巴、红嘴巴的大笨鹅。公鸡不停地打着鸣，鸭子也不甘示弱地欢叫着。有些鸡、鸭的脚没拴牢，扑腾一下撒腿就跑了，大家围成圈帮忙捉，一时间搞得鸡飞狗跳，好不热闹。

独眼龙送了一拨又一拨的人和家畜渡过了河。待他再次掉转船头回去的时候，就看傻眼了。陈老五的儿子和儿媳竟然赶着一头老母猪走上码头。老母猪上几百斤重，肚子上的两排奶子格外醒目。它走起路来身体一摇一摇的，肚子上的奶子也跟着一晃一晃的。他们一边用罩子、笤帚为老母猪开道，嘴巴里一边嘟囔着："我的祖宗，你听话些好吗？别乱跑，肚子里还有一肚子的毛毛呢。"然后又大声喊一嗓子："大家让让，要生了！"

上船的时候，独眼龙问：“你们也真会弄，这么重的猪能上来吗？你说还怀了一肚子的毛毛？就不担心会返死吗？”

“不会的，不会的，出来的时候特意在猪栏边保了胎的。”

“要上来就随你，出了事莫怪我就行。”

“不怪的，不怪的。”

船上的人议论纷纷。

“到底是人重要，还是个猪重要呀？大又大的，占地方，船本来就小，还跟着凑多，人都装不赢了。”

“谁家里没养着头畜生呀，要是都赶出来跟人一起逃命，那这船还要不要渡河呀？”

……

独眼龙插了句：“算了，算了，赶都赶来了，还叫人家再赶回去吗？就这一次，下不为例。不答应的话，我就不送你们过河去了。”

于是，在大家的帮助下，老母猪也上了船，挤在一船人中间，臭烘烘的。过河的时候，它还算听话，只是用那个臊水嘴巴拱这个人的裤管，拱那个人的肚子。它嘴巴里面哼哼唧唧的，不知道在哼些什么。到河中央的时候，有人开始说笑话，内容当然离不开这头老母猪。有人问道：“我们一辈子跟牛、跟猪打交道，谁家里牛栏里面不拴着头犁田的牛，谁家里没养着头年猪或者用来生崽儿的猪娘！可是你们知道猪娘肚子上有多少个奶头吗？”大家一时闹哄开了，七嘴八舌，有人说是二十四个，两排，有人说二十一个，两排各十个，屁股中间还有一个。争来争去，没个准头。那人就笑说：“这有现成的猪，数数不就知道了？”这么一闹，就真有人蹲下去数。人和猪错了位置，船身就摇摆起来，东崴一下西崴一下，就崴进了水。这猪一见到水，就惊慌起来，四处乱窜，船身更加不稳。结果船就在大家的惊呼声中沉没了，猪和人都落进了河。

独眼龙大喊：“会游泳的赶紧捞人！”

那些会游泳的猛地清醒过来，一个拉着一个，游向岸去。陈老五的儿子拉着他媳妇游到对岸后，甩着一头水珠子，捶胸顿足：“我的猪娘呀！我的祖宗老子呀！一肚子的猪崽崽是用来给孩子交学费的呀！”

独眼龙说：“还好，还好，幸亏这一船人会游泳的多，没出人命。猪没了没关系，还可以再养的。早跟你们说开了的，莫怨我。”

陈老五的儿子说：“你真是长了张乌鸦嘴，还没上船就净说晦气话。”

这时有人插嘴：“都莫埋怨了，看来还是这颗卫星的煞气大！”

又有人劝道：“都莫讲了，赶紧走人吧！”

在明晃晃的阳光下，大家你一句我一句，哆嗦着身子，冒着鸡皮疙瘩，似乎每个人的头顶上都罩着寒气，冷飕飕的。

晚娘在对岸看着一群落汤鸡样的人群，摇着头叹息一声：“唉，这卫星走的……”

## 7

第三天，晚晚的琴声越发响亮。他在院里弹着荞最爱听的蹦蹦琴，琴声时而铿锵，时而呜咽……

码头上，乡亲们挑着，背着，两手不空。连平时淘气得死的伢子们，都乖乖地牵着大人们的衣角，生怕一不小心就走丢了。他们匆匆忙忙地蒙着脑壳赶路，风一样窜来窜去。晚晚弹一曲《将军令》，又一曲《十面埋伏》，琴声如雨点儿般落在他们脚跟上。塘湾村的上空充斥着一种凄婉而悲凉的气氛，大地也变得阴沉忧郁起来。

晚娘仍然在柳树林里卖凉粉儿。扁圆形的柳叶片儿簇拥成荫，但仍有细碎的阳光漏在她淡青色的确良衬衣上，装点出星星点点的光芒，像一群飞翔的萤火虫，一闪一闪的。等船的人照旧要喝一碗凉粉儿，嚷嚷着多放点儿醋，喝完给晚娘留下一毛钱就急急地离去。

独眼龙矫健的身影在船上移来移去，他划着村里另外一条渡船来来往往，河风鼓满了他的衣裳。

下午，二癞子和翠云一家子急匆匆地赶来。船快要开的时候，晚娘喊："独眼龙等一下，二癞子的爷爷在后头呢。"翠云回头一看，果然，八十多岁的老人拄着拐杖正颤巍巍地赶路。翠云说："哎呀，不得了，不是交代爷爷留在家里看家吗？怎么也跟着出来了？"船上立马一阵骚动，大家叽叽喳喳，说什么的都有。

"怎么只顾着自己逃命呢？要出去就一家子都出去，不然就都留在家里，把老人一个人孤苦伶仃地扔在家里怎么行？"

"是啊，是啊！要是卫星落下来，他老人家跑也跑不掉。莫要像六嗲嗲一样，急出好歹来就不好了。"

……

翠云还没有张嘴，脸就红得像天上的晚霞。她急忙说："哎呀，你们是不知道，我爷爷身上有几种病，医生说不可以跟着我们舟车劳顿，只可以在家里静养。"一边说一边跑过去搀扶。

老人家拉着翠云的手，老泪纵横地说："傻瓜，我都是快要进土的人了，我不会去走什么卫星，我也不想离开住了几十年的老屋，你们年轻人能好好地活着比什么都好，我是来给你们送行的，舍不得你们呀！”

翠云扶着爷爷来到晚娘的身边，对晚娘说：“晚娘，我爷爷身体不好，家里就烦请你多多照应了。在你灶上搭把火，给他送下饭菜行吗？回来我再算伙食费给你。”

晚娘说：“要得，要得，你放心。要什么伙食费，乡里乡亲的。”

船上的人听了，这个喊：“晚娘，你记得给我家的牛扔把草。”那个又叫：“晚娘，你帮我家的猪把一下食，隔三岔五地去看看，别饿死就行。”又有人大喊：“晚娘你别听他们的，你和晚晚也要走卫星，别这样拧，把命稀里糊涂地搭上不合算。”大家七嘴八舌，大呼小叫，个个泪眼婆娑。

晚娘向大家挥手告别，好像真的是要永别一样。

塘湾村空了，高沙市也空了，整个天空都空空荡荡的，只有晚晚的琴声还在填充着这令人心酸的空。

## 8

塘湾村和镇政府的广播再次轮流响起的时候，是在三天之后。照样是杂音断断续续，此起彼伏，空气中震荡着一股鸭公嗓音的气流，像个要死不活的怪物，刚刚从阴曹地府返阳。

广播里播报着卫星残骸坠落的地点，在离镇里六七里外的荒地上，有十几米长的钢片，实验发射成功，降落成功，在发射与坠落的过程中无一伤亡。所有的人都在尖起耳朵听，所有的人都不说话，所有的人眼神呆滞，恍若隔世。好像这些都是在电视里发生的故事，属于新闻播报，跟高沙市无关，跟塘湾村无关。

天空仍旧很蓝，蓝宝石一样，蓝得令人流泪。不知道从什么时候起，晚晚的琴声又飘荡在村庄的上空，所有的人又尖起耳朵听，竟是一曲《沧海一声笑》。有人跟着曲子轻唱起来：

沧海一声笑

滔滔两岸潮

浮沉随浪只记今朝

苍天笑

纷纷世上潮

……

荞醒过来的时候，窗外正阳光明媚，光线充足。

一群瓦灰与棕色相间的麻雀从窗外飞过，兀自在对岸的高架线上起起落落，叽叽喳喳。风吹起，它们的羽毛像一把竖琴，天空到处都是翅膀的声音。

（原载《边疆文学》2017年第6期）

## 6月7日

### 1

尚志明一整晚都在想儿子。他蜷缩在9楼顶层的天台边上，紧挨着半个人高的水泥栏杆。不是点燃的烟头一闪一闪的，还真不知道有个人团在那里。周围一片混沌，好像有东西落进了眼睛。尚志明像一只脑袋蓬松的麻雀，茫然地望着前面那层推也推不开的轻雾。四周静得让人揪心，没有人关心他的存在。他把地上的烟屁股一根根竖起来，立在那里，像一个个又短又粗的感叹号，又像是被锯成一截儿一截儿的枞木。天快要亮了，东方已经喷出了白白的光亮。尚志明一晚没睡，他的耳朵里好像有蜜蜂嗡嗡的声音，就那么一小会儿，又听不见了。他感觉下肢麻木，想换个姿势，却一屁股坐在了那里。

他怎么也想不通儿子怎么会从这里跳下去。这么高的楼，有9层。他一个晚上有好几次想迈上那窄窄的水泥栏杆，体验一下落叶扑向大地的感觉，但几次尝试都失败了。他一伸脖子看下面，头就晕，心慌得不得了，腿也直哆嗦，根本立不住。他想儿子有他的基因，儿子也应该恐高，怎么就敢从这里跳下去呢。据说警察来勘察现场的时候，有人说，他儿子在考场跟老师发生了争执。他想，争几句就争几句，干吗要动真格的，况且就是一次考试，东方不亮西方亮，没什么大不了的，就那么轻易地纵身一跃，真的是糊涂到透心凉！他真想跟儿子说话，可是没有机会了。儿子出事的时候，他还在拉斯维加斯，后来因为签证的事情没有搞好，他无法登机，又因为护照丢失，工作也驿动，在拉斯维加斯折腾了整整一年。这又能怪到谁呢？他抬手看了下那块瑞士表，北京时间6月7日凌晨5点。他想，这个时候的拉斯维加斯，应该是中午1点了。

去年的这个时候，他正在拉斯维加斯经历一场惊心动魄的抢劫。歹徒用丝袜蒙着头，把黑洞洞的枪口顶在他的脑袋上，他的心脏跳动得都快蹦出来了。6月7日，是他儿子高考的日子，是他人生起航的关键时刻，他答应儿子买块瑞士表的。他进了一家商铺观摩了半个多小时，最后咬咬牙付完1620.03美元，就拿着手表离开了。没走多远，就听到一位女士的尖叫，然后被手持枪械的歹徒逼进一条小胡同。尚志明虽然慌得不行，但他潜意识里还是把那块瑞士表藏到腰间的皮带里，贴肉放好。被围住的几个人都乖乖地掏出身上的钱，然后双手举起靠墙，他也不例外。他是唯一一个亚洲人，更是不敢轻举妄动。很多同事告诉他，碰上了歹徒，按照他们的要求去做就是，他们只是劫财，不会轻易伤人性命，千万不要反抗。尚志明毕竟还是头一次碰到那样的情况，真是糟糕透了！他的心像只兔子一样乱窜，感觉自己就要死了。令人费解的是，在那生死攸关的时刻，尚志明的眼前居然晃动着妻子忙碌的身影。妻子给他端来一碗热气腾腾的银耳莲子粥，说：“喝吧，夏天喝了好，稳心祛火。”声音很柔，黏黏的，跟那碗银耳莲子粥的浓度差不多。妻子很漂亮，优雅知性，懂得养生和调理生活。

## 2

阿静这天买了牛肉和排骨。牛肉炒小米椒、排骨炖海带这两个菜，她儿子都爱吃。

都说6月7日在中国是个特别的日子，这个日子牵动着全中国高三学生家长的心。这天，阿静像以前一样送儿子去了学校，然后在返回的路上去菜市场买菜。她的头发很直，很柔，风一吹就飞起来了，她不时地用尖尖的指甲把凌乱的发丝拢到耳朵后面。

路上想起昨晚跟她儿子的谈话，心就暖暖的。她儿子用变了音色的腔调嚷嚷着："喂，我的老姐，别老穿着个围裙晃来晃去的，幸亏是在家里，出门一定要脱了。如今都什么年代了，还这样不知道讲究。"儿子总喜欢喊她老姐，说她这么大年龄的也不懂事，说话做事都幼稚得不得了。至于她怎么幼稚了，她自己也不知道。她心想，儿子说她幼稚就幼稚，反正又不是别人说的。好像儿子是在上高中时就开始这样喊她了，阿静也不纠正，蛮乐意的，觉得儿子贴心。听儿子讲，下面各个学区的学生都提前一天赶到了县城，所有的宾馆都住满了。

"满了就满了，反正你又不需要去住宾馆，从家里到学校考场也就不到两千米，你不想走路，我用电动车驮你去就是了。"阿静说。

"要得。以后老姐就再也不用大冷天的穿着个睡衣深更半夜出门，站在旮旯里可怜兮兮地吹着西北风踮起脚尖等我了，开心吧？"

儿子嘻嘻哈哈地笑着，那双好看的双眼皮大眼睛都笑眯了。

儿子的成绩很棒，视力也好，不像别的学生，很早就戴了副老学究的黑边眼镜。这都要归功于阿静的生活调理。她不知道给儿子买了多少深海鱼油吃了，平时生活中也离不开各种鱼。凡是对眼睛有好处的食物，她都搭配着做，把儿子养得像一条金光闪闪的大鲤鱼，只等着那么一跃，金榜题名。阿静用食指在儿子挺直的鼻梁上用力刮了一下，说："开心——，不过，都接了三年了，已经是习惯成自然了，一下子又不要去接了，还真不知道该干吗。"

儿子说："瞧你们这些家长！平日里不要你们接吧，非要去接，接了又说好累，现在不用去接了，反倒又不知道自己该干吗了。照我看，以后就好好放松一下，做点儿自己想做的事情。女人嘛，也要为自己活一把。等我以后拿工资了，就支持老姐去周游世界。人嘛，不能一辈子老窝在家里，得长长见识。不过，老姐，你得先答应我一个要求。"

"什么要求？"

"考完试后，我要去KTV唱歌，同学们早约好的。"

"你一翘屁股，我就知道你要拉什么屎了。好吧，十年寒窗，盼的就是这天呀！考完试你就去吧，也要放松放松了。看你们高三整整一年几乎没有休息过，天天埋在试卷堆里，真担心你们憋出个好歹来。"

"真的是知子莫若母，看来儿子是妈妈的心头肉、女儿是爸爸的小棉袄，真的是至理名言。可不是！几天就一大考，几乎天天有小考，人都快烤焦了，难怪一到6月7日就会出现些零星怪事。"

"什么怪事？"

“去年6月7日考试的时候，不是有一个男生跳楼了吗？历史的教训呀！但愿以后不要再发生这样的事情了，太惨了！据说这学生还是个学霸，成绩好得不得了，是全校排名前十的尖子生，清华、北大的种子选手。听说他被同学刺激了一下，说他是私生子，没有爸爸。他当时就打电话给他妈妈。他妈妈是个打工的民工，也给不了他具体的说法。他长期被寄养在他姨妈的家里。”

“我天天足不出户的，哪里晓得这些事情？再说这事儿天远地远的，和我八竿子打不着。你也不要去说了，毕竟你明天要去考试，晦气！说点儿高兴的吧。”

“老姐，你也要接触接触社会，看看新闻什么的。”

“嘿，龟儿子，你高二会考的时候，那些政治时事资料是谁帮你整理的？我天天盯着电视看新闻呢！一有重要领导讲话，我就把核心问题记录下来，给你参考。你进入高三，我更是忙得不亦乐乎，每天早出晚归、披星戴月地接送，晚上给你准备夜宵。前段时间，我又给你准备自主招生考试备考的资料，光那几张成绩表就把我搞晕了。我又不怎么会弄电脑，搞错过几次，做了好多无用功，还要去找学校的领导盖章，容易吗我？你学习那么忙，天天在喝墨汁，我难道还忍心要你自己去搞这些乱七八糟的事情吗？”阿静委屈地撇着嘴。

“哈哈……按时下流行用语，考学生也是考家长。”

“对，反正我感觉我也在跟着你一起读书了。”阿静接着端了盆热水过来。盆是尚志明以前在外面出差时买的，是个用来专门洗脚的按摩盆。阿静不喜欢洗脚按摩，嫌这东西放在哪里都碍眼，就把它放在杂屋，一直没有使用过。阿静把电源接通，儿子把脚一放进去就咯咯地笑起来，说：“不行了，不行了，我最怕人给我挠痒痒了，这家伙，挠的还是脚板心，真叫人受不了。”

“忍着点儿，儿子。听你爸说这东西可神奇了，可以舒筋活络，治疗许多亚健康疾病。我是怕痒，也嫌麻烦，就一直没有用过，今天就给你先用吧。给我儿洗洗脚，暖暖心，以后我儿上了大学，我就没有机会给你洗脚了。明天考试轻装上阵，祝我儿子旗开得胜！儿子呀，我们一家都不容易。你爸常年在外，不是巴西，就是洛杉矶，跑来跑去、飞来飞去的，今年又被单位派到拉斯维加斯，搞什么科研项目，漂洋过海的，我们一年到头难得看到一次他的真人真身。碰上传统节日和我们的生日，我们也只能在网上看看他。还是一家人团团圆圆地在一起好。你白梅阿姨总是羡慕我，说我一个平头百姓，在这个山窝窝里嫁了个出国留洋的老公，幸福死了！她哪里晓得我们的苦？等你爸合同期满回来，我再也不让他签这样的合同了。头几年人民币贬值，他存的外币都来不及兑换，贬了值，也没有挣到多少人民币。就拿前几年来说，当时美元兑换雷亚尔的汇率在2.50波动，雷亚尔兑换人民币在2.48左右，你爸在巴西，真的是损兵折将！每年收入也就是个十几万，刚好够养家糊口的。现在哪个在外面打拼的年薪没有个几十万的？你爸是单位限制，憋屈了。”

“同学们也很羡慕我有个可以用英语交流的老爸。”

“唉，这么多年，你是不晓事。你爸虽然也回来，但每年只回来一次，这个家比旅馆还不如呢。每次回来，飞机要是晚点或者检修延期，我的心就绷得紧紧的，生怕飞机在太平洋上出事，揪心着呢。唉，不说了，不说这些了，你明天还要考试，以后就靠我儿争气了。”阿静把儿子的脚放在她的大腿上擦干水。

尚文也没有吭声，他看到阿静的头上有一根银色的发丝，显得桀骜不驯，格外显眼。再细看一下阿静的眼角，那里的褶皱也有了连绵起伏的气势。他叫阿静别动，然后把那根耀眼的发丝剔了出来，再用手压着旁边的头发，揪着根部稍一用力，就拔了出来。尚文把它绕成一团，悄悄地丢到身后的垃圾桶里。

阿静居然没有感觉到疼痛，只一个劲儿地问："头上有什么呢？"

尚文说："没什么，刚刚一只该死的飞蛾飞到你的头上了，我已经灭了它。"

阿静抬起头，看到尚文正在瞅着窗外。她也瞥了一眼，却什么也没有看到。外面一团漆黑，只有小区里的路灯朦朦胧胧，昏黄的光晕像是浆洗了百年的土纱布，顽强而柔弱。隐约之间，有一股馊馊的米汤味流淌的气息。

## 3

下课铃响的时候，阿静早在校门口候着了。校门口前这一条街，从头到尾，都是黑压压的一堆人，比元宵节闹龙灯还热闹。家长们手里拿着帕子或者广告纸，躲在树荫下扇风，要是平时，不管在家里还是在外面，空调都是开得呜呜地响。6月7日这天，一家子围着孩子转，有专门去接送的，有专门等着孩子下考场的，还有专门在家里准备饭菜的。总之，林林总总，一家子能用上的人都用上了。

考场里面没有一点儿声音。外面候着的家长一个个默不作声，拿出手机，却都没有发出声响，显得特有素养。连马路上的各种车辆这两天都特温柔，鱼一样来来去去，悄无声息的，配合得很默契。别看这些家长们一个个站着不动，却满头大汗，一双眼睛也不安生。他们一分钟里面要看三个地方，踮起脚尖瞄一眼里面的考场，又瞄一下手表看看时间，再定定神看看手机。阿静不自觉地想，平时嘱咐儿子做事不要丢三落四、粗心大意，比如出门就要带钥匙，万一家长有事不能来接，没带好钥匙就进不了门。想着想着就觉得胸口憋闷，总觉得有什么东西压得喘不过气来。又突然想，这龟儿子的考试工具应该都带进去了，她出门的时候还告诉儿子要检查一遍。她不记得了，真的是不记得了。阿静的脑袋里乱纷纷的，又想起儿子批评她的话："看看你们家长，总以为自己什么都能，其实还不是一样丢三落四。上次你的身份证不就是我给你找到的吗？到处乱放，又没有记性，自己放在哪里了都不晓得。"儿子没个正经，阿静就叹一口气："唉，冇得办法，不要跟我学，你老姐终究是老了。"

阿静走神儿的当儿，已有学生三三两两地从校门口走出来了。家长们开始拥过去，围成一圈，"照子"放得亮堂堂的，生怕漏掉了一点儿蛛丝马迹。阿静很远就看到儿子出来了，走路的姿势很矫健，脚步也迈得很大，三步并作两步，面带微笑，眼睛发亮，看样子是出师大捷了。果然，他一看到阿静就跳得老高，一蹦一蹦的，像头羚羊，嚷嚷着："老姐，老姐，这次的作文题目就是我之前预习的，我自己抓的，抓得准吧？"

阿静激动地抓住儿子的手："考得还好吧？"

"感觉还行。"

"那就好，那就好，也不要去对答案什么的。下午就要考数学了，数学是用来拉分的，一定要把握好速度和质量。"

"放心吧。"

“也是，我儿平时成绩就很稳定的，只要题目出得不偏就没有大问题。”阿静喜滋滋地把电动车推出来，说，“快上来吧，饭菜都已经做好了，只等着你回去吃。吃完就好好睡一觉，什么都不要想。”

## 4

阿静笑眯眯地看着儿子吃完了一碗排骨海带汤，赶紧起身又给他盛了一碗米饭，说：“儿子，多吃点儿牛肉，牛肉吃了好，长得结实。如今那么多的禽流感，鸡鸭鱼肉呀，我都不敢多买，还是吃牛肉好，你看外国人喜欢吃牛排，都长得人高马大。”阿静用纸巾给儿子擦去他额头上冒出来的汗。

“还是托我老姐的福！我都有一米八了，我们班那个成绩最好、长得最漂亮的女生说我是班上最帅气的男生，有男人味。她还说我长得像姚明。”

“真的吗？我儿还有乖态女生青睐，不错不错。”阿静拍了拍儿子的头，说，“幸亏学习没有分神，就担心你们少男少女早恋，这样会影响学习的。”

尚文说：“老姐，你也太落伍了，观念起码要更新五十年。有句话怎么说的？不要去做追赶马的人，要做马去寻找的那片芳草。你看马跑得那么快，是你两条腿能追得上的吗？为了成功地长成那滩让马停留下来并且流连不已的青草，我是奋战了多少个日日夜夜呀！人都起码减了十斤膘，我容易吗？”

“对，读书就是要你追我赶的才能进步，你的想法是好的。”

“老姐，再告诉你一个秘密，可不要告诉爸爸。他搞科研，脑袋烧坏了，完全一个书呆子。还是一只中国的蜗牛，在国外也不吸收先进经验，脑袋更新得太慢。”

“好，不告诉他就是。”

“那个女生在我生日的时候还送了个风铃给我，我也送了礼物给她。而且，我们两个是真的很有缘，她就跟我分在一个考室，还同在一个小组。”

“哦，那是真的有缘。好好吃饭吧，今天怎么这么多话？瞧你兴奋的！吃好了就去午休。下午3点钟考试，是提前半个小时进考场吧？我两点钟准时喊醒你。”

尚文把碗里的米饭一口扒完，说：“别急，我还要告诉你一件事情，我爸说等我高考后给我买块瑞士表。我不要手表，我要买辆小车，小型的那种，就几万块钱。我考完试后就报名去考驾驶证，我会在一个月以内拿到驾照，到时就带她去兜风，不走远，就在附近的地方转转。我答应了她，君子一言，驷马难追。你一定要帮我跟爸爸说说好话。你儿子也是快成年的人了，都十八岁了。”

阿静惊讶得瞪大了眼睛，说：“儿子，你今天没发高烧吧？说话总有点儿煳味呢。自主招生你过了两所985，考完马上要集中精力去参加笔试和面试了，哪儿有时间考驾照呢？”

尚文说：“老姐，你也不到网上查查，那些所谓的自主招生学校有几个好专业呢。虽然都是985和211学校，但都是先把一些冷门专业放出来优惠分数的，好的专业还没有拿出来。再说，那些不是985、211类的学校也有许多好专业，很热门，也很好就业，眼光要看远，我以后还要考研的。”

阿静忙不迭地点头，说：“好，好，现在想那么远的事情干吗？

现在当紧的事情就是休息，养精蓄锐，以最好的精神状态去考试。要知道，数学可是你的强项，高考也就是要靠数理化拉分。什么事情都等考完试后再说，以前好像你也没有这么多话，现在怎么了？高中三年跟我说的话加起来都没有今天的话多，怎么回事？真的是人老话多，树老根多。”边说边把尚文推到他的卧室，转身把门关上。

尚文又把门打开，说：“那是没有机会跟你说话，每天读书都是两头黑，哪儿有机会说多少话。我说说话怎么就是老了呢？你见过十七八岁的老头子吗？”

阿静舌头一伸，说：“那是我嘴巴快了，是我老了，人老话多，行了吧？快去睡觉。”

## 5

阿静收拾好碗筷，就在沙发上坐着，不知道接下去该做些什么才好。她不敢打开电视，怕影响儿子休息，就起身去洗了两个苹果，准备尚文醒了给他吃。这个时候，她的手机响了，一看，是白梅打来的，赶紧跑进她的卧室，把门关上。

白梅问：“尚文肯定考得好吧？”

“看他那兴奋的样子，应该还过得去。你儿子呢？”

白梅在电话里叹了口气，说：“那个闷葫芦，看着就不让人省心。考试回来，一句话都没有说，吃了饭就睡觉。我问都不敢问他，生怕他没有考好，情绪激动。”

“不说话不代表没有考好，也许是想积攒精力应付下午的考试吧。我家的就是话太多了，叽里呱啦的，我都担心他太兴奋了，休息不好，影响下午的数学考试。”

“你也是瞎操心！尚文从小学到高中的成绩一直很好，也很稳定。”

“不多说了，孩子们下午还要考试，你也休息一下，真的是孩子高考，家长也在高考。”

“是咧，现在时代不同了，考学生也是在考家长，填志愿、填专业都是要家长拿主意的，孩子还小，他们懂得多少呢？他们哪里知道现代社会哪些专业吃香，好安置工作呢？真是不知道选个好学校，还是选个好专业。以前哪儿有家长这么操心的？都是瞎猫碰上死耗子，要靠自己。”

“是啊，是啊，时代真的变了，我们都落伍了，不多说了，休息吧。等孩子这两天高考结束，我们也出去放松放松。现在我胸口闷闷的，都有点儿缓不过来。”

阿静说完正要挂电话，白梅又叹了口气。

阿静忍不住问：“怎么了？”

白梅说：“我也不晓得怎么搞的，心里是七上八下的，生怕孩子没有考好，但万一没有考好又觉得没有什么。”

“是的，关键是心态要好，家长和孩子都要有个好心态才行。一切顺其自然。”阿静说。

“话是这么讲，可哪个家长不望子成龙呢？阿静，你知道吗，今天发生了件令人想不到的事情。我本来是不想说的，毕竟今天是孩子考试的日子，说了总感觉不吉利。”

“什么事情？”

“我们小区的一个家长跳楼了，人当场摔死。”

“天哪！怎么回事？”

“还不是孩子闹的！他的儿子就是前两年我们这里的清华生，听说入学后因为专业不对头，学不进去，天天玩游戏，好几门功课挂科。他们两口子不敢对外透半点儿水汽。毕竟，他们热热闹闹地请了客，整个县城都晓得他们家出了个状元郎。他儿子这个样子，他都不好意思抬头见人。后来，他把他儿子放到省里的一所985类重点院校读书，他老婆都辞了工作直接去陪读了。但是他儿子还是沉迷在游戏中，根本不理功课。听说，现在这个985学校也不肯收留他儿子了。这不，他就选了这个日子跳楼了。他死了，他老婆才道出这些原委，不然大家都不晓得是怎么回事。”

阿静听完挂了电话，坐在床上发呆。她想不明白现在的人怎么了，只觉得脑子里面乱糟糟的，又不由得想起了以前的事情。

那天，阿静一打开门，就接到白梅的电话。

白梅说：“你儿子去补习数学吗？如果能有奥数排名，就等于进了重点大学的保险箱，闭着眼睛就可以上985或者211。运气再好点儿，上清华、北大的概率也比普通学校高。”

阿静说：“考名校都是要考奥数的，但我儿子又没有奥数的底子，哪里能考得过呢？人家做家长的也都是全程陪读，我可没有这样的决心，像他们那样把工作都辞了，来个釜底抽薪，把所有的希望和压力都推到孩子身上。”

白梅在电话中咳了两声，说：“你呀，真是个财癫！老公在国外挣大钱，你也有工资，儿子只有一个，不把他培养好了，将来靠什么呢？孩子就是祖国的花朵，孩子就是我们的一切呀！我们现在合伙给他们请个数学老师辅导下数学吧，每天我们两个轮流接送，一对一地授课，肯定效率要高。”

“好，我不是心疼钱，我得跟我家的志明商量下，再回你话。”

“你呀！人家都是妻管严，你是夫管严。”

白梅是阿静的初中同学，两人好多年都没有联系了。她们的小孩儿在读小学的时候刚好在一个班，她们两人联系得多些，后来，俩小孩儿上了初中就分开了，她们也联系得少了。现在孩子都进入了高中，白梅又联系上了她。

阿静挂了白梅的电话，马上就给尚志明打了过去。那边的电话响了下，就挂了。接着阿静的手机就响了，上面是个0，外加一长串阿拉伯数字。那是尚志明跟她商量好的，有事找他的话，先拨通他的号码，然后就挂掉，他再在网上用网卡回过来。尚志明说，毕竟是越洋电话，得计算着点儿。接通后，阿静把白梅的话告诉了他。

尚志明说：“你们呀，真的不晓得世相！在家闲得无聊，恨不得把天给捅出个窟窿。我在美国从来没有见过家长像你们这样的，人家这边的孩子都是从小自强自立的，十八岁父母就不管了，靠自己学习打拼和谋职业。现在国内的家长陪读蔚然成风，真的是把孩子当猪在圈养了，这样做有意思吗？孩子出来就跟一个木偶差不多，甚至许多孩子进了大学，都还不会打理自己的日常生活，真的是中国式教育的悲哀！”

“别跟我说这些大道理，你就说同意不同意吧，你是在美国，我这里可是在中国。是谁打电话嚷嚷着吃不惯美国的牛排，看着那些挤出来的番茄汁就犯恶心，想起家里的爆炒青椒就流口水的？那是美国好，还是中国好？”阿静在电话里没好气地说。

尚志明哑巴了，憋了半天才吭气，说：“你也要讲些道理才好！

你说的是生活习惯，我当然是习惯中国的了，可我说的是教育观念问题，两码事，怎么酱油、麻油都混到一起了？”

阿静嘴巴也尖，说：“不管是什么油，说到底，不都还是油吗？”

尚志明讷讷地说：“那好，你做主就行，你同意就行。”

一开始尚文极力反对补课，说如果非要强行要他补课，他就罢课。当时尚文正在青春期，叛逆心很强，阿静也不敢霸蛮，怕万一弄不好，就会毁了他。然而，不久之后，尚文又主动跟她说要去补课，因为他听说有个同班同学也在那个老师那里补课，人家还是女同学，他也不甘示弱。

阿静没有细问，更不知道他说的女同学是哪个。她想，不管是谁，只要尚文同意补课，就是好事。事实证明，尚文不但提高了数学成绩，而且在省奥数竞赛还得了个第三名的好名次。但他的理综成绩好像又掉下了点儿。没办法，高中时间有限，鱼与熊掌不可兼得。反观白梅的儿子，却硬是油盐不进。白梅花了同样多的钱，他的成绩不说在全县和全校，就是在班级也总是揪住那根老鼠尾巴不放，只比倒数十名好那么一点儿。尚文是把他远远地抛在后面了。想到这里，阿静的脸像一湖波光粼粼的春水，风一送，就漾开了。

阿静是很满足的，老公在国外挣了钱就马上汇给她，儿子也很听话，一门心思扑在学习上，不用她操太多的心，而且他高中三年的成绩一直稳定在全县前十里面，稳一稳，冲一冲，是可以竞争全国的名牌大学的。前不久她去开家长会，儿子的班主任就告诉她，只要尚文这段时间的成绩稳住，不说清华、北大，考个复旦、浙大是十拿九稳的。她听了，心里乐开了花，感觉没日没夜地接送，搞生活调理，真是值得！用尚志明的话说，十五的月亮一半在中国，一半在拉斯维加斯。

## 6

尚志明始终不能理解，他儿子怎么能如此草率地跨出生命的最后一步，一个不到十八周岁的孩子怎么会有如此的勇气。他希望儿子给他打个告别电话，这样他就能晓得儿子的心思，可以帮他分析问题了，儿子也许就不会从这里跳下去了。他懊恼不已，突然想起那天的抢劫。除了藏在腰间的那块瑞士表，他把其他的东西都掏出来保命了。尚文有没有打出这个越洋电话，他不得而知。

尚志明从阿静断断续续的抽噎中，知道了大概的起因。阿静也是从尚文同考室的同学那里听说，尚文考数学的时候拉了前面同学的衣服，被监考老师看到了。监考老师批评了他，说考试不能舞弊。尚文说他没有舞弊，是他前面的男同学舞弊，他前面的男同学不停地拉前面那个女同学的衣角，要抄她的试卷，搞得那个女同学不能好好做题，都急得要哭了。尚文看到了就拉他的衣角，要他不要抄袭别人的试卷，影响别人考试。这个时候，监考老师就过来了，看到尚文的举动，就批评了他。尚文不服，直接跟监考老师争执起来。监考老师就要通报他们三人舞弊。那个女同学当场就急哭了，转身就埋怨尚文，说他多管闲事，人家抄点儿就抄点儿算了，搞这么大动作干吗！尚文辩解道："我也是怕他影响你考试，怕我们考同一所学校的计划被他搞砸了。这都什么时候了，你怎么能怪我呢？"

那个女生脸上一红，说："我什么时候说要跟你考同一所学校了？”

尚文激动地说：“不是说好考同一所学校的吗？我连我爸要给我买块瑞士表都拒绝了……”

那个女生的脸更红了，情绪也激动起来，冲着尚文说：“明白告诉你吧，我那个时候见你数学成绩不是太好，是为了鼓励你好好学习，才答应跟你考同一所学校的。”

尚文半晌说不出话来。他的嘴唇哆嗦着，眼泪喷涌而出，对老师说：“那就通报我一个人舞弊吧！都是我的错！我不该多此一举，跟他们没有关系。”

谁知，监考老师在全校广播里通报批评他们三个人考试舞弊……

尚文喜欢打球，在骄阳似火的球场上，他投篮的命中率总是最高的，而且投的还是空心球。那个时候的尚文，总会给站在球场边上的尚志明一个灿烂的笑容。尚文露出一口白白的牙齿，嘴里靠右的一颗是虎牙，在阳光下醒目又耀眼。他微卷的头发像翻开的波浪，一耸一耸的，煞是好看……

此刻，尚志明感受到空气中暖暖的气流和儿子身上的体温，他泪流满面，取下手上的那只瑞士表，后退一步，使出吃奶的劲儿掷了出去。

尚志明走到街上的时候，天已经大亮了，各种车辆从街道和小胡同里钻出来，空气里开始涌动着一股扑面而来的热浪。交警在马路的拐角和校门口摆放着一张牌子，上面写着“6月7日，禁止鸣笛”。

（原载《天津文学》2018年第10期）

# 呼叫群主

## 1

气温已经大幅下降。灰蒙蒙的天，清早出门就能看到茅草地上的霜花，一层毛茸茸的白，薄薄地覆盖在没有人路过的地方。

一可走在郊外，迎着风，踱着方步，专往有霜的地方踩。一脚踏上去，一种碎裂的声音在尖叫，在求饶，好像世界就被她这样碾在脚下了。她的脸上露出一种莫大的满足与快感。她的高筒靴子下面一截儿湿漉漉的，走过的地方，霜花都融化了，枯草上悬挂着一串串晶亮的珠子，像一个人的眼泪，很冷。

“你两个稀下的！又说要看电影，到影院又不看，嘀嘀咕咕，活活地浪费我的钱，还要去吃海鲜粥！”一不留神，那尺把长的钉子一样的高筒靴由于重心不稳，在一块凹进去的地方崴了一下。“哎哟！我的脚呀！”她往前挪了几步，抱起那只崴了的脚，单脚跳着。

一可左顾右盼都冇看到半条人影，也没有落屁股的地方，就想蹲下来脱了鞋子揉揉脚，又担心身上那件雪白的毛呢子长外套巴上了土。她一甩那波浪翻滚的头发，掏出手机给一山打了个电话，嘟嘟地响了半天，无人接听。她又拨出第二个电话，是打给一尘的，对方也没有接。她咬咬牙，再拨了一米的，电话终于接通了，对方“喂”的一声，就像早晨射出的第一缕日光。

“一米，快来救我！”

“怎么了？大清早的，你又去哪里厮混了？”

“快莫讲了，人在背时的时候，喝凉水都牙碜。昨天一山和一尘非要我请他们看电影，到了影院，他们两个又私聊去了，电影也不看，生怕下辈子都没有机会说话了。看了电影又要吃夜宵，折腾了我一个晚上，真是撞见鬼了！我本想早上出来吸收吸收负离子，换换气，冇想到这跟了我好几年的鞋子也欺负我，把脚崴了。哎哟！痛死我了，你快来接我。”

“啊……我的伢老子！我在昆明呢，坐火箭去接你吗？”

“你个鬼！出去了也不打个招呼？回来再跟你算总账！”一可挂了电话，一个劲儿地哈气。

没过多大会儿工夫，一可的电话又响起来。她一看屏幕，是一尘打来的，就接了。

一尘问：“一可，什么事？我刚刚屙尿去了，来不及接电话。”

“没事就不能打你的电话吗？”一可没好气地嘟囔着。

“我还在睡觉呢，有什么事快讲。”

“快来西郊接我，我脚崴了。”

电话里传来一尘的呼声：“呀……你搞什么名堂？鬼摸到头吗？麻烦你看看时间，现在是几点？”

“现在是北京时间6点整。”一可冲着手机大叫。

“我记得你是属猫科的，怎么突然江水倒流了？”

“来不来，痛快点儿！”

“考我是吧？我的智商还没有归零呢，不去。这大冷的天儿，我可不会随便就上了某某菜鸟的当。”

“我有犯罪记录吗？”

“你真是癫了！你自己看看我们群里的消息记录，你上次的记录还没有过警戒时间呢。我们这个群里你是最会捉弄人的。”

“你……昨天的夜宵真是呷到屁眼儿去了。我要呼叫群主了，要他出来主持公道。”

“你呼吧，群主谁呼都灵的，是个厚道实在的主。”

一可这时两只脚立得稳稳当当了，绷得像两只铁杆杆，又细又直。她挂了电话，连接了移动网络，在群里先发一只公鸡，那只公鸡嘴巴一张，就扩出来一句：“起床啦！谁不起床打谁屁股！”

这下群里炸开锅了。

一米回过来一句：“一可你到底是在西郊还是赖在床上？”

一尘说：“一可犯了夜盲症，色差发生了变化，有暂时短路的可能。”

一可来一句：“群主起床更衣了吗？呼叫群主！严重呼叫！”

一山说：“群主出差了，他老人家老眼昏花，把眼镜揣在兜子里，耳朵锁在箱子里。”

一青说：“姐姐，今天又玩什么新招数？”

一可说：“我在西郊喝西北风呢，你是这个群里的司机，快来接我。”

一青说：“姐姐，你的脚崴的真不是时候，我的车子的离合器出了毛病，昨天送去了修理厂，还没有搞好。不过，也不打紧，你家离西郊才不过一千米。”

一可说：“还走回去？你看我什么时候受过这种屌罪？”

一米说：“我倒是想去的，可惜昆明的火箭发射轨道还没有问世，塞克号又在白垩纪窝了。看着美女受难，我可怜的小心脏也烧焦了。”

一尘说：“可惜，可惜，群主对群里的大小事宜都是极端负责的，可惜呀，他今天指挥的蛟龙号也潜水了。”

一可发出一句：“我们这个群是疯了吗？我想找人帮个忙都这么难了？”她一咬牙再发一句：“谁来西郊，我今天请他吃一头牛。”

一青说：“吃一头牛是什么概念？估计这头牛没有我的份儿。”

一尘说：“不是我不想吃那头牛，而是这个移动时代变化太快！牛肉都变成基因可可，地沟油满街都在流。”

一山说：“一可，我想你现在应该正在收起左脚，右脚正在踏进家门。”

一可说：“我想你明天不用上班了，群里掏钱给你支一个小板凳，再买一个本子，一支笔，一副墨镜，外加一副拐棍。”

一尘发了一个问号。

一可回应一句：“傻蛋，我们群里诞生了世界第一的神算子。”

## 2

这个地方叫弯又弯，是一个村落，离城区三十公里左右，坐落在一座座连绵起伏的山峰之间。这个山坳坳里，零零星星地散落着几户人家，房顶上的树皮瓦青黑，有的还长满了毛茸茸的青苔。大部分青壮劳力都捞大票子去了，剩下一些老弱妇孺。天气晴好的时候，屋里的老人就领着孩子上山干活。偌大的坪地上，放着一个个篾制的糠筛子，里面红的、金黄的、白的、紫色的地瓜切成条状，在阳光下冒着热气，老远都能嗅到香甜香甜的味儿。晒到水分干干的时候，那甜里带绵的柔韧筋道，馋得人直想抓起一把往嘴巴里拱。可想归想，却是不敢乱动的，边上蹲着的那只大黄可不是吃素的！

一只公鸡在屋门口转悠，头顶上的鸡冠红得发亮。碰到一只黄母鸡，它就把那华丽的翅膀用力抻开，直露出一根根连接着肉身的白管管，可以清清楚楚地看到绒毛和青筋。它那撒开的翅膀，像一面扇形，绷得直直的，显示出威猛无比的劲道。这只公鸡边挥动翅膀，边围着母鸡绕圈，这场景很难不让人想到角斗场上的勇士，他们伸开双臂，将雄健的胸肌鼓到最高极限，展示给观众。这时，旁边的芦花母鸡低低地迈开三寸金莲，又引起公鸡的注意。那只公鸡又跑到它身边，摆出同样的姿势。突然，另外一只公鸡张开双翼，从山上冲下来，朝着这只喜欢调情的公鸡挑衅。瓦灰猫本来蹲在劈好的柴堆上晒太阳，这时见到这阵势，赶紧跳到堂屋里一张八仙桌上，寻找最佳的观战位置。

那上坡的山肠子从下往上都是弯弯，过了一道弯弯，转身就又到下一道弯弯里。这些弯弯就像女人的身段一样，软软地扭出一个弧度又一个弧度，一波荡开一波，S形连接着S形，绵延不绝。坡顶一览无余，岚烟缥缈，美不胜收。

最先发现这个地方的就是一可。她喜欢往山洞洞里钻，钻来钻去，竟误打误撞地寻到了这块原始宝地。这个发现是有着历史性的意义的，至少对于他们这个群来说是如此。一可经常喊一山和一尘、一青来弯又弯爬山，他们在这个青青的活氧吧里发现了许许多多从未见过的植物。

到了弯又弯，一可就像只会钻地洞的鼹鼠，一忽儿出现在这个山道道，一忽儿又到了那个弯弯尖。又像一条灵活的蛇，非常快速地摆动胯部，给人的感觉是屁股刚刚还在这里，身子就已经冲到前头去了，把一尘和一青他们甩得远远的。一山是一可的跟屁虫，紧紧地粘在她又鼓又翘的屁股上。

爬到半山腰的时候，一尘的汗珠子从他光光的额头上直往下淌，他说："还爬吗？我可是摆不开步了。"他两手叉腰，喘着粗气。

一青不服输地说："瞧你这德行！坐办公桌坐久了，典型的腰椎间盘突出症！你看一可和一山比我们还大好几岁呢，别让他们看扁了！"

"不行了，不行了。岁月不饶人，不服老也不行。你鬼里鬼气的，怎么就知道我腰椎间盘有突出呢？"

一青哈哈大笑，说："这还不简单？我又冇是智障。幸亏这条道是倒了水泥的毛马路，不然的话你更难上去了。"

一青也停下脚步，陪一尘在山道上歇息。不时路过的一两个山民，朝他们好奇地张望，表现出对这些不速之客的戒备。也有些人很热情地跟他们打招呼，问一尘借个火。一尘的新式打火机很是精致，特别是上面的妞儿很是打眼，惹得他们在点火的当儿瞄了一眼又一眼。一青也难得闲下来，她在马路两边看到好多树木，都是她从来没有见过的品种。有的开花结果，有的光开花不结果，有的树枝上挂满了豆荚，那模样跟油菜花落了花之后结的荚一样，细细长长的壳里面裹着一粒粒黑籽。树下面是一些矮矮的荆棘灌木丛，一青看到上面结着草莓一样的果实，颗粒比草莓小很多，红艳艳的，煞是可爱。一尘告诉她，这是野生的莓，可以吃，小时候他就吃过不少。一青一听还可以吃，就来了劲，不顾藤萝缠绕，也不管那刺有多么扎手，硬是采了一大家伙堆在掌心。他们合伙消灭掉那莓之后，就听到一可和一山说话的声音。

一可下来后很兴奋，还替一青和一尘可惜，说："你们怎么不上去呢？爬上顶端更是不得了，不说世外桃源吧，也一定是个隐居的好去处。山尖尖上住着几户人家，木墙树瓦，好有味。走到这条道的尽头，又是另外一个村落。山民在他们的屋檐下，摆了一条长长宽宽的木板凳，油光水滑的，可以躺在上面睡觉。你们想想，做这条板凳该用一棵多么年长的古树。"一青听得肠子都悔青了，嚷嚷着下次去一定得爬上去瞧瞧。

一山手中拿着一些毛茸茸的东西，圆圆的壳上面是一层刺。一青问："你手上拿的是什么？"

一山说："在上面看到一棵板栗树，就用脚踹了几脚，落了一些板栗。"说着把板栗往地上一放，用脚一踩，那壳就爆开了。

一青只见过街市上卖的板栗，树上结的他还是头一回看到，就忍不住拿起一颗放在地上，照着一山的样子，用脚先是一踩，然后好奇地从那裂开的地方剥开，剔出果实。板栗上面的一端还是青色的，半生不熟的样子。

## 3

一米喜欢背着一个帆布袋，像和尚一样云游四海。他行踪不定，从吐鲁番盆地到梵音寺，从大理再到莫高窟，足迹几乎遍布大江南北。每到一个地方，就在群里发出一条消息。他喜欢把那里的风俗人情拍摄出来，传到群里，分享给大家。从他上传的照片里，他们就知道他又到了哪里。

一米还喜欢在群里晒他在外面吃到的美食、喝到的美酒，每次把照片一发出来，一可就会浮出水面，大拇指翘得高高的。一可是群里年岁最大的女人，也是名堂和馋虫最多的，看到一米发在群里的美食、美酒照片，她就发话：“一米，给我打包快递过来，我喜欢这个。一米，你喝的是什么酒？一个人喝多没劲，带瓶拉菲回来，我陪你一起喝。”

一尘就来一句：“你这女人真是三贪，幸亏没有掌握政治，否则我们全玩儿完。”

一山说：“吵什么吵？你们以为这样一闹，一米就真的会把拉菲带回来吗？蠢得死！你们都忘记了他是哪里人吗？典型的高密人士。”

一青开始冒泡了：“哥哥姐姐都来了呀！今天大家齐齐整整的，是要搞什么讨论会吗？群里好像好久没有这样热闹了。”

一米说：“我就是你们肚里的蛔虫，现在是午餐时间了，现场播报餐讯。”

一可这下更来劲，发出命令：“呼叫群主！今天中午大家一起杀向群主家，喝不了拉菲就喝茅台王子。”

群主这时羞羞答答地开了腔：“各位兄弟姐妹，如果真要赏脸，我就去菜市场采购了，中午12点准时开餐，过时不候。”

估摸着时间差不多了，一可和一山他们就像羊拉屎一样陆续到了群主家里。群主的腰间系着一条围裙。砧板上一条草鱼正在蹦跳，群主一刀拍下去，说：“你就要落油锅了还跳什么跳？”一可听到，马上跑过去看群主杀鱼。群主说：“你离远点儿，当心它来个鲤鱼打挺，蹦起来亲你，到时吓着。”一可打个哈哈：“你个杀千刀的，还真以为我打娘胎出来就没有下过厨房呀！”

谁知道大家觥筹交错的时候，不觉就喝多了。当然最清醒的就是一青了，她是滴酒不沾的。一可是红酒、白酒都奈得何，通吃，一桌打下几个圈来，任别人有再大的酒量也趴下了。可是一可就是不趴下，她在使劲地哭，眼泪簌簌地往下淌。

一青吓坏了，围着一可团团转，问：“姐姐，你这是怎么了？是家里有什么难事，还是工作上的疙疙瘩瘩？”

一可就只知道哭，仿佛有流不完的眼泪。

一青急了，说：“姐姐你倒是说话呀！要是真有什么难处，说出来听听，大家都在呢，集体给你想主意。”

一可的眼泪把群主也急得直搓手，他说：“怎么了？像一青说的，大家都在，有什么事只管说出来。”

群主不发言还好，他一发言，一可突然扑过去，在他的大拇指上狠狠地咬了一口，一排牙齿印立马清晰可见。所有人都有些发蒙。一尘则在一边待着，有些手足无措。一可仍然不发声，好像吞了哑药。她的眼泪就像断了线的珠子，没过一会儿就蓄满了一池水。

群主仰天长叹：“唉，女人真的比水还要能水呀！”

一山不紧不慢地发言：“一青呀，你姐姐是犯酒癫了，冇得大问题。你让群主开个KTV包厢，大家陪她醒醒酒，估计两个小时就能解决问题了。”

“真的可以？”一青的眼珠子鼓得像牛眼。

“真的，没蒙你。”一山肯定地点点头。

群主当真开了包厢，一群人簇拥着一可进去。一可趴在沙发上，一青陪着。一青拍着一可的背部，好像一可是她的孩子。一可仍然在抽噎，好像受了天大的委屈。一青感到有些纳闷儿，她悟不懂喝醉的人为什么会有这样的反应。

一青是后来才跟一可他们熟络的，跟群里其他的兄弟姐妹一样，是从同一个单位下岗分流出来的职工。这些人下岗后，都流入社会其他岗位上去了，有的成了个体户，但是大多数买了汽车营运的线路车牌的股份。他们为了联系方便，建立了一个群。一可他们觉得群里人数太多、太杂，就推荐一多做群主，组建了另外一个群，就他们几个人在群里。有活动，有饭局，在群里喊一嗓子，大家就齐齐整整地去，很是默契。如他们的网名前面统统都是一个“一”字，他们的感情也如兄弟姐妹一样。一青年纪轻些，是最后一个进入这个名为“同一首歌”的群里的。

音乐开始响起，一山拿起麦克风，唱起了《相思风雨中》。一可突然不哭了，对一青说：“我要唱歌，跟一山合唱。”说着就脱掉外衣。令一青感到不解的是，一可还坐下来脱掉鞋子，再脱掉袜子，光脚绕着包厢走了一圈。一可跟着一山唱了一段，唱到第二段的时候赤脚站到了沙发上。一山怕一可踩到茶几上去，要她挡在一可的前面。唱完这一曲，一可果真不哭不闹了，又开始嘻嘻哈哈地耍弄这个，耍弄那个。

一青对一山说：“你真是神了，能掐会算，赶紧给你支配道具得了，以后我们这个群就得靠你这个金钵钵了。”

## 4

再去弯又弯的时候，一青发现了一个细节，一山和一可手牵手，走在前面。一可对什么都很好奇，一遍又一遍地问这些树木的名称和特征，好像她天生就犯了健忘症。一青这条尾巴也傻乎乎地黏上去听，她觉得一山好像是个植物学家，天上地下，什么都知道个子丑寅卯，一些树呀，草呀，藤呀，跟他好像是兄弟姊妹，他对它们真的太熟悉了！

过了一道弯的时候，一山从山上伸出的一条树枝上采下几片嫩嫩的叶子，分给一可和一青，要她们放到嘴里嚼。一青还有些迟疑，但看到一可已经放进嘴里了，她也跟着塞到嘴里。她惊讶地说：“好神奇！嘴里面立马没有干渴的感觉，甜丝丝的，还留有余香。”一山说：“这是山里的一种植物，是一种药材，可以生津解渴，以前大山深处有许多，现在已经很少见了。”

在一青听得发呆的当儿，一可就牵着一山上去了，还要一青等着一尘。

等一尘追上一青的时候，一可和一山已经开始下山了。一可像小鸟依人一样靠在一山宽阔的胸膛上，脸上泛起晚霞的艳红。一尘悄悄地跟一青说：“瞧他们两个的得意劲儿，好像在山上捡到了宝。我们可不要跟他们一样，我们是兄妹。”一青点点头说：“我同意，以后你就是我哥了。”一尘点点头，说：“你就是我妹，以后你的事情就是我的事情，我会帮你撑起半壁江山的，你信吗？”一青头一偏，说：“当然信！我哥就是向着自己的妹子的，以后我也不怕人家欺负了。”

下山的时候，一青不再是那么蠢的一根筋了，她下意识地跟一可和一山两人保持着距离，乖乖地跟一尘走在后面。

慢慢地，群里的人都知道一可和一山的事了。他们两个在群里搞活动的时候总是最活跃的一对儿。一可动不动就在一山的大腿上掐上一把，痛得一山直叫唤。高兴时掐，生气时也掐，情绪失控时也掐，好像一山生来就是一可的出气筒。有时候一可和一山闹别扭，一山就在群里跟一青私聊，要她去哄一可，再约一可去弯又弯爬山。一青知道，那个山谷是他们衍生欢乐的地方，在那里他们可以在赤裸裸的天底下干赤裸裸的事儿，可以为所欲为，把那些个不愉快都丢到山洞洞。长时间的开车、久坐，让一青年纪轻轻就有了职业病，颈椎啦，腰椎啦，像一堆劳损过度的机器，松松垮垮的。一青是喜欢爬山的，这种有氧运动给她输入有机营养。

一山和一可隐身到一人高的芦苇丛中。一青看到山鸡和灌鼠在茅草堆里出没，头上有时猛然冒出一只戴着一顶红缨帽子的鸟。鸟婉转地啼鸣，山涧间的清泉淙淙，合奏出一首天籁。那墨绿墨绿的屋顶上腾起一股白烟，绸缎一样。一青知道，他们该出来找她了。她收拢摊在芦苇上的四肢，走到路边的弯弯口等着。

一青走的时候，对那个帮她赶走黄犬的老人充满了感激。她生平最怕狗了，小时候就被狗咬过膝盖，还打了好几针狂犬疫苗。所以这次看到狗就捂着心口走路，生怕一个不小心，心脏就从嗓子眼儿里蹦出来。那狗流着哈喇子走近，她就假装去捡地上的石头子儿。那狗见了便撤退几步，但还没等一青直起腰，又勇猛地冲过来。这当儿，一青吓得魂飞魄散，发出杀猪般的叫声，惊天地，泣鬼神，地动山摇。直到那老人心慌慌地从屋里跑出来，大声喝住他家的孽障。

到了山谷，一只野兔跳到一青脚边，她还来不及分辨是什么颜色，兔子便像离弦之箭一般逃窜了，只留下树木间的灌木和杂草在晃动。细碎的阳光洒在一青的脸上，像是一件碎花的确良衬衣，唇上的绒毛毛，像是喝醉了的麦芒儿。溪水从上而下披挂在山腰上，像一匹银色的绸缎，又像一首流动的歌谣。偶尔，有鹭鸶在绿茵上徘徊，那长长的喙尖利无比，那又长又细的腿稍稍往后一蹬，翅膀一扇，便挺着身体飞走了。

一青去的次数多了，梦里便都是那弯到半空的弯弯尖。那只她以前怕得要死的黄犬，一见她去就摇晃着尾巴，不停地用头蹭她的腿，用舌头舔她的脸，那亲热劲儿就跟一青是它的主人似的。渐渐地，无论高兴还是忧伤，一青都喜欢来到弯又弯，一个人静静地坐在软软的草地上，看春夏绿得生动，秋冬又暖得金黄。

## 5

这天，一米刚刚在群里晒了他的新疆摄影作品，一可就发了一张鼓掌的图片，然后发了一瓶拉菲和一瓶五粮液的图片。大家知道，一米回来了。

一可又立马接上一句：“一米是在家里请还是去外面订餐？”

一米就说：“这么高的档次，还是在外面吧。”

一可问他：“是卡座还是全体参加？”

一尘冒泡了，说：“不准吃独食！见者有份儿。”

一青说：“虽然我不能喝酒，但是能做好你们的后勤保障，保证你们安全回家。”

一多说：“本群所有饮酒活动必须邀请群主参加，否则此活动视为无效活动。”

一米说：“这个可以有。”

一可说：“那行，赶紧干活，下班后不见不散。”

一尘问：“今天一山干什么去了？不见冒泡呀。”

一可说：“他已经被打入冷宫，面壁思过去了，暂且不必管他。”

一山马上浮出来，说：“吵什么吵？还没到午餐时间就开始吹酒，把时间、地点发上来，我就是再忙也要赶过去，喝不上拉菲，总能赶到五粮液吧？”

一米说：“那你的腿可得长长点儿，我们是准时开餐，过时不候。”

一山还没有赶到的时候，一可就连敬了一米三杯，喝得云里雾里。红的、白的一米都喝，不过，他的定力还好，还能管住自己的嘴和腿。等一山赶到的时候，果真只剩下一盏白酒了。一可还没有发展到哭的份儿上，估计酒劲儿还没有到火候，再喝个二两，也许她又要像上次那样哭开了。一山见一可的状态还好，便放心地一仰脖子，把最后一盏白酒倒进了肚子。

可是，接下来一山脸上有些挂不住了。一可不知道是醉了还是没醉，一把拉起一米，非要跟他跳一曲。没有音乐、没有伴奏的即兴歌舞，一米在新疆大漠倒是见得很多，那里的人们多是豪放开朗，性情豁达，一喝酒就敞开嗓子唱啊，跳啊。他没有想到一可突然的举动，便像只企鹅跟着一可跳起了慢三。

也就是这支舞惹的，以后不管是在群里吵闹还是大家聚会，一山必向一米开炮，轰得一米满面炮灰，狼狈不堪。但是轰归轰，他们仍然如以前一样交往。有时候好久不见一米冒泡，一山还憋得难受，不时地在群里发消息逗一米浮出水面。一可也跳出来凑热闹，一米一说话，她便立马接上，搞得一山鼻子不是鼻子，眼睛不是眼睛。

这段时间，群里基本上就是他们三人在唱三人转，转来转去。有时候一米说话不留神，撞到刀刃上了，一可就在群里发上一句"呼叫群主，强烈要求群主现身调解纠纷！"搞得大家都皮了。

可是，不知道为什么，一米像是被谁放了蛊，突然劝一青，要一青把买的那条线路牌报废，车辆报大修，不要再在车队投资了。一青感到莫名其妙，愣愣地说："我买的好好的，干吗要报废？我买的还是新车，干吗报大修？"一米说："反正我不会害你，你听我的就是。你撤得早，也许对你还是件好事。"一米的话让一青半天摸不着头脑。

一山在群里发言："要出差几天了，大家歇息几天不要搞活动，要搞活动也要等我回来再搞。"

一可说："那不行，活动照旧，一切都可以停止，就是活动不能停。"

一尘马上接上："中午喝什么酒？还是老地方？"

一米马上兴奋了，说："好耶！中午又有好酒喝。"

一青说："也好，我正在发愁解决午餐呢。"

一山说：“兄弟们，少了我，喝酒就冇得味道了，气氛能好起来吗？”

群主说：“我今天也冇得空，你们先搞活动，先试试没有一山在的时候，酒的度数是否直线下降？”

玩笑归玩笑，活动还是照旧搞，喝到高潮阶段时，一可不停地拨群主的电话。群主说：“今天确实是冇得空，你们乐活吧，我单位那边也有活动，忙不赢。”一可下指令说：“冇得空也要过来，我们在老地方等着你。”又喝了几杯，一可又拨电话过去，说：“急呼群主，今天要去唱歌。”群主说：“我的姑奶奶，冇得空呢。下次好不好？莫再打电话了，我这边忙。”

一尘说：“今天群主的确忙，你也莫再骚扰他了，也要给人家一个空间。”一可不听，又拨过去，群主没有接。过了几分钟，他们喝了一杯酒，一可又拨过去，群主还是不接。一可恼了，干脆拨着不放，最后群主干脆关了机。

一青知道一可的脾气，谁要是跟她拧着干，她就会跟谁没完，并且短时间里一定会以牙还牙。她曾经多次领教过。一可和一山喜欢去弯又弯爬山，为了释放工作上的压力，他们两个过不了几天就要去那里放松。但是一青跟他们不同，一青和他们虽然都是从一个单位下岗分流的，但是他们都保留了其他岗位，车队的线路牌只是他们的第二职业，而一青相对他们来说能力要薄弱多了，家里没有靠山，也没有多少米，就只有自主买的这条线路牌。在经济上没有他们活络，一青就把时间全部放在车队去了。有时候一可要她出车带他们去弯又弯爬山，她开始不好意思拒绝，觉得都是兄弟姐妹的，开不了那个口。谁知这一不好意思就是差不多一年，他们隔三岔五地要她开车去弯又弯。一青盘算，陪的时间不说，其他的不说，光是车子的油费和损耗就亏了万把块，这钱对于他们几个算个卵，但对她自己来说还是一笔不小的数目。所以再到了后来，她就开始推辞了。但是她不会撒谎，每次一说就被一可揭穿了。冇得法子，她又去了。有几次，她干脆告诉一可，她确实是冇得空，她自己要跑车了，否则线路牌都难保了。他们虽然都在车队买了线路牌，但是只有一青一人会开车，其他人都只是投资营利。一可见一青不听她的话，便在车队那边放出话来，要撤一青的股份。一可是大股东，车队管事的经理又是她的亲叔叔，说话的分量自然就让人退让三分了。一青的股份最少，没有办法，只好听一可使唤了。这次看群主那么干脆地拒绝了一可的要求，一青真替群主捏了一把汗。

过了几天，一可请大家去她家里聚餐。大家都清楚一可的口袋是用铁水淋死的，要割开这个铁口子，必然是她有什么算盘。群主老老实实地先去一可家里帮忙做菜了。一山喝酒的时候，有些不痛快，不觉多喝了几杯，脸红红的，给群主丢过去一句“你也不够哥们儿，一可喊你，才早上9点多点儿你就急匆匆地赶来做菜，也不喊我一道过来，硬是给我硬馍馍噎”。大家都不说话，你看我，我看你，有好一会儿的尴尬。撤桌的时候，一山小心翼翼地跟一可说：“我来帮你洗碗吧？”一可不耐烦地丢过去一句：“你来洗碗还不够格呢！”这话恰巧被在一旁倒茶的一青听见了，她心里一惊：这话太过头了吧？一山能受得住吗？一山确实难以消受，他气哼哼地去一边生闷气去了。一青看着一山的那难受劲儿又想不通，明明大家都知道一可和一山在恋爱，又偏偏能接受一可对他们调情，一山眼睁睁地看着，却只能干吃醋。一青左看右看，也没有发现一可有狐媚之相，姿色不仅平平，人也老大不小了。

有句老话说得好，一切皆有定数，该来的总会来的，躲也躲不掉。第二天群主来找一青，说：“一青呀，你这线路牌还是报废吧，车子报个大修，这些费用我们给你出，我都给他们做通工作了。你下岗了，就剩下线路牌了，确实不容易。大家知道你的股份迟早会被踢掉的，能帮到你的只有这些了。”一青一听，眼泪就冲上来了，说：“群主，你干吗也这样说？我做错了什么吗？”群主说：“你什么都没有做错，错的是你手里的那个线路牌的数字太抢手，是个让人眼红的祸害！一青妹子，我们都了解你，你太弱，是斗不过别人的，甘拜下风吧。”一青说：“我签的合同就是一张纸吗？”群主说：“傻瓜，政策是人定的，机会是人给的，今年可以这样，明年指不定又会是哪样。”一青眼泪汪汪地说：“求求你了，给我说说好话吧。都是拴在同一条绳子上的蚂蚱，看在我们过去都是同一个单位出来的，给条活路吧！”

## 6

一青就像弯又弯里面的一根茅草，被他们滚在身子底下，她感觉自己的肋骨都快被压断了，但是强忍着疼痛，任他们在那里滚来滚去。等到听见啪嗒一声脆响，她心想，完了，完了，这根痛的肋骨终是被折断了。她惊出一身冷汗，一抹额头上的水珠，原来是南柯一梦。

一尘曾经多次骂她，说她太要脸面，人家把她当根草，她把人家当个宝。一青没有话回他，只是默默地垂下头。一尘埋怨她说：“难道你真就不懂拒绝人家吗？人家要你干吗你就干吗，好像你被人家抓住什么把柄一样。你偷人打野了吗？你杀人越货了吗？”一青还是无话。一尘说：“真是恨铁不成钢！你什么都依了人家了，人家不是依然该要的还得要，步步紧逼吗？你要学会说‘不’！”

不知道从什么时候开始，这个建立了三年的群开始萧条了，有时候过了很久才有人在百无聊赖的时候冒出一句无聊的话来，都是千篇一律的“呼叫群主！”好像除了这句开场白，再也无话可说。这句开场白就像一个要死不活的老鬼，在跟阎王讨要几年阳寿。

以前那个团结为一的整体消失了，那个人气沸腾的鼎盛时期成为过去式了，一青突然发现，这世界变化得真是太快了，就像街上曾经流行的时装，一下子变得不流行了。比如去年还在流行短裙，说是穿起来显得精神干练，活泼十足；今年却流行起了过膝拖地长裙，说是穿起来显得温婉贤淑，有欧派的气质。

一青突然想起，他们好久都没有去过弯又弯了，春暖花开，那里的景色一定更加迷人。

这样想的时候，烦心的事又冒出来了。她打听到一点儿内部消息，说是一可的叔叔又高升了，当上了汽车营运公司的老总，所有线路牌的命运都掌握在他的手里。一青买的线路牌的尾数是98888，成了吉利发财的数字。当初她也是瞎选的，并没有想到还有什么窍门，那时候，他们的观念里对数字还没有什么讲究，没想到经济越来越活跃的时候，人们对数字也开始迷信和讲究了。买到好的数字牌照是好事，可在她身上变成了坏事，她觉得这个数字随时都可能把她变成光杆儿司令，所以她对身边几位大佬谁都不敢得罪，每天都得小心翼翼。后来又听说出台了新的政策，对跑城乡之间的线路牌，政府不仅不扣税点，每年还补贴几万元的费用，这样算下来，一年要多出来十几万元的收入。偏偏就是这样凑巧，她的车牌就是跑城乡的，成了香饽饽。这样一来，她更觉得不轻松了。她就像接了个烫手的山芋一样蹦跶来蹦跶去，脸皱得像苦瓜皮。

## 7

不知道从什么时候开始，一可在群里呼叫群主的次数越来越多了。有时候群主被逼得无路可退，只好装聋作哑。这个时候一青就很紧张了，她不知道又会是什么事情找上她了。她惶惶地等着群主来找，做她的思想工作，或者转告什么政策。可是，这次很奇怪，群里很安静，也没有谁来找她。她终于松了一口气。

过了几天，一可又喊一青开车带他们出去爬山。这次还喊上了一尘，他们四个人便去登高望远去了。爬到中途，一青右手的大拇指被藤蔓上的刺划开了一道口子，血淋淋的。她怕他们看见，就用纸巾揩干，用餐巾纸包好，外面又用一根细藤缠上。下山吃饭的时候，一尘问她：

“你这手指怎么了？”

一青说：“没事，进去了根小刺。”

“那你得剔出来。”

“剔出来了。”

一可瞄了一眼那被血浸透了的纸巾，没有吭声。他们四个人要了一只裹着泥巴烤熟的野鸡，一盘河鱼，还有几个小炒。一可拿出事先备好的茅台，又拿出三个玻璃杯，刚好倒完。喝到一半，一山把一可杯子里的白酒倒给他自己一点儿。一尘嚷嚷着阻止，说喝酒不准帮忙，一可的酒量比他的还要大些。一山不听，把一可的玻璃杯倒了个精光。一尘也不好再坚持了。一青没有说话，她知道一山怕一可喝醉，也知道一山心里把一可装得满满的。他们在一起吃饭的时候，一山总是把一可喜欢吃的菜给她夹得满碗，说他喜欢丰腴的，要有胸又要有屁股的，不喜欢排骨，还哄着一可多吃点儿。他们在山上小憩的时候，一可像小鸟一样依在一山的胸前，一山把自己的外套脱下来，罩在一可的身上。一可发嗔的时候，一山嘴巴上说别再掐了，他腿上已经没有一处好肉了，晚上洗澡两条腿都是青紫的了，但是没有一点儿躲避或是用手轻轻地挡开一下的意思，任一可去掐。

酒快要喝完的时候，一山说去厕所放水，接着走出去。房门刚刚合缝，一可借着酒劲儿，一把抓住一尘的手。一青吃了一惊。她看到一可用手摩挲着一尘的手掌，眼睛死死地盯着一尘的眼睛，他们对视了十几秒。一青分明看到一可眼睛里的烈焰。一可说："晚上在风水山庄等你，那里还有你意想不到的收获。"一尘的手无力地动了动，似乎想抽开，但一瞬间又放弃了。走廊里响起一山的脚步声，一可听到，马上放开一尘的手。一山进来刚坐下，一可就顺势倒在一山怀里，拉着他的手使劲地摇，娇嗔地说："怎么才来？放个水要这么久吗？"

一青的脑袋肿胀了，她看到一可竟然当着她的面演了这么一出，生生地看到一可和一尘那样，而且一尘竟然没有拒绝！她的心像被锯齿拉了一下，眼睛也开始充血。她记得，一尘明明说过，他们的感情如兄妹，他做什么都会站在她的一边，而且多次骂她没有骨气，说他是恨铁不成钢！她搞不懂现在的一尘。这时，她又突然想起还有一次，一山去埋单，别人也都走开，她也起身去厕所，只留下一尘还坐着。一可见后，马上搬个凳子，坐在一尘身边。当时她没有多想什么，只以为一可有什么事情要跟一尘单独说，而刚刚戏剧性的一幕却让她突然明白了一切。她的脑海放电影一样想起了过去许多的细节，想起了一可喝酒后硬要跟一米跳支舞，想起了一山一不在家里一可就使劲地呼叫群主……想到这些的时候，她觉得胸口憋闷，胃里泛起一阵恶心。

一青拉开房门，独自走上那条山带带，她没有喝酒，却像个醉酒的酒鬼步履蹒跚，泪流满面。她的眼前又出现了那个山谷，那些憨憨的山民，那些可爱的野兔，还有那些瞪着眼睛张望她的毛茸茸的狗尾巴草……可是那一切都在她滚下的一颗颗泪珠里碎裂了。她感觉那汩汩流淌出来的是带着温热的血，一滴接一滴砸在她的脚尖上，砸在黄滚滚的泥土上。

晚上，一尘来到一青屋门口。一青把自己反锁在房里，不肯开门。她说："一可不是约你去风水山庄的吗？"一尘隔着门板喊："我的傻妹妹呀，你以为我真的去吗？你快开门，我有话跟你说。"一青开了门，一尘一屁股坐在沙发上。一青倒了杯水给他，一尘接了放在桌子上，埋着个头半天不吭气。一青说："不是有话说吗？怎么进来了又不说了？"一尘的脸拧得像根麻花，叹了口气，说："一青呀，哥哥我难呢。"一青拉了张凳子，在一尘的对面坐下，说："我知道，一可约了你多次了吧？还不是为了我手里的线路牌？以前你们一个个都在群里说我是你们的妹妹，我又是群里混得最差的一个，大家都说要照顾我，结果一个个都成了一可的工具人，一可要你们干吗就干吗。这不，现在轮到你了。"一尘说："既然都到这个份儿上了，我也就直说了吧。他们都跟你说了要你让出线路牌吧？他们也是惧怕一可的叔叔，一句话说不对劲儿，一年十多万的收入就飞了；而且现在又是承包制，自由组合，生杀大权都在她叔叔手里。一可也是多次约过我的，要我做你的工作，我直接拒绝了，并且跟她说，越有钱的人越不肯放松，群里就数一青最弱了，也要给一青一条活路吧。你猜一可怎么说。”

“猜不出，她怎么说？”

“她说有两点。一是她喜欢你手里的那个线路牌数字，吉利发财的数字。以前并不觉得这个数字有什么窍门，现在政策一出台，越来越证明吉利数字的重要性。二是她要证明自己在这个群里的权威性。”

“天，我怎么就这么惨，一个数字就撞到刀刃上了！”

“是的，怪不得你，要怪只能怪这个数字。一可今天当你的面给我下了最后的通牒，要我做你的工作，如果你不让出来，我就会是第一个终止合同的人。因为我的合同马上就要到期了，她说会停止跟我续签。而你的合同当初是签了三年的，她已经等不及了。她说，以后有机会给你留意另外的线路牌。”

“那怎么办？要是连累到你，我的罪过就大了。”这话一出口，一青的鼻子都酸了。

“怎么办？还怎么办，誓与她斗争到底！豁出去了，老子就不相信天底下就剩这一条活路了。她今天约我晚上去见她，我偏不去，直接来找你了。你不要管我的事，没有线路牌我照样可以生活。你坚决不能让，三年下来还有几十万的收入，到时你有了本钱还可以另谋出路。我不能眼睁睁地看着你的几十万就这样没影儿了。”

“可是，我不让出来，就断了你的活路了，这也是你的饭碗。算了吧，我可不想再害别人了。”一青说着说着，眼泪哗的一下全涌了出来……

## 8

一青失踪了。她搬空了房子，所有的手机号也都变成了空号。她把手上唯一活命的线路牌双手交给了一可，头也不回地走了。她在这个城市消失了，谁也不知道她去了哪里。

群里没了一青的发言，这个群彻底地瘫痪了。大家再也没有兴致闹了，就连那句天天都要巡视一回的“呼叫群主！”也销声匿迹了。一山他们都去忙各自的工作了，一青成了他们心里的一块疮疤，谁也不愿去触及。

霜降很早就过去了，紧接着立冬、小雪、大雪也过去了。冬至来临的时候，天色越来越阴晦，那滚滚的云海都被镀上了一层沉重的铅，天幕尽头被压得越来越低，远远地看，天地好像在遥远的地方连成了一体，都是垂垂的死灰，分不清哪里是天，哪里是地。终于，天空爆裂了，像天女散花一样，撒下许许多多洁白的爆米花，地上一夜之间就积起一床厚厚的棉絮。

一可穿上了厚厚的羽绒服。她身上的羽绒服也是白色的，站在雪地里，整个人变得惨白，像个纸人。很多时候，她拿起一青的那个线路牌看，只觉得上面的数字冷冰冰的。她知道，那个线路牌不过是张铁片，上面的数字也只是一串没有生命的数字。她的心越来越空了，空得无边无际，空得恐怖，空得连她自己都不认识自己了。

一可总在特别虚空的时候，想起弯又弯来。她很想去弯又弯看看冰天雪地的模样，但是她又不会开车。终于有一天，她忍不住一个人搭上了进山的班车，回到了弯又弯。弯又弯在一片素裹里静默着，树上堆积着厚厚的雪，地上，山坡上，也都被雪覆盖了。天地一色，好一派素净，那个欢乐的世界也被无情地埋葬在这厚厚的雪下面了……

突然，她好像看到了一青的影子，等她揉揉眼睛再看时，又不见了，整个山谷空荡荡的，空得只剩下了白。

（原载《湖南文学》2016年第3期）

# 朱砂痣

## 1

007是喜欢晒太阳的。

每次干活干到中午的时候，就有阳光越过高墙，顽强地蔓延进来。斜斜的光线就像放电影一样投射在地上。007把凳子挪到够到阳光的地方。也是怪，不管是冬天还是夏天，他都喜欢晒太阳。尤其是夏天，屋子里本来就像蒸笼，大伙儿干活时也汗涔涔的，都躲着那热辣辣的毒舌头，把凳子齐刷刷地往阴凉的地方拖；007呢，他偏不，他仍然端坐在金灿灿的光辉中，任头顶烟雾缭绕，豆大的金珠子吧嗒吧嗒地从脸上往下掉。也是年少体健，他居然没有得过病。

“007，有人来看你。”监狱长在外面喊。

007进了会客室。隔离玻璃外面站着个中年男人，早已拿起话筒立在那里。腋下夹着个黑色的金利来皮包，脖子上勒着条斜纹领带，配上那套笔挺的西服、抹了精华油的头发，身材显得很挺拔。007像冰一样的目光扫过去，这个有模有样的男人顿时佝偻起来。007刚拿起听筒，中年男人的话就传了过来：

“崽，莫要怪你伢老子。我来看你一次，好不容易的。如今在广东办厂的也多，竞争很大，加上做的是电镀，环保部门管得很严，上百工人问着要吃饭的，压力大。都是请的人，身边没有一个靠谱儿的，原来是指望着上阵父子兵。唉，过去的都不说了，我也有错，不该把你丢在乡下……”

007盯着对面的墙，纹丝不动，也不接话。

“我知道你恨我，恨这个家庭。我错了，我改，还不行吗？求你了，倒是吭个气呀。”他望着007，希望007给个意思，但是007像木偶一样立在那里，一句话也没有。

“我每个月过来一次，一年也就是来12次，可是你要在这里待上6570天呀！这是个什么概念，你懂吗？”他说着，握紧拳头，狠狠地砸在面前的钢筋栏上。“等你出来，我也老了。要是这世上有后悔药卖，我就是倾家荡产也要买来吃！”中年男人的声音突然颤抖起来，眼眶的温度陡然升高，他用手指插进那打理得一丝不乱的密林中，额前那撮笔挺的门面也萎缩成了一团，横七竖八地耷拉在宽大的脑门上。

007像看电影一样，手里的听筒振荡出嗡嗡的声音。可是他仍然没有说话，嘴巴像是上了一层玻璃胶，严丝合缝，牢不可破。他机械地握着听筒，仍然保持着同一个姿势，像一尊永远凝视前方的塑像。

中年男人片刻之间就苍老了许多，喃喃地说：“我每次来，你都这样，你要我怎么办呢？我要回去了，这是给你带来的零碎儿，还有十个糖包子，我知道你喜欢吃，还是热乎乎的。”说着打开他身边的那个高腰的铁饭盒。他一个个往外拿，然后拿出一个中间点了一点儿米花红的包子出来，说：“这个是给你吃的，其他的就分给你的同伴吧。在这里不比在家里，要处理好关系。你小，不要去跟别人争高下，凡事忍着点儿，保护好自己。”

中年男人已经走了。007仍然立在那里，愣愣地盯着那个白面包子。渐渐地，包子中间的那一点儿朱砂红，在他的眼睛里跳跃着晕开、消融，朝四周漫去。他拿起来，轻轻地舔舐着……

## 2

这是栗山监狱的劳动改造点。几千名犯人在服刑改造，007是年龄最小的，进来的时候刚刚满十八周岁。高墙内的生活是苦闷的，在这个狭小的空间里，他的稚嫩成了狱友们的调味剂。夏天，他们好几次扒下他的裤裆，说是看看有没有长全，他们喊他角一号男。007晚上蒙着被子呜呜地哭过几回。但后来时间长了，他也就习惯了。角一号男就一号男吧。

有个年轻的女狱警待他很好，时不时地跟他谈话，听说是心理辅导员。女狱警叫曹庆功，一个很男人的名字，开始听到人家喊，还以为是个男的，后来才知道原来是个美女狱警。没有办法，身体发肤受之父母，这些都是由不得自己的。就像他不喜欢自己叫夏明威，可是户口簿上那么写，他也只能这么叫。他进了监狱，才知道有个外国作家叫海明威，特别厉害。可他就是一混混儿，还叫什么明威，想想就觉得名不符实，好像有人故意把跳蚤捉到他的头上，别扭得不得了。他还清楚地记得刚进来时值班室两个警察说的笑话，说警察要一个偷窃的少年在口供上签字，少年说他名字里的“燚”字有四个火，因为手都签麻了，想省下两个不写。所以007是很怕被人取笑的，尤其是他没有读多少书，说话总被人拿着一头，心里一想到这个就很不踏实。

监狱里的人放风没事干的时候，有几次拿007把耍，曹庆功都替他解了围，还鼓励他好好改造，争取减刑，好早点儿回家，服务社会。他听了曹庆功的话，心里有一股暖流流过，那种高墙之内的孤独感也一扫而空。他总觉得，有一双温暖的眼睛在盯着他，关注他。每次曹庆功喊他去谈话的时候，他也很受用。眼前这个美女警察没有一点儿让人惧怕的威严，她说话的声音很细，绵绵的，甜甜腻腻的，像一只正在花丛中采蜜的蜜蜂发出的嗡嗡声。即便遭到狱友的投诉，曹庆功找他谈话的声音仍然是暖暖柔柔的。曹庆功还跟他开玩笑说："007，你莫要去跟那帮老男人较真儿，他们吃的盐比你吃的饭多。在这里，保护好自己，有时间就多学习知识和技术，以后出去就能派上用场了。"他时常想，天大地大，这世界就没有个真正关心他的人，就冲曹警官那句话，一定得好好改造，如果连曹警官都对不住，那他夏明威就不是个人。

每当有休息时间，007就开始看书，学习。曹庆功知道他喜欢摆弄电缆电线，就给他买了这方面的书籍。007很激动，说等出去后一定要把书钱加倍还给她。曹庆功拍了下他的后脑勺，说："还什么还呀，把我当什么人了？只要你好好钻研，学到技术，要买多少书都给你买来。"007憨憨地笑着，一脸的灿烂，让人想象不出这是个身上有重刑的人。那情景跟他父亲来看他的时候相比，简直是一个在天，一个在地。慢慢地，007成了栗山监狱的牌子，电路短路了，总闸坏了，线路老化了，都是喊007去修。每次曹警官过来喊他的时候，他的喉咙在这间憋闷的屋子里能震荡出莫名的吱吱声。

这是白天的007，晚上的007就很少有人懂了。

他把他父亲给他送来的零碎儿和包子都送给其他人吃了，只留下了中间有一点儿红的包子，用铁饭盒装着，晚上大家都睡了之后，他就拿出来，贪婪地舔舐着那个红圆点儿。他也不咬着吃，只是用舌头去舔舐，直到那个红色的圆点儿被舔得颜色都淡了，他还是舍不得一口吞进肚子里去。他在舔舐的时候，眼睛里会放出一种难耐的光芒，亮晶晶的，像一只在夜色中活动的斑斓之猫。

过了不久，那个包子因为放的时间太长，馊了，整个屋子弥漫着难闻的馊臭味。他们还以为是谁把屎尿屙在裤裆里面，忘记了清洗。于是，整个宿舍的人都在搞检查，折腾了半天却也没有发现目标。大家都很疑惑，这味道到底是从哪里冒出来的。年纪大些的911突然看到了007的那个铁饭盒的盖子没有盖好，就顺手拿了过去，一打开，被熏得要死，原来里面有一个包子腐烂发霉了。

911说："记得这个包子还是十多天前你老子给你送进来的吧，怎么就不吃了它？不吃也要早丢了，放在这里成了个祸害，搞得大家不得安宁，还以为是宿舍里进来了老鼠，死在了这里。更恼火的是，居然有人还以为是谁故意把屎尿屙到裤裆里了，玩黑色幽默，你看这闹的。"007不吭声，也没有当众道歉。有人发笑，说："911，你瞎操什么心？人家还在哺乳期，看那样子就是从小缺了奶。要不听说他是把女人的一个奶头给活活给咬下来，那个女人失血过多死了，他才进来的。一只奶头换来18年的青春岁月，够吃的了。"宿舍里爆发出阵阵浪笑。007的脸都绿了，牙齿咬得咯咯响，接着发出狼一样的嗥叫。他像一头受伤的豹子咆哮着扑了过去，跟大家扭打成一团。等监狱长和狱警赶来的时候，他们已经打得七荤八素的了。

## 3

007觉得自己很委屈。他每次做的打火机最多，可每次得的分数是取这个小组的平均值，而那些手脚笨拙的却得到同样的分数。于是，他做事就没有那么卖力了，变得懒散起来。

这天，曹庆功把007叫过来，问他：“007，前段时间打架是为什么呢？听911说，是你把个包子放在宿舍捂臭了，怎么回事？”

007低下头，没有作声。

“跟我还有什么不好说的呢？”

007咬着下唇，两只手绞着衣角。

曹庆功看着他下唇渐渐泛紫的牙印，说：“不想说就不说吧。最近看你神色也不太好，是身体哪里不舒服吗？”

007摇摇头，说：“我身体好得很，没有哪里不舒服。”

“那就好，身体好就好。”曹庆功说着就从身边摸出一块巧克力给他。

007愣怔地望着她，没有接。

曹庆功笑着说：“瞧你，还真是忘记了呀！今天是你进20岁的生日。逢十就是大生日，你父亲也许是事情太多，给忘记了。孩子没有个娘还真是不行，男人就是粗心。”

007还是不吭声。

曹庆功把手放在自己圆滚滚的肚子上，说：“八个多月了，快生了呢。等我休了产假，你要乖乖的，不要跟他们打架。你是个优秀的孩子，不要跟他们一般见识。再说你一个孩子怎么打得过他们呢？瞧你额头上的大包，痛不痛？”

007仍是不回话，望着曹庆功嘴角边的那颗小黑痣发呆。

曹庆功又说：“瞧我这记性，我喊你过来，是要告诉你个好消息。听监狱长说，根据你在这里的积极表现，他准备给你写份表彰材料，作为特殊案例申报上去，以后对你减刑很有帮助。你还年轻，还有大把机会。”她用手揉揉007的头发，说，“你长得跟我弟弟蛮像，他也跟你一样，有一双蒙太奇式的眼睛，头发也是自来卷的，我们都喊他‘包菜头’。”

007扑哧一声笑了出来，说：“包菜头？”

“对，蓬蓬松松的，长得像堆包菜。”

007的脸红了，说：“你也吃一块吧。”

“好，我也吃。你不嫌这礼物太小就好。”

007一小口一小口地咬着巧克力，他的心也被蚂蚁一小口一小口地啃着。在这个世界上，真正惦记他的人能有几个呢？自从进来后，他的一生就这样交付了，也许从生到死，什么人都不会记得他，也不会晓得这个世界上曾经有个人叫作夏明威。有时候他感觉他的身体就是一只空空荡荡的麻布袋袋，娘生了他，就像空气一样消失了；他爹呢，长这么大就没有在他面前哭过和笑过，回来一次就又匆匆地走了，好像是他生命中的一个过客；爷爷奶奶都老了。这些所谓的亲人本来就离他很远，现在他被关进来了，就成了这个家族的耻辱。

007想告诉曹庆功，她是这个世界上最伟大、最美丽的母亲，连嘴角边的那颗小黑痣都美得一塌糊涂。他暗暗发誓，一定要好好改造，不好好改造，他夏明威就是猪，是狗！等出去挣到钱了，第一件事就是给她买世界上最漂亮的衣服穿。可他什么也说不出来，鼻子翕动着，像一尾被波浪推上沙滩的鱼，严重缺氧，翻着白眼，喘着粗气。一根烟的工夫不到，007就发出火车启动时的长笛音，泪水哗哗地下来了。

曹庆功说："007，不准哭，男儿有泪不轻弹。"说着递给他一张纸巾。

007停了好一阵，才止住了不听招呼的泪水。

曹庆功走了，她还要去医院做胎心检查。

## 4

007把曹庆功送给他的巧克力用块白色的方毛巾包起来，悄悄地藏在箱子底下。他刚刚放好，便听到外面一阵骚乱声，看到很多人冲过去，围在监房的窗户那里。007不知道发生了什么事情，也跟着挤进去看。原来是曹庆功！她出门的时候不小心撞到了哪里，绊倒了，现在肚子动了胎气，疼得满头大汗，地上还流了一摊血。007急得不行，大声呼唤着"曹警官，要坚持，挺住！"他奋力挤过去，瘦巴巴的身体紧挨着窗户的铁栏杆，牙齿咬得都快崩掉了，脸憋得通红，恨不得把铁栏杆掰开，好冲过去救她。可是铁栏杆纹丝不动，冰冷地阻隔在他们之间。没有办法，他只是个犯人，只能听着曹庆功发出撕心裂肺的叫声。他把手伸到栏杆外面，向她使劲地挥手，给她鼓劲儿。后面一拨一拨看热闹的人推搡着，用脚踢着，都要挤到前面去。007死死地抱着铁栏杆，任后面的人群把他的脸挤进窄小的铁栏杆里面，挤得变形，他也没有退让一步。007多么希望曹庆功能偏头看向他这边，看到他为她不停摇摆的手，要她一定挺住的眼神。可是曹庆功没有回头，只是用手按着肚子，嗷嗷地惨叫着。幸好120救护车呼啸而来了。看到曹庆功被七手八脚地抬到担架上，007的手才垂下来，身子也瘫软在栏杆下面。

007看着救护车开走了，心里面还是不能放松，像塞了块铅一样沉重。他想起奶奶经常挂在嘴边的话，说女人生小孩儿就是过鬼门关，现在医学发达了，还好些，以前好多女人都是活活送了性命的，真正是儿奔生来娘奔死！还说他的娘就是因为生他难产死的。007闭上眼睛，默默在心里为曹庆功祈祷。他希望救苦救难大慈大悲的观世音娘娘保佑曹警官，保佑她母子平安！他想起曹庆功跟他说过，她不会让她的孩子孤独，每年都会陪伴孩子过生日。他的心里一紧，曹庆功是因为给他过生日才特意过来的，如果这孩子生下来就没有了妈妈，那真的是他的罪孽了！如果曹警官真的没有渡过这次难关，他无论如何也要把这孩子养大，就是当牛做马也要供他上学，陪他成长，绝不能让他受到一点儿委屈。这会儿，他想到很多很多，做了很多的假设，每一种假设都是把自己放在主体上去考虑责任和担当。好像这孩子没有了母亲，也跟着就没有了父亲一样。

007在心里呼唤："曹警官，你千万要挺住呀！你的孩子需要你，我也需要你！"他感觉到了心脏剧烈的疼痛和痉挛。他泪如雨下，却用手捂住嘴，不让自己发出凄惨的声音。那一刻，他仿佛一下子就成熟了，是个真正的大人了！

也许是急火攻心，他的鼻孔下面流下了两道艳红的血。

## 5

这天晚上，007做了个很长很长的梦，他待在梦里不想醒来。那梦好像又不是梦，一切都是那样真实。他变成了那个青春飞扬的自由少年……

他好像看到易红走在滚烫的水泥路面上，用手扇着风，嘴巴里面自言自语着："这鬼地方，真的像是桑拿房。"她想起家里处理猪肉的情景，把铁钳插进烧得通红的煤藕中，等铁钳也烧得通红时再拿出来，去烫砧板上带皮带毛的猪肉，铁钳一放上去，肉皮就卷起来，上面的毛就烧得精光，冒出一阵阵青烟。此刻，易红就感觉她是那块放在砧板上被烫的猪肉。

她边走边用衣角去擦满头满脸的大汗，不时地露出身上的白肉。衣角擦了一下又一下，卷得皱巴巴的，跟一把孬盐菜一样了。

一个一脸稚气的少年紧贴在她的屁股后头。她拐弯，他也拐弯；她不走，他也不走。走到一条宽敞的大街上时，易红突然一个转身。她看到少年嘴唇上的绒绒毛，感到很好笑，便睨了他一眼，哈哈一笑，说："小子，你跟着老娘走了几条大街了，要是有什么难处就直说吧。你要是想打什么主意呢，也忒嫩了点儿，看你这模样，也只配给我送送打狗棍什么的。图财吧，眼光太差，真的是讨米的碰上了要饭的，我都饿得前胸贴着后背了，肚子一直在闹革命。"

少年见易红脸色和悦，并没有责难他的意思，便摊开手，露出一个香囊，说："这是从你身上掉下来的，我跟着你是想把这东西还给你。"

易红一看，脸色大变，厉声说："赶快给我！看你这娃儿也不是好东西，要是你真要还给我，怎么不喊住我？非要跟着我走？”一阵沉默过后，又冷笑道：“哄谁呢？哄你老娘？”她咄咄逼人的气势把那小子唬得一愣一愣的，结结巴巴地说不出话来。易红冷笑一声，速度极快地把那个香囊一把夺了过去。

那少年憨憨地说：“何必呢！我又不稀罕女人的东西。我跟着你，是因为……”

“因为什么？看你贼眉鼠眼的，就不是好孩子，说话不诚实。说真话的人是不会乱眨眼睛的，瞧你说话的时候眼睛一眨一眨的，叫你数星星吗？”

“我没有乱眨眼睛。”

“不要废话！老实说，你跟着我是因为什么？”

“你不是说你还没有吃饭吗？前面有个小饭馆，我先请你吃饭，再慢慢告诉你。”香囊给了易红，这少年倒镇定下来了。

“去就去，谁怕谁！”

他们选了一个靠窗的位置，视线开阔，可以望外面的风景。

“喜欢吃什么就点什么吧。”那少年把菜谱推到易红的面前，很有大牌的风范。

易红嘴巴都笑弯了：“我的娘老子，今天出门可能是踩到了狗屎，行了狗屎运吧，居然还有人平白无故地请我吃大餐。清蒸鲈鱼，水煮大虾，一锅乱炖……”

易红还要说下去，那少年把菜谱一合，交给服务员，说“就来这些吧！”然后转头对易红说：“看你长得瘦瘦小小的，可真能吃！你一个人能吃这么多吗？看你这打扮也是从乡里出来的，锄禾日当午，汗滴禾下土呀。”

易红扑哧一声，把喝到嘴里的菊花茶全喷到了那少年的脸上，说：“你才多大，给我上大课？我都可以做你的老娘了。”

那少年用纸巾擦了擦，慢悠悠地说：“你以为你是谁？我钱多的没有地方放，非得请你这个黄脸婆吃上一顿大餐？”

易红不笑了，脸上的肌肉一收紧，就当真娘儿们起来了，说：“告诉我，你叫什么名字？”

“老子行不改姓，坐不改名——夏明威。”

“好！有个性，有气势，咱们就交个朋友吧。我叫易红。”

## 6

夏明威自从认识了易红，生活就出现了变化。易红给他买了辆摩托车，他就经常骑着，从村里的小道上啸叫而过，奔向县城的钢筋水泥。那声音野蛮而喧嚣，整个村子都能听见。只要出门，一玩就是一整天，不到深更半夜不得归屋。

村里的人一听见摩托车的嘶鸣，就知道夏明威什么时候出去了，然后又在什么时候回来了。别人的摩托车不像他的，发出那样惊天动地的声音来。村里人也不知道他的摩托车是个什么牌子，只是讲“有钱人就是不一样，连摩托车的声音都不同，那阵势，那家伙，活像霸王出阵”。有时候，心里没有做好准备，突然听到身后猛烈而尖锐的声音呼啸而来，人都被吓得半死，却又无可奈何，只得在他摩托车的浓烟后面顿足骂娘。有人寻到夏明威的爷爷奶奶那里去告状，要他们也管管孙子，不要搞得村里鸡飞狗跳的。夏明威的爷爷奶奶也摇头叹息：“我们都老了，哪里能做得了年轻人的主！他不肯读书，初中没有毕业，冇娘崽，他伢老子又远在广东，冇得办法呢。”

唉，这人也真是的，不出去创业吧，就得受穷。出去吧，孩子又像一匹野马，变得不三不四。自己的根都腐烂了，挣再多的钱又有什么意思！大家说归说，还是一窝蜂地拥过去，朝着甜头奔去，也不管什么老人和孩子了。也许，生活本来就是这个样子，谁也无法阻止和改变。也许，时代改变人的观念，或者观念影响时代，这个问题谁也说不好。慢慢地，年轻点儿的都外出抓票子去了，田地开始荒芜，整个村子只剩下老人和孩子了，还有篱笆墙、狗、栏里打鼾的猪、山上抓虫子的鸡……

易红在县城开了一家发廊，请了四五个发廊妹，都是年纪轻轻的，最小的才十五岁。夏明威经常来这里玩，还帮易红做一些跑腿的事情，如帮一些客人送送需要的洗发水什么的。但送的最多的，是香囊袋子。易红把很小的东西装在里面，缝了口子，看起来很结实，再让夏明威骑着摩托车去送。有时候要去的地方比较远，也很偏僻，来人接了东西就走，什么话也不留下。夏明威有次好奇地问易红：

“红姐，你让我送的是什么东西？”

易红说：“小孩子只管做好事情就行了，不该问的就不要问，不该晓得的事情就不要晓得，有时候晓得的多了反而不是件好事。”

夏明威脸色沉了下来，说：“原来你还是把我当外人？”

“你实在想晓得，就告诉你吧，免得你东想西想的。其实吧，你晓得也无所谓，我一直当你是我弟弟，一根藤上的瓜。我要你送的是一种特殊的香水，进口货，国内买不到的，都是从海关偷税偷运过来的，所以卖得便宜，别人也愿意买，只是不能让人知道了，否则你姐就会倾家荡产了。你也不能拆封看，否则东西就会失效，别人就不会买了。”

夏明威知道后就不再问了。他从店里的妹子那里听说，易红也不容易，年轻的时候被人骗了，生了个孩子，做了未婚妈妈，后来结过一次婚，又离了，从此再也不结婚了，一个人做起了生意。他心想，一个单身女人带着个孩子，还能撑起一个门面，也确实是不容易。

每次夏明威送货回来，易红都要给他跑腿费，但都被他拒绝了。他说：“要是我图你这点儿钱去跑腿，我就不会喊你红姐了。我是真当你是我姐。”易红也很感动，说：“好，够意思！红姐会记着你的好。尽管你喊我姐，在心里我把你当儿子一样。毕竟，我大你二十多岁呢！”

易红每次都要留夏明威吃了晚饭再回，有时候还带他去娱乐城唱歌喝酒，偶尔喝多了，就留他在她家里睡了。夏明威也真把易红的家当成了他的家，有时候不想回去就在易红那边躺下。为此，易红还在隔壁给他准备了一间卧室，铺好床，搞好卫生，还在房间摆了盆兰草。他的那间屋子是当阳的，每次太阳晒屁股了他才起床。易红会做好早餐热在锅里，夏明威吃了早餐就又去易红店里帮忙了。

## 7

这是一个热得出奇的夏天。

夏明威不怕热，因为易红的生意更忙了，他出去送货的次数也多了。易红说，等挣够钱要给他在县城买套房子。所以夏明威父亲给他电话要他去广东帮忙做事的时候，他拒绝得非常干脆，说：“我不想去，也不会去。我从小到大，你又关心过我几回？我想去的时候偏不要我去，你跟那些红嘴巴的女人风流快活，嫌我在那里碍事。现在需要我帮忙了，就想要我过去。可我也有事情做了，不指望你养活我，我自己能养活自己，还能养活爷爷奶奶。”父亲就问：“你在家里做什么呢？”夏明威说：“反正是劳动养活自己，不偷不抢的，你操好自己的心就行了。”父亲也就无话。

这天，易红特意打扮了一番，穿了件比较性感的红色裙子，胸前是层朦朦胧胧的透明的纱。她准备好午饭后就给夏明威打电话，要他过去吃饭。夏明威一进夏红的门就感觉到喜庆气氛，发现桌上的菜比以往都丰盛，精心打扮过的易红也很漂亮和洋气。易红的女儿没有在家里，偌大的屋子就只有他们两个人。易红还准备了高脚玻璃杯和红酒。夏明威奇怪地问：

“今天是要接待什么客人吗？”

易红说：“没有，今天就接待你一个客人。”

夏明威说：“我都在这里吃了三年的饭了，还是什么客人？”

易红说：“也是，你不是客人，今天让你当一回主人吧。今天是我四十岁生日，我特意准备的，谁也不喊，就喊你陪我过生日。”

夏明威还是第一次喝红酒，喝完一口感觉嘴巴里面涩涩的，说：“以前只是在电视里面看到别人喝这洋玩意儿，还以为是什么好东西，原来这么难喝。那些外国人吃的东西，我们中国人就是吃不习惯。”

易红就捂着嘴巴笑，说：“你是从来没喝过，所以不晓得它的好，久了就会懂得了。等下让你再尝个新鲜的玩意儿。”

“好！我就喜欢新鲜的玩意儿。”

夏明威有些醉了，脸变成了猪肝色，眼睛黏在易红隐隐约约的胸部上。易红也感觉到了，她用手点了一下夏明威的额头，说：“看什么呢？小小年纪就不学好。”

夏明威说：“你弄错了，我不是看那个东西，是在看另外一个东西。”

易红摇摇头，说：“还狡辩？看了就看了呗，不许撒谎。”

夏明威说：“还记得我们第一次见面吗？那年的夏天也很热，在县城的大街上。”

“当然记得，你跟踪我干吗？”

“我看到了你胸前的一颗红痣，跟我娘的一模一样。”

“哦，好像从来没有听你提过你娘。”

“我从小就没有了娘。他们告诉我，我娘生我的时候难产，一生下我就死了。其实，我知道他们在说谎骗我。记得很小的时候，娘给我吃过一次奶，我看到了她胸前的那颗红得透明的痣。还隐约记得她说，我从小没有喝过她的奶，就让我尝尝奶的滋味。她把奶头塞到我嘴巴里，我就看到那颗红艳艳的痣。从那之后，我再也没有见到过她。我记不清她的样子了，只记得那颗红痣。”

“真可怜！来，让你尝个新鲜的东西吧！它可以让你忘记一切痛苦。”

易红到房间鼓捣一阵后，拿了个矿泉水瓶子出来，上面有根管子。她要夏明威吸一口。

夏明威很是好奇，说：“这是玩的什么游戏？”

易红说：“你敢吸吗？你吸一下就晓得了。”

夏明威说：“有什么不敢的，吸就吸！”就眯着眼睛吸了一口，又说：“什么都没有。”

易红说："来，再吸一下试试。"

夏明威就又吸了一口，接着又吸了一口……他全身发热，感到非常亢奋。蒙眬中，他又看到了易红胸前的那颗红通通的痣，那种透明的红在他的瞳孔里燃烧，发出毕剥毕剥的炸裂声……

## 8

谁也不相信，活蹦乱跳的007说病倒就病倒了。平常都说他的身体好得不得了，也从来不见他生过什么病，连个喷嚏都没有打过，真的是病来如山倒，说倒了就倒了。这人的命也许真的是个定数，谁也不能预测，谁也不晓得来路和去路。

等曹庆功休完产假，回来值班后，007已经病了几个月。他躺在病床上，脸白如纸，呼吸微弱，高热不退，时不时双手乱舞，嘴巴里喊着一句什么话，可谁也听不清楚。医生说他是急性白血病发作，活不过半年。

曹庆功去看007的时候，007已经陷入昏迷，气丝游离，瘦得皮包骨头。她轻轻地呼唤着他的名字，而不是007："明威，明威，你醒醒！"

医生说："他可能已经醒不过来了。"

曹庆功的眼泪滴在夏明威的脸上。他居然睁开了眼睛，可是好像不认识曹庆功了，他只是痴痴地望着她带来的那束艳丽的康乃馨，眼睛迸发出最后一抹亮光，笑了。

（原载《海燕》2019年第10期）

# 三个人的晚餐

## 1

王海和妮子赶到清远村的时候，天就暗了下来。老娘没有像往常那样，端着个手电筒在村口等着他们。北风呼啸着，不知吹翻了哪家屋檐下的柴火，哗啦一声，惹得村子里的狗吠个不停，各家屋里的灯也跟着亮堂起来。

王海和妮子推开堂屋的门。老娘在屋正中坐着，没有开灯，电视却开着，冷白的荧光映得她的脸更冷了。“姆妈，看电视不开灯，费眼，咱现在也不差那几个电费钱。”王海说着，就拉亮了堂屋的灯。灯是节能日光灯，有个橘色的灯罩套着，屋里顿时暖和了不少。老娘没有接话，她的屁股抬也不抬，眼睛紧盯着电视，那神情好似不晓得屋里进来了人。

妮子绷着脸，放好行李，正要去端碗吃饭，才发现桌子上空空的，干净得没有一点儿内容。王海也愣了一下，揭开锅盖一看，冷锅冷灶的，心里也感到疑惑，怎么回事？明明提前两天打电话告诉了老娘，她还在电话里答应得挺好。不过，这会儿他也没工夫去想事，肚子里正打着猛鼓呢。他看到妮子那张脸，心下一凛，赶紧淘米做饭，在厨房里忙活起来。王海看到桶里有一条斤把重的鲫鱼，在水里慢悠悠地摇着尾巴，忙高声喊：“妮子，快过来帮忙抓鱼，好久没吃到新鲜的鲫鱼了，还是活的呢。”那兴奋劲儿，好似上辈子都没有吃过鱼一样。“嘿，新鲜事儿，你平时袖子都懒得挽的，今天倒还能下厨房了呀！”妮子倚在厨房的门框上，也把嗓门儿扬得高高的，眼睛朝正在看电视的老娘转了转。

老娘这会儿的心思在电视上，看得眼睛都不眨一下。要是平时，晓得他们两个要回来，老娘掰着指头算时间，会提前一天去上街，精挑细选，大包小包的，都是他们最爱吃的。他们落屋的那天，老娘是雷打不动地备好饭菜，再到院子前面的老槐树下去转悠，直到望见他们的身影了，才三步并作两步赶回去，把凉了的菜再热上一遍。他们到屋的时候，就能听到锅铲热热闹闹的欢呼声。老娘把最后一道菜端上桌，说句“累了吧，快去洗手吃饭”，脸上的褶皱便一层一层地垒起来，堆得跟朵花似的。要是回来的时间是晚上，老娘必定是风雨无阻地揣着个手电筒在村口等着他们，再和他们一道回去。

“今天是个什么毛窍？”妮子想不通畅，就凑到老娘身边问，“姆妈，演的什么戏，这么好看？”老娘没有接她的话，还是看着电视机。一脸的笑，笑得眼角的菊花盛开到了极致，那深深浅浅的纹路弯得高高的，翘翘的。妮子睨了一眼电视，正在播一个相亲的节目，再看老娘，她还是一头栽在电视里，看得津津有味，好似电视里有个小丑演员，不停地逗她乐，让她脸上的笑一直停歇不下来。妮子的脸都绿了，一把拿过遥控，一摁电源，屏幕上一片黑。老娘才回过神看到妮子。老娘拧着眉头，定定地看着她，那神情怪怪的，半晌才蹦出来一句：“你是……啥时回屋的呀？”装什么，不是提前几天打电话通了气吗？明明晓得我们今天要回来，这么晚了连个饭菜都没张罗，还好意思在这里看电视？妮子在心里嘀咕着，嘴上却不吱声。突然，她好像想起了什么，又噌噌地跑到他们的卧室。一打开门，一股霉味扑鼻而来，眼前的双人实木床上空空的，用手抹一下床沿儿，一掌的灰。妮子的脸拉得更长了。

老娘是个心思细腻的人，每年妮子和王海回家过年，老娘都会用端午节晒干的艾叶、菖蒲和雄黄做成熏香，放在房间细细地燃着，一进屋，就能闻到淡淡的艾香。这样熏过的房间，蟑螂、蜘蛛、蜈蚣什么的，就不敢进屋来了。还早早地把被褥晒了又晒，知道他们哪天到屋，就会提前一天铺好，用的都是簇新的床单和枕头。人躺在床上，暖和，绵软。被子也又轻又柔，像一片巨大的鸟的羽毛，盖在身上，舒服得死。更让妮子欢喜的是，老娘会在床头放一对新的大红或是粉红的鸳鸯绣花枕头，用手摸一把枕头下面，会抓到花生、干桂圆、红枣、腰果。那每年不变的新婚场景，都让妮子心生欢喜。后来，妮子生了两个崽，老娘更是舍不得她干活，冬天就是用冷水洗把脸，老娘也会喊住她，急慌慌地给端盆热水来，生怕她得了“一指之寒”。两个崽三个月断了奶后，妮子就去了王海的工厂。两个人在广东打工，双宿双飞，家里都是老娘照应着。现在两个崽都长成人了，念大学去了，家里就只剩了老娘一个。老娘烧得一手好菜，又很会打理家务，人勤心善，乐于助人，一辈子没跟村里人红过脸，也不跟儿媳拌嘴，家里家外都被她打理得井井有条。清远村的人都说，要讲五好，讲模范，只有王家的婶婶当得起，言传身教，家风习气，样样都占上风，都是呱呱叫的。妮子也打心里佩服老娘，不服气都不行。每次他们回家，老娘都会里里外外地做好准备，看着没有什么素材，但经过老娘手上一搭配，不用花多少钱，就会整出一大桌子香喷喷的菜来，有荤有素，色香味俱全。她和王海两人想吃饭就可以吃饭，想睡觉就可以躺下睡觉。这么多年来，老娘的习惯是一成不变的。

妮子觉出反常，这次回家就好像突然穿越到了“解放前”。她猜想，或许是村里的长舌婆婆们说了啥，让老娘改了心思，换了生活方式。妮子也晓得，如今的老人守着电视看，思想也跟着潮了。城里的老人不是出去旅游就是去广场跳舞，吹吹弹弹唱唱的，都搞得蛮文艺。农村的老人看多了花花世界，也跟着学了不少，心思恐怕也改朝换代了。老话讲得好，春种秋收，老娘没病没痛的，地里也种着应季蔬菜，家里还养了几只鸡鸭，下得几个蛋来。妮子心想，她和王海两人一年到头在外面打拼，风里来雨里去的，还不是为了这个家？就不心疼他俩的辛苦？等两个崽拢窝了，一家子都要吃饭，难不成都要指着她吃饭？老娘常说，出门看天色，进屋看颜色，难道从现在开始是要她看老娘的颜色？那可不行，老娘跟着村里人东家长西家短，都学得滑溜了，可她妮子人又不呆，也不是好欺负的！

妮子越想越气，冲着王海撂下一句“你就弄你的饭吧，我去娟子家里了”，就把门重重地一摔，震得瓦檐上的落叶扑棱扑棱地落了下来。

## 2

王海是丈二和尚摸不着头脑，冲着门口喊：“那你还回来吃饭吗？”余音在屋里缭绕着，妮子早就没影儿了。他看一眼坐在屋里的老娘，电视一片黑，老娘居然在打瞌睡。他心里纳闷儿，刚刚电视开着，妮子又闹出这忒大动静，居然没吵醒她。

这么多年，老娘为支持他和妮子在外打工攒钱，无论多难，都不会拖他和妮子的后腿。他身边的同事，不是因家里老人生病住院被要钱，就是被这事那事催着回去，老娘总是安安静静地守在屋里，照顾两个孙子，从不让他分心和烦心。现在，他不知道老娘搞的是哪一出。王海看了一眼高压锅，气阀正在呼呼地往外冒热气，饭还没熟，菜也切好了。他就走过去，搬了把被柴火熏得黑不拉几的竹椅子，坐在老娘的身边。老娘膝盖上盖着一床烤火被，腿子下面蹲着个小火箱。王海伸手一探，火箱里面冰凉冰凉的，老娘坐在那里居然能睡得着，耷拉着脑袋，时不时地摇摆一下。王海咕哝一句“要睡就到床上去睡，怕摔着”。老娘没有听见，还打起呼噜来了。那声音还蛮有规律，一阵阵的，跟高压锅的气阀门发出的声响此起彼伏地呼应着。王海叹了口气，看着老娘打瞌睡。她那刀削了一样的脸颊又弯下去了一轮，颧骨耸得骇人，蜘蛛网一样的纹路深深地刻在蜡黄的脸上，一头乱蓬蓬的白发在灯光下跟银丝线一样白得发亮。王海心里一痛，娘是真的老了！

老娘这天上地下的态度，也怪不得妮子发那么大的火气。以往不管是儿子、儿媳还是孙子从外面回来，她就跟只鸟雀一样欢快，唠叨个不停。记得去年回来，老娘还拉着王海的手，说他黑了，又瘦了，说妮子也变得老相了，没得以往懒豆腐一样的嫩相了，说他们在外面都受苦了……真的是有讲不完的话，说得那深深的眼窝里都蓄满了泪水。可这次，老娘的话都在肚子里冬眠了，王海在厨房里忙碌那么久，老娘愣是没有过去看看，也不问起他，就连妮子发那么大的火，门框都差点儿被她摔掉了，老娘都是充耳不闻的。要在以往，妮子脸色一下来，或者说那么丁点儿酸话，老娘就听出筝筝来了。她是很灵性的，听不得那些带软刺的话。记得有次老娘端菜出来，不小心把一块肉掉到了地上，妮子看见了，就说了句“如今大城市的肉价都跟着房价上涨了”。老娘听后，立马把肉捡了起来，吹了吹，就塞到嘴巴里嚼着咽了下去。见儿子正拿眼看她，老娘就笑着说：“咸淡刚刚好，香哩。放心，地板都扫得跟镜子似的，不沾灰。谁家屋檐下，没有个磕磕碰碰的事儿？”老娘生怕他们夫妻不和，就连小指头大的事情，都不让妮子去湿手，总掐着他这头说话。王海当然懂得老娘的心思，大事化小，小事化了，家和万事兴嘛。他是家里的独子，妮子又是老王家的功臣，生了两个带把儿的，他就是有屁，也得收着点儿放。心想，这次是怎么了？难道老娘是真的身体有窍了？耳朵也不灵便了？他绕着老娘转了一圈，左看右看的，也看不出个名堂。

## 3

妮子借着这股气出了门，居然没有觉出寒风钻入脖颈的彻骨的冷。她到娟子屋里时，娟子正在织毛衣，眼睛盯着电视，两根长针挑得飞快，刚巧身边没有其他人。见到妮子推门进来，娟子惊讶地说：“妮子呀，啥时回来的？王海呢？”

“快莫讲了，前脚一伸进屋，就闹了一肚子的气。”妮子横着那张柿饼脸，一屁股塌在娟子面前的木椅上。

“被王海气了？为的什么事呀？王海是个老实人，哪次不是你在欺负他？”娟子笑着招呼她嗑瓜子。

妮子顺手抓了把瓜子，攥在手心里，拿了颗放在两排牙齿中间一嗑，瓜子仁儿就落在嘴里了。她呼的一下把那两瓣空壳狠狠地吹得老远，说：“还不是那老不死的。”

娟子用手戳了一下她那窄窄的前额，说：“你呀，这张嘴哪时也变得歹毒起来了？老人是个宝。在我们清远村，只要谁家有个难事，只要你老娘能做得到的，她从来没有推辞过，就我那一对崽女，你老娘都帮忙看管了几年呢。这么多年，你和王海都在外面，你的两个崽是风吹大的呀？”

“哼！没有我的功劳，他老王家能这么人丁兴旺吗？再说了，爷爷奶奶带孙子，那是天经地义的事。”

“真是笑话了，那天底下在家打牌和满世界去旅游的多着呢！那他们不还得过下去？老人生病了，不还得照样要侍奉二老？”娟子说着朝西边的里屋努了努嘴。

妮子晓得娟子的公公婆婆很少给她带孩子，除非是娟子实在没有空，或者是生病了，才帮忙带一下。倒不是重男轻女，娟子育了一男一女，儿女双全，主要是两位老人的思想前卫，完全不照搬老祖宗留下来的传统套路。他们说这养儿育女的经络，就得父母自己去体验那把屎把尿、起早贪黑、忙得鸡飞狗跳的日子，不然就不晓得自己是怎么长大的。他们以为，养儿育女跟种树一样，把苗一插，不闻不问，经风呼啦一吹，没几年就长成树了，人也是一样。娟子也时常跟她倒苦水，但也是说归说，做归做，每次又把话给圆了回来，说老人家嘛，劳碌了一辈子，想玩就让他们玩去，只要他们身体安康，过得舒心，不害个倒床瘫痪的病，就是给后辈造福了。这样一来，娟子肯定就要辛苦些了。

想着老娘这些年来的付出，妮子说话的声气也就不自觉地小了下来。

“娟子，还记得上学时咱们是同桌，那个时候我家里穷，你每次到学校来，书包里总要捎个煮熟的鸡蛋来给我吃，生怕我饿着，那感情，比得过亲姊妹呢。咱们是闺密，我有个什么事，第一个想到的就是你。”妮子老不情愿地瞪了娟子一眼。

娟子说：“你倒是说来听听，我也帮你把把脉，到底是受了哪种天大的委屈。”

妮子就把这次回家看到的说了一番。

娟子说：“你是想多了吧？菩萨面前烧了一世的香，还摸不准菩萨的脾气？你老娘的个性连我们都晓得，她不是这号人，她都恨不得把心肝掏出来给你们炒菜吃了呢。”

“瞧你这话，好似我妮子的心是墨汁做的。”

“哈哈……你是身在福中不知福。我两杯酒不吃，干吗要吃一杯酒？你认我这姐妹，我就得为你负责。”

“那这是咋了？”

“莫急，莫急，让我想想。”突然，娟子一拍脑袋，说，“妮子，你老娘已经七十有二了吧？”

妮子掰着手指算算，一脸蒙地点点头。

“你和王海再不能出去打工了，要好生在家侍奉老人。你娘肯定是身体有毛窍了。”

“谁说的？别看我老娘是个精骨人，却能吃能睡，健旺得很。

我和王海在外面这么多年，老娘从来没上过医院，就是有个头疼脑热的，自己在家里多盖一床棉絮躺躺，发发汗就好了。”

“越是说大话就越容易误事。你们回来的头两天，你老娘晕倒在村东头的田坎上，还是我扶她回去的。回去后我给她冲了杯姜糖水喝了，她又好些了，却不时地嘱咐我，要我不要跟你们讲，怕你们做事分心。第二天，我买了条鲫鱼去看她好点儿没，人没在屋里，她又去地里栽白菜秧了，倒也没有大碍，只是一下没认出我来。我说昨天还晕倒呢，今天就出来干活，也不在家歇歇？你老娘说她好好的，哪儿有晕倒呀，还问我是哪家的媳妇。这天天都能打照面儿的人，明明是昨天才发生的事，她却记不清了，你说怪不怪的。”

“年纪大了，犯糊涂吧。”妮子嘴上说着，心里却不好过。她想起了两个崽小时候同时生病，打针吃药几天，还是高烧不退，大崽才三岁，小的才两个月大，再这么烧下去，恐怕烧成脑膜炎。王海又在外面打工，家里没个拿主意的人，妮子心里那个急，真像被烙的煎饼一样。老娘二话没说，背起大孙子，抱起小孙子，就坐车去了市中心医院。在医院照顾了整整七天，几乎没有睡觉。两个孙子的烧是退下去了，老娘却瘦下去了一圈……往事历历，一件件地在妮子的脑海里淘洗，那一件件、一桩桩的，都离不开老娘。

也是怪，村里年岁大的老人多，身体甭管多孬，可从来没有叫错过人名。娟子的这句话，让妮子的心咚地弹跳了一下，她隐隐觉出了这个家的重心是要轮到她的头上了。老娘的脚印在前，她是得一步步跟下去了。

## 4

王海一个人在家里倒腾，虽是笨手笨脚的，却还让他整出几个菜来。饭菜都已上桌了，老娘还在瞌睡，妮子也迟迟不见回来。天冷，气温低，这么等下去，饭菜也要结冰了。王海几次打开大门，想要去娟子家接妮子回来，前脚都迈过了门槛，又收了回来。心里想着，他这第一次下厨，妮子不但不打打下手帮忙，还发火、骂人、摔门。虽说好男不与女斗，鸡毛蒜皮的事儿就懒得计较了，男人嘛，这一家之主的威信得树起来。人嘛，都是要老的，何况老娘劳碌了一辈子，从来没有失过分寸，就一次没有想周全，没有做好，难道她就要翻天了不成?

当王海第三次推开门，看到张大爷挑着一担粪从屋门口经过。外面的风呼呼的，铁扫把一样扫到脸上，生疼生疼的。张大爷头上的军绿色的棉帽都被吹歪了，一只帽子耳朵耷拉到前面，挡住了他的左眼。他不得不停下来，放下粪桶，把帽子扶正。看到王海站在门口望，就问他啥时回来了。

王海望着那担粪，胃里一阵翻腾，想用手捂住鼻子，又觉得会失了礼数。怎么说，他肚子里头也算有几滴墨水，在厂里是个技术人员，大小还是个主管，管着几条生产线，好几十号人马。两桶粪算什么，他可是见过大世面的，得有君子风度。王海顿了一下，伸手从衣兜里掏出一包黄芙蓉烟来，抽出一根，走过去递给张大爷，说："张大爷，抽根烟，解解乏。"张大爷赶紧接了，叼在嘴上，用手一摸衣兜和裤口，说："出来得急，忘带打火机了。"王海掏出打火机，咔嚓一声打燃，另一只手半握，挡住风。

“呦，还是大城市好，一个打火机都不同。是镀金的吧，机身都锃亮锃亮的。”说着，嘴巴叼着烟凑过来。还没等吸上火，一阵风过来，摇曳的火苗就熄灭了。王海打燃，又熄了。又打燃，又熄了。这样反复了几次，张大爷都没有点上火。张大爷急得不行，说：“这鬼天气，想吸口烟，解解乏都不行，不吸了，不吸了。”

王海说：“张大爷，要不去我屋里歇下肩？”

“我倒是想，只是这一身的氨气味，不太好吧？”

“冇关系，乡里乡亲的，谁家地里的菜不是这氨气味熏陶出来的？我每次回来就是在家过个年，转身就又走了，难得碰到你们一回，连说句话都冇得机会。”

“嘿，这肚里有墨水，讲出来的话就是水平高。也好，那就进屋去坐几分钟吧。”

进了屋，张大爷看到一桌子的菜，说：“你们还没吃饭吧？那我就不坐了。”王海说：“没事，在等妮子呢。”说着又打燃打火机，替张大爷把烟点燃。张大爷长长地吸上一口，再吐了口气，说：“我还是头一次抽这个牌子的烟，挺贵的吧……”

张大爷告诉王海，谁家的老屋又翻新了，谁家又新建了别墅，洋房子又宽敞又气派，看得他这心里呀，啥滋味都有。王海就说：“时代不同了，家乡的变化真是大，到处都是高楼大厦，真不晓得是城市覆盖了农村，还是农村覆盖了城市。放心吧，你崽也会修一幢，到时你老就可以享福了。”

张大爷摇摇头，说：“指望他？下辈子吧。这两口子心齐着呢，宁可把地荒了不种，也不出去做事挣钱。都是败家子，不是抓牌去了，就是摸麻将去了。我这辈子就只有这挑粪的命。不过，说真的，你倒是可以修幢洋房子，让你娘也享享福。你娘不容易，一个人把你拉扯大，吃了不少苦。”

王海说：“再打两年工，说不定这洋房子就竖起来了，也不枉我在外漂泊十多年。到时要请全村人都来热热闹闹地喝杯酒……”

张大爷说：“真到那天我一定要来讨杯酒喝喝的。不容易呀，还记得你才十岁，你爹就得病早早地去了，你爷爷奶奶的身体也不好，家里的担子都落在了你娘的肩上。那时候的日子过得苦，一个月见不到荤腥是常事，你娘一个女子硬是把地里的农活都扛了下来。秋天的时候收割，她一个人背不动打谷机，就喊我帮忙，我帮她把打谷机背到地里，她帮我割了三亩地的稻谷。你娘遇到个难事，只要谁帮了她，她会记人家一辈子的恩情。村里的媒人见她日子过得艰难，劝她要么找个条件好的嫁人算了，要么找个肯上门来的男人也行。你娘硬是不同意。也有喜欢你娘的，主动上门来提亲，都被你娘劝回去了。谁心里都晓得，你娘是在护犊子，生怕找的人跟你不合套，怕你受委屈……”

不知不觉，张大爷手上的烟也燃到烟屁股那截儿了。这个时候，老娘醒了，她看到张大爷，愣了一会儿，想要说什么，嘴巴哆嗦了一阵，却什么话都没有说出来。

张大爷说：“把你给吵醒了吧？还是你的福气好呀。你看我，这大冷的天，还得挑担粪到菜地里去呢。”说完就作势要走。

老娘望着张大爷说：“老王呀，你哪时回来的？回来怎么也不事先跟我讲讲，我好准备饭菜。”

张大爷张着个嘴巴愣在那里，不知如何是好。

王海急忙说：“姆妈，你看看清楚，这是张大爷，他去菜地路过这里，我喊他在家里歇歇脚。”

“哪里呀，这明明是老王，人变得老相了，胡子也都变白了。老了的人可怜，你怎么不相信我呢。”老娘说得情真意切，好似王海给她撒了个弥天大谎。

张大爷讷讷的，一下子不晓得说什么好，他把手上的烟蒂在凳子上抵熄了，说：“我走了，谢谢你让我抽了这么好的烟。”

王海赶紧送出门，说：“张大爷，你莫要计较我老娘，她是年纪大了，记性也差了。这次回家提前两天告诉她了，哪里晓得我们晚上到屋，她饭菜都冇准备，妮子就气得跑到娟子家里去了。”

“唉，我哪里会怪她。人老了，都是一根藤上的苦瓜。”张大爷摇头叹息着。一弓身子，把那担粪放在肩上，闪了两闪。准备走了，又回头说：“不怪，你爹以前经常跟我一起去地里施肥，你娘就帮忙浇水。你和妮子过完年就留在家里，多陪陪你娘，不要再出去了。票子是捞不完的。金窝窝，银窝窝，还是自己的狗窝窝好。”说完就迈开了步子。

老娘像个小孩子，呆呆地望着屋门口，喃喃自语：“老王，你怎么就这样走了呢？是我又做错了什么事吗？”

## 5

等张大爷走远了，老娘好像想起了什么，她推开每间屋子的门，又把灯全部拉亮，转来转去，寻找着什么。王海以为她在找妮子，就告诉她，妮子到娟子家里去了，等下就会回来。老娘还是摇头，她拉着王海的胳膊，指着打开的每间房子，嘴巴哆嗦着，说又说不上来，急得眼泪都流了下来。王海说："姆妈，你莫急，你要找什么告诉我，我帮你去找。"老娘用手抹去泪水，想了半天却又想不起来，懵懵懂懂地站在那里。王海不晓得老娘是想起了哪些久远的往事，或者是哪个日思夜想的亲人，只得任老娘摇晃他的胳膊。突然之间，他感觉他像是站在大街上，老娘呢，就像个迷路的孩子，揪住他不放。人海茫茫，人影憧憧，每个路过的人都惊讶地扭头看他，看得他一头雾水，看得他想狂奔而逃。远处，一眨一眨的灯光，像一双又一双橘色的眼睛，点亮每间房屋，让他不敢与它们对视。

外面的风一阵紧一阵地刮着，树上的枯叶早就落光了，只剩下赤裸裸的树杆杆和光秃秃的枝条，它们凌乱地默立在看不见的苍穹下，瑟瑟发抖。王海突然打了个冷战，脑子也跟着清醒过来。他扶着老娘坐下烤火，然后踮起脚尖走到门前，望了又望。灯光中，真的多了好几座弯檐翘角的别墅，它们雄赳赳、气昂昂地立在那里，那宫殿一般的外观和设计，让人看得眼热心跳。王海想，屋里的主人要是他自己，该多好。他看得眼都酸了，才返身进屋。

就在闩门的时候，王海发现大门上的锁已经生锈，两边门板开裂，留下一道道长长的缝隙，门上绿色的老漆斑驳不堪，一块一块地剥离。再回头看看堂屋，檩条、窗棂在风吹雨淋中早已褪色，暴露出年轮的秘密。还有厨房的窗户玻璃空了一块，老娘寻了块木板卡在那里，挡着外面呼啸来去的风。这一切是那么熟悉，又是那么陌生。这些经过多年风雨积攒和沉淀下来的内容，跟坐在屋里的老娘一样沧桑，它们默默地相守，在时光中互为遮掩，又互相取暖，是那样协调，又是那样触目惊心。王海呆呆地立在那里，仿佛回到了童年。余晖将尽未尽的那一刻，大地、树木、人、狗，还有村庄，都染成了古铜色。爹爹挑着粪桶去地里施肥，老娘用瓢跟着浇水。有大人领着几个孩子在田里插秧，每挪动一步，都能听到哗啦哗啦的水响……

王海猛然想起，直到现在，老娘都还没有喊他一声“崽”。他望着坐在板凳上茫然无助的老娘，感到一阵揪心的疼痛，泪水不自觉滑了下来。此刻，他也跟老娘一样心头悬空，一片茫然。

## 6

真冷呀，怕是要落雪了，那厚厚的云层中想必是裹着马上要炸裂的棉桃一般的雪花吧。妮子抬头看看黑蒙蒙的天，缩了缩脖子，迎着凛冽的寒风，加快了步伐。她的脑海里一直回荡着老娘的叮嘱：“妮子呀，你和王海在外面做事要安心，不要牵挂着家里。家里的孩子有我呢，孩子都争气，又听话，成绩又好……家里的田地有我呢，年年都有新鲜的蔬菜吃，吃不完的就做腌菜了……家里的房子不用担心，有我呢，每年我都要上屋顶捡瓦堵漏的……妮子呀，一个家能不能兴旺发达，关键时刻还得看女人能不能挺得住。男人是砖，女人就是瓦……”

此时，狗已经不吠了，村庄沉静，大地安然。拱桥下面的流水也静悄悄的，它们经过身边的枯草、落光了叶子的柳树，又穿过田野，横越村庄，一直向前，向前。

（原载《天津文学》2022年第3期）

# 第三辑　飞翔的嗥叫

同樂
鴻伏

# 飞翔的嗥叫

## 1

马三回去的时候，老许告诉他，罗妈妈领了个女子在村口等他。

他娘的，这次老子一定要搞成，窝里没个暖被的婆娘，还过什么屌日子？马三心里这么想着，脚步不觉就飞了起来，轻飘飘的。

老远地，马三就看到罗妈妈那圆胖的身形，她的身边还立着一个干瘦的女人。大概还有百米远，马三的脚步就飞不起来了，他整张脸已经憋成猪肝色，脚上好像绑了块大石头。他慢慢地、小心地凑过去，耳朵拉得老长，像个收音机。更近一些的时候，便收到了罗妈妈絮絮叨叨的大嗓门儿：“……妹子，马三这人就是太实诚了，对谁都是掏心掏肺的，尤其是对女人，心窝窝软着呢。谁要是嫁给了他，还不当菩萨一样供起来……”马三听得小心脏像只乱撞的兔子，脸上的猪肝色又变成绛红。

罗妈妈发挥得正尽兴，发觉马三到了，就有些悻悻地收住了嘴，朝马三抛了个老辣的眼神。马三一个激灵，知道该自己出马了。

“大、大妹子，这大老远地来，走累了吧，回家歇歇脚去，顺便讲讲白话。”

“在家里有什么好唠的？家里冷锅冷灶的，谁帮你张罗，还是去上街找个吃饭的地儿。”罗妈妈说着，悄悄地在马三胳膊上使劲掐了一把。

马三用手挠了挠后脑勺，说：“是啊，快中午了，是吃饭的时辰了。家里啥也没有，走，下馆子去！”

那女人慢悠悠地开了腔：“莫急，时辰还早得很。我在家里一天就吃两餐，早晨吃了后，要到下午四五点才吃，这会儿肚子才刚刚收起。搞三餐太费事，咱都是乡巴佬，又不是街巴佬，还是先去家里落落屁股吧！”

罗妈妈拿双圆眼瞪了马三一下，掉头跟那女人说：“大妹子客气个啥！到了这里就是自家人了，现在时兴这个，不差那几个钱。这不，还没过门呢，就想着替马三省钱了，也是缘分。”

谁知那女人也是头犟驴，让罗妈妈宝里宝气地说了一谷篓的空话。马三只得打前站。

到了家里，马三慌慌张张地拿块抹布东擦擦西擦擦，恨不得长出三头六臂来。罗妈妈喊着：“屎都到屁眼儿了才知道急，莫把人家妹子冷落了。”马三只得把那个狗窝倒腾一下，再一个百米冲刺，把条臊气冲天的内裤塞到床底下，说：“家里就剩床上还算干净，也舒坦些，坐吧。”

罗妈妈要马三出去买点儿零嘴儿，她拉着那女人坐到床上。一坐上去，就感觉屁股下面晃悠悠的，原来是张绷子床。一股闷闷的汗臊味直钻鼻腔，罗妈妈还是强忍着，说道：“大妹子，俺也吃不了月下老人的饭，实打实地告诉你，马三从小就没有爹娘，穷得只剩下力气，就这屁股大的地方还可以供你下蛋。但是他一个表叔还是蛮关照他的。他表叔买了条沙船撂在上游，他就帮忙打砂淘沙，干些下死力的活儿。苦是苦了点儿，可别看他家里啥也没有，人却老实本分。现在这个社会，虽说太老实搞不活络，但是老实也是做人的根本，老话说得好，七不靠，八不靠，老实本分是依靠。”那女人只笑不搭话。罗妈妈咽了口唾沫，只好接着说：“你也是过来人，都是两个孩子的妈了，有人心甘情愿帮你养崽，捂着被窝儿疼你，多好！女人嘛，不穿金，不戴银，要的就是被窝里滚棉絮，床头吵架床尾和。有个打冤家的人疼着，那个才叫过日子，才是福。”接着，凑到那女子的耳边，捏着声气说：“大妹子，说个带劲的事儿，马三还是只没有打过鸣的公鸡呢……”

恰巧马三推门进来了，他愣愣地听着罗妈妈咯咯咯叫得欢，像只刚刚下完鸡蛋的老母鸡。罗妈妈来了句：“瞧他那哈宝劲儿，虽然是四十好几的人了，身板却是出山虎呢。”那女人的脸腾地温热起来。

马三把瓜子糖果摆好，罗妈妈又拉他来到屋外，语重心长地说：“马三啊，我已经帮你搞好铺垫了，剩下的事情就看你了。”

马三点头像鸡啄米：“感谢罗妈妈！事儿成了，一定要给你封个大红包，还要一路放鞭炮去谢媒。”

“谢媒我就不指望了，只要你自己争气，把事情搞成，早日拱出来个带把儿的，也算我对得住你父母的在天之灵了。你父母过世前把你的终身大事交付给我，谁知道这么多年，你硬是成不了器。真是前世欠你的，八字苦呢。”

马三讷讷地张大嘴巴，不知道该说什么。

罗妈妈叹了一口气，说："这是给你带来的第几个妹子了？"

马三伸出一只手掌，说："这个数了。"

"你知道就好。这妹子也是苦中出身，山里人，没咋见过世面的。两年前丈夫出了车祸，留下一崽一女，家里的农活正需要男人搭把手。只要你跟她对上了眼，应该八九不离十。"罗妈妈胸有成竹地说。

马三木头木脑地说："罗妈妈，你真能！这些离婚、寡妇之类的娘儿们，你咋都知道？"

罗妈妈给了他一个白眼，说："嫌给你介绍的是娘儿们？你以为自己是只雄赳赳的叫鸡公吗？就凭你这副贼眉鼠眼的模样，又到了这个前不着村后不着店的岁数，那矮塌塌的屋檐下面还有黄花大闺女愿意跟你去喝屋檐水？实话告诉你吧，要不是我跟人家好话说尽，压根儿没有人愿意登你这破门！就是你愿意倒插门，人家还要考验你是不是个脑膜炎。"

马三被罗妈妈一顿数落，人也立马矮了三分，变得诚恐诚惶起来，像一只乱了方阵的青蛙，干张着个阔嘴巴。

罗妈妈用手指点了一下他的榆木脑壳，说："你呀，快进去吧。人都给你送进屋了，是不是爷们儿，就看你今天的表现了。我先回去了，你陪她说说话，培养一下感情。女人嘛，还是听男人哄的。"临走，还不忘给马三一个鼓励的眼色。

马三钻进屋里。那女人正一边嗑着瓜子，一边打量着这间既是卧室又是厨房的屋子。

马三问："咋地？"

"不咋地！"

女人环视着这间逼仄的屋子，臭袜子团成一团，旮旯里堆着一堆还没有洗的衣裤，一层白白的盐酸粒子在上面画着地图，散发着腐朽的怪味。电饭锅、电磁炉可怜兮兮地放在一个不起眼的墙脚，墙壁上还溅着一层油污。唯有床头歪歪扭扭挂着的一幅字画，让她的嘴巴微微张开，露出一排泛黄的牙齿。她凑近一瞅，说：

"写的啥？"

马三马上自豪地说："是'天道酬勤'四个字。"

"自己写的？"

马三摸摸后脑勺，憨憨地说："是的。闲得慌的时候自己耍耍把戏的，见不得人，丑死了。"

女人说："写得好，丑什么！"

她一转身，就撞到马三的胸脯，那雄健的胸肌像铜一样泛着光泽，像青蛙的两只鼓出来的眼睛直直地瞪着她。她闻到一股浑浊的气息，有些眩晕。她突然想起罗妈妈的话，两颊瞬间绯红。

"那个啥？"马三问。

"哪个啥？"女人拉着他坐到床上。

马三感觉她的手如卷了刃的镰刀，跟他淘沙的手一样粗粝和毛糙。转过头，看清了女人的整张脸，皮肤粗黑，眼梢的纹理像一张蜘蛛网，看起来比罗妈妈说的三十六七要老许多，应该是个饱经风霜的女人。马三心里升起一股怜惜之情，感觉真遇上了能过日子的女人。

女人用手捋了一下他额前的头发。她的眼神是温柔的，她的动作和她眼角的金菊，令他想起了故去的母亲。马三不禁把头靠在她那个柔软的部位，在女人的摩挲中渐渐地喘起粗气。他像一只猫那样弓起脊背，感觉自己全身发烫，像一根马上要爆裂的水管。女人也跟他一样有了粗重的喘息。

马三还是第一次这样零距离地接触女人，他的手还有些战栗，不知道该放在哪里。突然，他惊叫一声推开女人，大喊“娘老子！原来你是个妖精！”女人捂着脸仓皇而去。马三刚刚还像一只发情的母猫，这时就又变成一只惊恐的兔子了，他用手紧紧地抓紧裤带，还喃喃自语：“天哪！她的肚子上有条巨大的蜈蚣！”

## 2

马三干活没有以前那样卖死力了。并且他学会了抽烟，抽那种很便宜的红梅烟。

罗妈妈后来又给马三带了女人过来，要他去相亲。马三却像一只死猪，半天不放一个响屁。罗妈妈说：“行，你真能！你就等着打一辈子光棍儿吧。”从此，罗妈妈再也不给他牵线搭桥了。

老许干活的时候，总喜欢调侃马三。他说：“马三啊，你也贼搞笑，没吃过猪肉还没有见过猪跑啊？一个带崽的娘儿们就把你给整尿了。”马三的耳朵塞了随身听的耳机，即便听见老许骂他孬种，也装作没有听见。其实他心里是翻江倒海的，他怎么也搞不懂女人的肚子上为什么会有条那么大的蜈蚣。那蜈蚣狰狞地瞪视着他，逼得他汩汩流淌的一江春水生生地倒流回去。最令他苦恼的是，每次在梦里都被这条张牙舞爪的蜈蚣惊醒，好像在漫无边际的暗夜，还有好多蜈蚣朝他爬过来。

白天，马三像只发了瘟疫的猪一样趴在沙船上，听河里打砂时发出的沉闷吼声，听水流的声音，或躺在沙丘上，四仰八叉地望着天上的星星发呆。到了半夜的时候，他就神经质似的像狼那样嗥叫，叫得歇斯底里，叫得河水呜咽，叫得人心里毛骨悚然。他自己都搞不懂自己在梦游还是在发癫。但是那样嗥叫之后，他就感觉心里舒坦些了，然后又迷迷糊糊地倒在那张绷子床上，一晃一晃地进入梦乡。

慢慢地，马三发现这条河的上游、中游、下游变得千疮百孔。河床不像河床了，像只瞎了眼的鳖搁浅在河滩上。河里这边一个深坑，那里一个窟窿，像一个个深不见底的深渊。河水再也不见原来的清幽了，变得浑浊不堪，翻着黄色的浊浪。

暑假的时候，有几个小孩儿在河里游泳，结果有两个掉进打砂后的窟窿里。那深深的旋涡让其他小孩儿都束手无策，他们大声喊叫“救命啊”。趴在船上的马三听见了，马上跑过去把两个小孩儿捞了上来，幸亏马三跑得快，否则就晚了。但是可怕的事情还是发生了。酷暑炎热，那水里的沁凉总能吸引那些不怕死的鬼崽子们。一天，马三在下游打砂的时候，听说上游出大事了。大家一窝蜂地拥过去，马三跑得最快。当他发疯一样窜到那里的时候，就傻眼了，一个被打过砂的深窟窿里浮着四个小崽子，像一条条翻着白肚皮的鱼。

马三这时发出半夜狼嗥一样的声音，那凄厉的声音冲上云霄，在河岸久久地回荡。他突然感觉自己就是这条河里的刽子手，罪孽深重。

马三后来去找了表叔，要表叔不要昧着良心赚钱，停止在河里打砂。表叔的腰包正像青蛙的肚子一样滚圆滚圆的，哪里肯听马三的话。马三没有办法，便想着再也不到船上去了。他也劝老许不要去。老许说：

“我干不干无所谓，儿子都能赚钱孝敬老子了。那你不在船上干，能到哪里去？你都是四十二岁的人了，没有文凭和技术，不卖死力能干什么？”

马三说：“这个你就不要操心了，天下之大，我就不信还能饿死一个大老爷们儿。”

老许这时眼睛一亮，说：“马三啊，你还别说，我那娃娃就是个没有文凭、没有技术的，也没有你这样的身子骨，他就是凭着年轻去了南方，听说在一个厂里做流水线生产。去年年底有个外省的妹子追着他回来，要当他媳妇。你要是想去，我告诉他一声就行。兴许你也能像他一样领个媳妇回来呢。”

马三说：“行，老许，我去，我可以凭力气吃饭。反正是光棍儿一条，一人吃饱，全家不饿，到哪里不是活！”

## 3

马三去了广州。老许的儿子在一个电线厂，生产各种型号规格的电线，他在厂里给马三介绍了一个力气活，用叉车把检验合格的成品货物拖到仓库。工作流程很简单，有力气就行。

马三换了个环境，也像换了个人。比起在家里那条整天轰隆隆响得人脑壳痛的沙船，还有那间空荡荡的屋子，他感觉开始上工的那段时间爽多了。这里白天晚上都有许多人，来自天南地北，说着不伦不类、南腔北调的普通话。他干活的脚步也轻快起来，嘴唇上那一排黑须也剃得白光光的，人也精神了许多。他好像又找到那种想飞起来的感觉了。

马三最喜欢吃的，是加晚班的时候厂里食堂提供的夜宵，那肥腻腻的鸡腿和名堂多多的糕点，让人眼花缭乱。他每次吃得嘴巴都像抹了层猪油。他不仅喜欢吃凌晨两点的食堂的夜宵，也喜欢看工友们穿着清一色的衣服进进出出。他看谁都是笑眯眯的，好像跟谁都在招呼，可谁也没有搭理他。他们各自吃完自己盘里的餐食，就匆匆忙忙地上工了。马三也不敢耽搁，三扒两咽就风卷残云了，盘子里连点儿残渣都没有剩下。他们吃饭都是有时间限制的，马三可不想因贪吃扣了分，罚了款。他得把钱细细地攒起来，毕竟他的被窝儿里还是空空荡荡的呢。

日子不声不响地过着，像马三嘴里喜欢衔着的青叶片。他在车间里忙得像条欢快的鱼，好像已经忘记了罗妈妈和老许，以及那几个在蓝天下翻着白肚皮的鱼一样的精怪。他那猪肝色的皮肤在日光灯的晃悠下不知不觉地给奶白了，双掌沟壑里的黑烟灰也梦幻般消失了。

马三的下铺是个比他大几岁的四川人，生得虎背熊腰，须发浓密，像个风雪中的北方汉子，开口闭口便是“他奶奶的熊，他奶奶的熊”。他姓战，马三就喊他老战，不记他的全名。马三还是第一次知道，中国的百家姓里居然还有这个姓。老战也很随便，马三喊什么就是什么，也不喜欢多说话。马三只知道老战跟他一样是做力气活的，也是摇着那个叉车，把生产出来的成品拱到仓库，其他的一概不知。

一天晚上下班，马三回到那个摆放着六张单人上下铺的宿舍，发现平时大大咧咧的老战也像其他人那样，在下铺装模作样地吊了个花布帘子，拉得严严实实的，神秘兮兮。马三踩着那凉凉的钢筋上去，看不到老战的影子。他心想，这老战也要用块布来隔断与他的距离了吗？他最近也没有得罪这位老哥啊。他一脑袋糨糊，越想越糊涂。

就这样，连续几天下班，马三都见不到老战的影子。马三心里憋得慌，他很想回宿舍后给老战递上一支红梅烟，吧嗒一下给他点上火，然后跟他小声地唠嗑。到了规定时间，宿舍的灯就被总管熄了。以往熄了灯后，宿舍就只剩下两个忽明忽暗的红圆点儿，一闪一闪的，像两只飞舞的蚊子，相互叮咬，发出嗡嗡嗡的声音。两三工友把脑袋伸出被窝儿，咕哝一声："还要不要人睡觉？要说话就去天台上说去。"这两只蚊子便悄悄地噤了声。而现在，就是个布帘子让马三几天都没有看到老战的身影。每天晚上回来，老战就躲在布帘子后面打鼾，马三的红梅烟怎样也递不过去，他恨不得把那个布帘子扯掉撕烂。睡觉的时候，他也不敢呼唤老战。大家都是白班夜班来回倒的，十二个小时班上下来，都很累了。宿舍里也不允许喧哗。

马三只有老战这么一个不冷不热的老哥们儿，而现在那块花布帘子像一堵冷冰冰的墙，活生生地拉开了他和老战之间的距离。这让马三心里硌得慌。几天下来，他的耳朵里又塞进了随身听的耳机，一副井水不犯河水的德行。

## 4

马三开始轻微地失眠了。他躺在床上翻来覆去，好让自己早早地去和周公约会，那铁架子也不停地发出咯吱咯吱的脆响，但还是到很晚才能睡着。即便睡着，也不能进入深度睡眠，总是迷迷糊糊的，两只耳朵像是安装了天线，一点就着。

一天晚上，马三下班回来，由于几天都没有睡好，澡也没洗，就爬到上铺去睡了。没过多大一会儿，他就有了轻微的鼾声。他好像梦见他在弹棉絮，每弹一下就发出当当的声响，那有节奏的声响让他的身子也微微地抖动；他又好像睡在家里的那张绷子床上，一摇一摇、一颤一颤的，血液沸腾起来。突然，他好像听到了女人的呻吟，声音很小，像老鼠在窸窸窣窣地啃着什么，接着感觉身子下面摇晃得更猛烈了。马三彻底地清醒了。他知道他不是在梦游，而是宿舍里进来了女人，而且就在老战的那块花布帘子后面藏着。马三猛地明白了老战突然把他撂在一边的真正原因，也揭开了这布帘子的秘密。马三没有了睡意，他的耳朵一直支到天亮，直到凌晨4点前后老战起床送那女人出去才听不见声响。

早上，马三刷牙的时候，故意碰了一下老战的搪瓷大缸，低声说："老战，昨晚爽歪了吧？"老战愣愣地看着马三，接着好像恍然大悟。他把马三拉到一个角落，很严肃地警告马三："他奶奶的熊！别瞎说，主管知道了会被开除的。你还是不是我兄弟？可别整得我丢了饭碗。我这个岁数，找个活不容易。"马三说："老哥，你误会了，我怎么会去举报你呢？只是你这些天不理我，让我憋得慌。"老战说："老哥挺理解你的，下班之后我领你去会会她，看她有没有适合的姐妹介绍给你。"马三连忙解释："不是那意思。"老战说："不是那意思，是哪意思？都是爷们儿，装什么孙子！"

下班之后，老战就拽着马三去了隔壁一个塑料厂。他要马三在门口等着。过了一刻钟之后，马三看到老战领着一个中年女人出来。那女人看到马三，有些怯怯的，身子总往老战后面躲。老战说："彩云莫慌，是自个儿兄弟。"接着他们去了附近的一个大排档。老战要了一打冰镇的蓝带啤酒，点了几个下酒菜。几杯啤酒下肚，老战的脸就开始红彤彤的，脖子上冒出一层鸡皮疙瘩。马三想到以前在村子里看到过的一种秃毛鸡，脖子和屁股都是红红的，裸露着一层鸡皮疙瘩。

老战说："这是我老婆彩云，我们一起出来寻活干快两年了，虽然做事的地方隔得很近，见个面也容易，可这里是城市，不是想干什么就能干什么的。"马三鸡啄米似的点头说："我懂，我懂。"抬头便看到彩云的脸上飞起两片彩云。彩云是那种典型的农家妇女，身板结实，皮肤像施了一层暗黄色的釉，城里人斯文些说是黄脸婆，乡下就喊抹桌布。马三也知道，庄稼人，大多是从一个窑里烧出来的模子。不过马三倒觉得彩云挺亲切的。老战对彩云说："这马三兄弟还没有成亲，你们厂要是有相称的妹子，就给他介绍介绍。"马三放下酒杯，两只膀子乱晃，说："莫开玩笑，我没那个心思。一个人多好，爱咋就咋，一人吃饱，全家不饿。"彩云说："兄弟呀，看你应该不比老战小几岁吧？我们的崽儿都跟他老子一样高了，你真想打一辈子光棍儿？真那样的话，到老了可真是造孽。有个病痛什么的，给你倒杯水的人都没有。"彩云的话贴心贴肺的，让马三猛地想起了罗妈妈，她不厌其烦地给他领着一个个娘儿们相亲，走马灯似的，一晃就没了。马三心里贼溜溜地难受，话也少了，只顾着喝酒。老战夫妇见马三不吭声，也不再多说。

回去之后，马三开始想家了。他想家里那张咯吱咯吱响的绷子床，想老许，也想罗妈妈的哈哈声。他在床上翻来覆去地折腾了一阵，就迷迷糊糊地进入了梦乡。

到了半夜，马三宿舍的灯不知道被谁给拉开了闸，宿舍里面闹腾腾的。原来马三夜里发癫似的嗥叫——那声音沉闷而悠长，要是在空旷的野外，就是一匹凄惨的野狼发出来的——引得大家都围在马三的床下面。老战爬到上面，非常认真地看着马三拱起被子，那蜷缩的脊背就像一张弹棉花的弓，拉到最饱满的状态。他的身子颤动一下，嘴巴里就发出那令人毛骨悚然的嗥叫。下面的人建议老战拍醒马三，老战摆摆手，要他们安静。马三发出那种凄厉的喊声时，他的脸也痛苦地抽搐，面露惊恐，整个人像一只受惊的狗蜷缩着，又紧绷着四肢，似乎都能听见他的关节在响。他嗥了一阵，渐渐地安静了，摊开四肢，好像筋疲力尽，又好似特别舒服。老战爬下来，遣散大家各自睡觉去了。

第二天，马三像平时那样去水龙头那里洗漱，心下觉得奇怪，今天怎么没人跟老子挤了？以前上班的时候，大家同时起床，洗漱都挤成一堆，抢着接水，牙膏泡沫乱飞，今天大家好像都故意给他让道，躲躲闪闪的，就像他身上携带五号猪瘟。马三用毛巾洗了把冷水脸，眼睛四处刮，却没有刮到老战的影子。

## 5

几天后，老战要马三穿得精神点儿，把嘴巴上那堆乱糟糟的毛毛虫清理掉，说彩云想请他们一起看电影。马三以前在村里的晒谷坪上看过电影，老的少的走出家门，个个肩上扛着条板凳，早早地去那里排队。那块幕布的投影上印着一个个脑壳和鬼崽子伸出的剪刀石头布。像这样正儿八经地上电影院，他还是头一次。马三想，要是有个妹子陪着，多爽呀，他也可以像电影里的男女约会那样浪漫浪漫，开开洋荤。想归想，正儿八经要是真有那么个女人陪着，他又不知道手和脚该往哪里放了。

老战和马三赶到的时候，彩云已经先到了，她身边还有另外一个相貌普通的女人，个头儿跟她不相上下，不同的是，那个女人的屁股后面拖着一条长长的粗辫子，一晃一晃的，像一条游走的蛇。马三心里直打鼓，这事儿巧的，怎么想，它就怎么来。紧张归紧张，他心里还是蛮感激彩云的，真是上辈子修来的福，到哪里都能碰到好人。他心头一热，这彩云嫂子真是他肚子里的蛔虫，他想什么她都知道，真是个活脱脱的罗妈妈！

他们进去看电影的时候，工作人员给他们每人发了一副眼镜，并且嘱咐他们看的时候戴上，看完后完璧归赵。彩云跟老战坐到前面去了，要马三跟那个女人坐到后面。电影是灵异片，很恐怖。马三戴着那眼镜，觉得电影里面的人就在眼前，刀剑什么的砍过来，好像是朝着他的身上来砍。不过，马三在那女人面前显得挺爷们儿，再怎样惊险的镜头，他都一动不动，只是得意扬扬地任由身边那女人惊叫着把头埋到他的胸前。电影开始前，彩云给他们买了一包豌豆，他捏一颗塞进嘴里，嚼出嘎嘣嘎嘣的脆响，可带劲了。时间过得真快！马三感觉还没有看过瘾呢，屏幕上的人影就不见了。出来之后，那女人似乎还是惊魂未定，紧紧挽着马三的胳膊。马三到处找老战和彩云，却发现这两人突然间蒸发了一样，里面的人都走光了，都不见他们的人影。马三只得问那女人住哪里，要送她回去。那女人说：“你就叫我华妹吧，我跟彩云姐是一个厂的……”回去的路上，华妹一直挽着马三的胳膊，俨然一对恋人。

等马三回到宿舍，才发现老战早就回来了。老战问他：“那娘儿们怎么样？她是彩云宿舍的妹子，听说老公是个赌棍，欠下一屁股的债。华妹不想跟他这样混日子，最后离了，家里有两个崽。也是个苦命人。”马三说：“没觉出啥，再处处吧。”老战说：“他奶奶的熊！你也别挑三拣四了，都老大不小的了，看你也不比华妹强到哪里去，穷得叮当响。别这山望着那山高，窝里有个女人，吃口热饭，能一起凑合着过日子就行。”

晚上睡觉的时候，老战突然对马三说：“你那个啥了吗？”

“哪个啥？”

“他奶奶的熊！又跟老子装王八。明天我把她领到宿舍来，我给你俩腾个窝，我睡上面。”

“老哥，千万使不得。”

“就这样说定了，你也别装孙子了。晚上叫唤的时候悠着点儿，别忘了还有一宿舍见到老母猪都以为是双眼皮的公猪呢。”

第二天晚上，等大家都睡着，老战果真把华妹领过来了。马三看到华妹，说话都不利索了。老战低声说：“他奶奶的熊！你给我下来，我去上面。”说着一把就把华妹推到下铺的床上。马三从上铺下来的时候，腿肚子还在发抖。他感觉自己不是去快活，而是去刑场。

马三从那块花布帘子钻进去的时候，华妹正侧身躺在里面，那条蛇一样的长辫搭在身后。马三不敢动，蜷缩着身子，尽量往外靠，那条辫子成了他和她之间的界河。

华妹躺了半晌，听不见马三的动静，就转过身来，发现马三像狗一样蜷缩在外边的角落。她便搂紧了马三的身子，用她辫子尾巴上的尖尖扫弄着马三的脸，又在马三憋成猪肝色的老脸上亲了一口。马三还是没有反应，华妹就不理他，气鼓鼓地又把身子转向了里边……

早上起床，老战要马三汇报战果，马三装没听见。

又过了一天，老战又问马三：“你真没把她那个啥？”

“哪个啥？”

“他奶奶的熊！皇帝不急太监急，真不知道你要找个啥样的。你不喜欢华妹，就早点儿告诉彩云，别让她瞎操心。”

“这话说的，不是她那个啥，是我那个啥。”

“啥意思？难怪华妹说强扭的瓜不甜呢。其实你跟华妹也蛮般配的，年龄相当，也说得上是门当户对了。她虽然离异，我看你连件像样的衣服都没有买过，也是个光杆儿司令。”

“老哥，我心里一百个记着你和彩云嫂子的好呢，只怪我的嘴太笨了，不晓得怎么讲才能跟你扯得清。哪个不想捂着热被窝儿好好过日子？我做梦都想有个女人跟我双宿双飞。华妹心肠好，我都怕配不上。我不是嫌她，是俺那个，就那个哈……”马三的鼻尖尖上渗出了水珠子。

“瞧你急的！你莫不是还没有开过荤？就没有见过猫啊狗啊那个啥？晚上在被窝儿里倒是喊得慌，让人听得心里都发毛。”老战用脚踹了一下马三的屁股，继续说，“你这人还真是少见，一个活生生的女人睡在身边，你愣是不动她。不是华妹自己说出来，打死我也不会相信。晚上我就去告诉华妹子，她可真是捡到宝了，这么大的人了，居然还碰得见真正的童子身，这事儿稀奇的。”

马三面红耳赤，恨不得戴个面具。

## 6

不觉又是一个春秋。马三没发生一点儿变化，还是那个孤零零的马三，想飞又飞不起来的马三。他已经差不多两年没有回去看看了。

冬天的时候，老许写信告诉他，罗妈妈病死了，临死前还问，马三在外面娶了老婆没。马三心里一阵凄凉，他那沟壑交错的眼角流下两行浊泪。晚上躺在床上，他仿佛看到了家乡的那条河，河水呜咽，水面泛起一层轻雾。罗妈妈藏在那层雾里看着他，问："马三，你几时回啊？你老婆呢？我可等不及了，我要去见你的父母了，你得给我一个交代啊！"马三打了一个寒战。虽说南方的冬天见不到雪花飘飘，可马三觉得眼前飞舞的全是雪花。他好像回家了，还在家里的那张绷子床上做着飞翔的梦。他真的飞起来了，像一只快活的大鸟，飞过田野和村庄，飞上他采砂的那条河上空。他不禁得意地低头瞅了一眼，这一看，让他像只捕鱼的水鸟，箭一样栽进去了。

马三惊叫着坐了起来，惊魂未定地拍着胸脯，嘴巴里呼呼地拉着风箱，好像刚刚参加了一场长跑拉练。等他回过神来，发现床下面围了一圈黑溜溜的脑袋。老战蹲在他的旁边，用很狐疑的眼光盯着他。马三问他：

"咋的啦？你们都咋啦？"

老战说："这得问你自己。"

马三用手揩了揩额头滚落的汗珠，说："没咋呢，就是刚刚做了一个噩梦。"

"那你梦见啥？"

"我的娘老子！我梦见河里有一条巨大的蜈蚣！"

"蜈蚣？蜈蚣能让你像狼一样嗥叫吗？而且是一匹来自北方的发春的狼！"

马三丈二和尚摸不着头脑，看着下面笑得前俯后仰的工友，讷讷地说："就是梦见蜈蚣了，信不信由你们。"

又一天晚上，也不知是老战撺掇的，还是凑巧，华妹来找马三了。她说宿舍说话不方便，要马三出去说。马三就跟着她，走到一个灯光昏暗的旅社的门口。马三有些迟疑，但看到华妹都进去了，他也就跟着进去。老板把他们带到一间房里，就出去了。马三在这挤得只剩一张床的空间里感觉浑身上下不自在。华妹拉着他的手坐到床上，说：“难道你真想打一辈子光棍儿？”这话真熟悉啊，马三好像在哪里听过。他搔着后脑勺又想起了罗妈妈。是的，罗妈妈这样说过，还说再也不管他了，这不，真的再也不管了，永远丢下马三，撒手不管了。想起罗妈妈，马三的眼睛像是进了水，怎么也止不住。华妹用纸巾帮他擦去，他的泪水又掉下来。华妹说：“马三，你要是真喜欢我，咱就凑一家吧，我给你生个一男半女的，留个香火，你也不白活一场。”

马三咬着嘴唇，把心一横，说：“行！我马三这辈子做梦都想飞一把，今天就娶你华妹当老婆！”

华妹的眼睛也亮堂起来，她倒在马三的怀里。随后，她那条蛇一样的长辫随着她身体的起伏，泛着青色的荧光。

华妹醒过来的时候，天已经亮了。她看到赤身裸体的马三蜷缩着身子躺在床上，脑袋蒙在被窝儿里，脊背弯成一张拉得非常饱满的弓，那些脊骨一根根地鼓出来，排列成一把弯弯的镰刀，那些鼓着的骨头就像锯子卷了刃的齿。他的手和脚并列合着朝向同一个方向，像一条沉睡中的狗，或者一匹狼，又或者是一只猫。

（原载《西部》2015年第9期）

# 梦里水乡

## 1

嫣萍抱着襁褓里的孩子，带着一大包尿不湿、奶瓶什么的，一大早就出门了。她家离她的闺密筱筱家，说远不是很远，说近也不是很近，坐公共汽车的话只有三个站。时令已是晚秋，初升的太阳照在身上，暖暖的。嫣萍眼圈红红的，一副无精打采的猫样子，头发也乱蓬蓬的，显然没有梳理。她的两只手轮换抱着孩子，左手换右手，右手换左手，手腕上的家什也跟着晃来晃去的，弄得她狼狈不堪，像个无助的流浪者。

好不容易上了五楼，伴着粗重的呼吸声，急急地按响了筱筱家的门铃。

筱筱打开门，看到是嫣萍，说："呀！这么大清早的，怎么不打个电话，我好去接你？"

"别提了，昨晚生了一肚子的气。"嫣萍进门后，一屁股坐在沙发上，用纸巾擦着额头上滚滚而下的汗珠，似乎这样能擦消她的火气。

筱筱从嫣萍怀里接过刚满月的孩子，开心地逗着："皮肤真好。妈妈给你吃的什么，把你养得白白胖胖、水嫩水嫩的？真带劲！叫阿姨，叫了有奖励……天哪！嫣萍，他冲着我笑了，真笑呢！再看看，哟，还挤眉弄眼呢！"筱筱一只手抱着孩子，另一只手环抱着孩子的背部，换了下姿势。问嫣萍："怎么啦？好不容易添了个少爷，在家里应该享受熊猫级的待遇，跑出来活受罪干吗？"

"你以为我想啊？不知道他是哪根筋搭错了，硬说这个孩子不像他！筱筱，你说句公道话，为了他家里续上香火，我前前后后、上上下下受了多少罪，光治疗就接受了两年多，吃药也从不间断，吃得人都不想活了。好不容易怀上了，生下来，照说罪也受到头了，现在，他却说不是他的种了，还要去验DNA。"

"不会吧？他是不是情感剧看多了？联想也太丰富了。对老婆不信任，难道对自己也不信任了？或者，干脆就是脑壳短路，进水了！"

"他说网上的数据显示，现在40%的夫妻生育的孩子都不是亲生的。"

"网上的东西对他也有危机感？难道他不知道自己有多优秀？他是部队的精锐，不仅受上级重用，人也潇洒倜傥。咱们同学里面就数你嫁得好，你是名副其实的灰姑娘。"

"反正我可不想让孩子去验DNA，这对我太不尊重了，是对我人格天大的侮辱。我要维权！"嫣萍委屈地撇撇嘴，眼泪吧嗒吧嗒地落了下来。

"我绝对支持你的决定，这也太不尊重人了！反正我也是单身一人，你先住在这里，非得等他来接你，并且跟你正式道歉。”筱筱把孩子交给嫣萍，说：“是不是要尿尿了？哭了呢。这小家伙听到要去做鉴定，他也200%的反感呢。”嫣萍接过孩子，换了块尿不湿，把衣服撩了上去。孩子含住她饱满的乳头，立即停止了哭闹。

筱筱也把脑袋凑过去，说：“他这样使劲吸你，是不是跟你家那个‘大孩子’一样？是痒还是麻？是悲还是喜？还是一种疼痛的幸福感？”说完发出咯咯的笑声。

“你真坏！等你结婚了，你就知道这种感受了。我都羡慕你没有结婚，真好！一个人，没有烦恼，没有痛苦。你看看我，生了小孩儿，应该是一个母亲最大的快乐，我反而更苦恼，脸上蜡黄，一夜之间还凭空长出了这么多斑点。”嫣萍伸出一只手，指缝间的斑点清晰可见。

“各有各的苦恼吧。一个人很清闲，但也很孤独。看着这么可爱的侄子，我都想结婚了。可是看到你们为这么无聊的问题折腾，我又有些后怕，真是如钱钟书在《围城》里说的，没有进去的人想进去，进去的人又想出来，矛盾着呢。”

“看你也老大不小的了，实际一点儿，也该成个家了。人嘛，都是这样过来的。虽说你现在如花似玉，光鲜着呢，可是岁月终不饶人，流水一般，说不定哪天说老就老了。”

“单身贵族也没有什么不好，你看你现在琐事缠身，还有那些莫须有的伤害。快别说我了，还是想想你现在过到第几关了吧。要不要我给他打个电话，要他来这里跟你解释解释？还是先整整他，让他也着急上火、上房揭瓦？”筱筱端着个透明的玻璃茶杯，阳光透过窗户照到她的身上，她的一头柔软秀发如波浪般起伏，身材的曲线更是迷人。整间屋子弥漫着时代潮流和青春的气息。

嫣萍为筱筱这种洒脱和富含现代气息的生活深深感染，不禁为她一去不返的少女时代而沮丧。她低头看向怀里的孩子，他吃饱了奶水，已经进入甜甜的梦乡，正陶醉在自己的伊甸园。她也打了个盹儿，任午后阳光温柔地抚遍她的全身。她梦见了她的少女时代，还有生她养她的梦里水乡。

## 2

“儿子，去把萍萍接回来吧。你说，这天天带着亲孙子，一下子不见了人影，心里空落落的，人跟没有了魂儿似的。”老太太坐在沙发上，长吁短叹。她一半的白发在后脑勺挽了一个发髻，很显精神干练，说话时却生出一分颓唐。

“妈，你就敢一口咬定那是你的亲孙子吗？”

“孙子还有假的吗？儿啊，咱可不能说没有良心的话。你们虽然是两地分居，但是媳妇在家里要上班，还要好好地照顾你老娘呢，辛苦不说，拼死拼活硬是给我们老牛家续上了香火，你可要知足。”

“我常年在外，结婚五年连只小鸡都没有，我去年才休了一个月的假从部队回来，她就怀上了，有这么巧的事儿？而且我看孩子哪儿跟哪儿都不像是我们牛家的种，长得一副娘儿们样儿。”

这些天，他看那孩子，鼻子不是鼻子，眼睛不是眼睛，哪儿跟哪儿都别扭。他似乎受了天大的委屈，眉头皱成一个“川”字，把烟头狠狠地掐灭在茶几上的玻璃烟灰缸里。他一肚子的苦恼仿佛在深不可测的河流里旋转，翻滚，沉浮，老是找不到释放的出口。

他继续说："再说了，现在网上流行做亲子鉴定。很多人把孩子养育成人了，才知道原来不是自己的种，岂不是白养了？我牛珅可不想闹这样的笑话，戴了绿帽还得养别人的孩子，生生做别人的冤大头。"

"不知道孩子吃饱了没有，萍萍知道给他换尿片不。"老人的眼窝里有些湿润，一双手在身上搓来搓去，有些不知所措。她根本没有听儿子在说什么，嚷什么，说："不行，我得去看看。现在该是给孩子洗澡的时间了，洗完澡他才会睡得安稳、舒服些。"

"妈，你看你怎么了，以前你可没有这样袒护萍萍，不就是多了一个孙子嘛。现在都还不知道是不是你亲孙子呢，至于这样吗？"

"不许你这样作践自己！要是你爸爸还在，看他不打断你的腿！"老太太有些窝火了，脸上的纹路也越来越深，焦急与茫然轮番上演，"我看萍萍不会是那样的人，你不在家里，她也是规规矩矩的，何况我们牛家也没有哪里对不住她，她何苦这样折腾自己。"

"妈妈，你落伍了，不是对得起就不去做没良心的事儿了。若都是这样，这世上也没有那么多的冤孽债了。现在的人都是不甘寂寞的，哪里会让自己受那些苦楚？现在不是毛爷爷的那个年代了！"他重新抽出一根蓝芙蓉王，却不急于点上，只是拿在手中把玩，放在鼻尖嗅着那股烟味儿。闭上眼睛，一切都如烟雾缥缈，似真似幻。也许，那梦幻般的情景才是最真实的世界。

老太太无可奈何地叹息着："我那可怜的孙儿哟！现在这社会是怎么啦？这帮年轻人都怎么啦？是生活过得太好了吗？事儿都跟以往的事儿不同了。难道真的是我老了，老得不中用了？还是这个社会变了，变得可怕了？"

“妈，你也别太担心，只要萍萍答应带孩子去做鉴定，我会马上给她道歉，还她一个公道。”牛珅把那支烟点燃，一个个烟圈从他帅气的脸庞上掠过，在他头上升腾起青色的雾霭。

“可她不愿意，我也不赞成你这样。这对一个女人来说意味着什么，难道你不知道吗？”

“我会让她心甘情愿地做的，你放心好了。我们的事儿你也少干预，不就离开几天嘛，你要忍耐些，不要让我的计划落空了。”他信心十足地又吐出一圈云雾。

老太太呛了几下，咳嗽起来，说：“珅儿，你的烟要少抽些了，对自己身体不好，况且现在孩子还在喂奶阶段。”

“我知道，孩子回来，我就不抽了。这不，现在烦闷嘛，解解乏。”

“这个家我也待不下了。儿子大了，娘也管不了，你们想怎样折腾就怎样折腾吧，我看你不把这好好的一个家折腾散了，你是不会放手的。我是个多余的人了，我管不了了，我也不管了。外面的太阳好，我出去溜达溜达。”

牛珅看着老人起身，慢腾腾地随手拿起一件褂子搭到肩上，走向门边。老太太的脚步沉重而缓慢，发髻的白头发愈加明显了，就连开关门的动作，都没有以往那么干净利落了。牛珅突然起了一个念头，妈妈真的老了！看着老人孤独的背影，牛珅突然感到一种没来由的无助。他把烟掐灭，蜷缩在沙发上假寐。

## 3

嫣萍无精打采地靠在沙发上看电视。孩子在床上酣睡，筱筱也上班去了，她一个人傻傻地对着荧屏发呆。厨房的水早开了，翻滚了又翻滚，开了又开，发出咕嘟咕嘟的声响，嫣萍根本没有意识到。这会儿她在想事儿，那些事儿一件件在她的肚子里翻滚着。过了许久，她才回过神来，于是赶紧跑进厨房，关掉阀门，把水壶拎下来。热蒸气把她的手烫了。可此时孩子又醒了，在那里哭闹。嫣萍又飞快地跑去，把孩子抱到卫生间给他把尿。嘿，还真准时。小家伙边哭边尿，尿得好远。嫣萍给孩子包好尿片，然后喂奶。小家伙嗷嗷直叫，但一含到乳头，便停止了哭泣，像一头小猪大口大口地吮吸起来，一脸的惬意和满足。

嫣萍可苦了，几天下来，像只战败的公鸡狼狈不堪。白天晚上被宝宝折腾得差点儿犯上失眠症，两只眼眶黑黑的，憔悴不已，人也陡然瘦了一圈。她抱着孩子，走到阳台。窗外的树木开始萧条，树叶有些变黄了，风一吹就纷纷扬扬，像蝴蝶在风中飞舞。“真快呀，都是秋天了！”她喃喃自语道，“儿子，你阿姨也该下班了，我们接阿姨去。”她低头轻轻地吻了一下孩子，苍白的脸上多了一丝幸福的微笑。

楼下的园子里有许多人漫步，还有老人带着小孩儿嬉戏。嫣萍抱着孩子，斜斜地靠在一棵树上。风把她的头发吹乱了，她也顾不上梳理，只是把披风的衣角掖了又掖，生怕这微凉伤到了孩子。

“萍萍，累了吧？我来抱抱。”

一个熟悉的声音传来，她本能地回头。原来是她婆婆来了。老太太的眼神充满了祈求，嫣萍无法拒绝。也许这几天，她确实累了。她全身酸痛，双手因抱得太久都有些麻木了。

老太太接过她怀里的孩子，一脸的动容，说：“孩子，辛苦你了。这几天你都瘦了，珅儿这孩子，我回头会好好地说他。他太不懂事了。”稍稍停顿了一下，又说，“萍萍，你也别太担心了，一切都会好起来的。”

“他在家里还好吗？”嫣萍只觉得一股热浪在冲击眼眶，她强行忍住。

“别管他。看看，好好的一家子被他折腾成啥了。这么小的娃儿，流落在外，造孽呢！萍萍，看在妈妈的面子上，别跟他计较，我们回去吧，一切都会好起来的。”

嫣萍感到一丝欣慰，随即无奈地撇撇嘴，说：“他这么不信任我，我回去又有什么用？我也不想让孩子遭罪，可是……唉，再说吧。”

“求你看在我这一大把年纪的份儿上，原谅那个不懂事的苕，一切从头开始吧。你不知道，你走了之后，我每天都在这个园子里等你。我想看看我的孙儿，他不在我身边，我都想得快发疯了。”老太太小心地嗫嚅着，老泪纵横。

嫣萍再也忍不住，任两行热泪在清白的脸上恣意飞扬，她说：“对不起，妈！我也不想这样的，只是他的话太让人伤心了。我们结婚五年了，出现这样的问题真的是太意外了，太滑稽了，太可笑了，太无耻了！我无法接受，绝不妥协。”她一把揩去脸上的狼藉，顿了顿，低头看向地上那些像孩子一样有生命的植物，无限爱怜。随后低声说：“我爸妈在乡下，他们都还不知道这事。我不想告诉他们，怕他们担心。”

“孩子，难为你了，是珅儿对不住你，你千万不要让二老知道。老人担心着呢，睡不好，吃不好的，遭罪。我现在就是。”

“妈，你放心吧，我不会告诉他们的。等他冷静下来，我们再好好谈谈。你也别太担心了，身体要紧，天冷了，自己注意添加衣裳。”嫣萍伸出手去接孩子。

老太太一扭身，气鼓鼓地在一旁的石凳上坐下，说：“今天你不跟我回去，孩子我就抱回去。”

看着老太太一脸的固执，嫣萍有些不知所措。突然，她看到筱筱的身影出现，心里不禁一阵窃喜。她向前迎上去，亲热地把筱筱拉到老太太面前，说：“妈，这是我的朋友筱筱，这几天多亏了她的照顾，宝宝睡得可香了。”

“筱筱啊，辛苦你了，我们家孙子给你添麻烦了！”

嫣萍冲着筱筱直眨眼睛，又悄悄地指向老太太怀里的孩子。筱筱心领神会，上前去逗孩子：“小家伙，今天有没有尿床啊？尿床的话，阿姨就要打你的小屁屁。来，告诉阿姨，今天尿床没？”说着从老太太怀里接过孩子，“这小家伙，真可爱，在阿姨这里要乖乖的。”又把嘴贴上去，亲了又亲。

“妈，回去吧，等下公交司机要下班了。你放心，我和孩子好好的。”

“萍萍，孩子不到六十天，我是日里思，夜里想，担心着呢。”

没等老太太说完，嫣萍、筱筱便抱着孩子离去。老太太怔怔看着她们挥手，有些怅然若失。

## 4

又过了十天。牛珅这次的假期也所剩不多了，他回来一共才一个月，折腾了几天把嫣萍气走了，就剩下他自己孤孤单单地守着空房。有几次他想去接嫣萍，但是转念一想，说不定嫣萍也想回来了，会答应他的要求，便一直没有动身。他有些纳闷儿，去医院鉴定一下，好让他心里有个底，嫣萍怎么就不能理解；并且，他越是要坚持，嫣萍越是反对，他心里的问号也就越来越大。

牛珅一年回来一次，嫣萍每年也去一次部队，除此之外的大部分时间，两人属于两地分居。牛珅本来早就满足了随军条件，但是他母亲身体不好，需要嫣萍的照顾，嫣萍的工作调动也是个难题，便留在了家里。慢慢地，他们习惯了这种牛郎织女的生活。结婚几年，嫣萍一直没有怀孕，现在有了孩子，他便产生了怀疑。更让他感到奇怪的是，他只要一抱孩子，孩子就开始哭闹，在睡着的情况下抱着也会哭，好像他身上有特殊的气味，只要一闻到，孩子就哭得死去活来。俗话说得好，血浓于水，但是这孩子好像天生就跟他有仇，他根本近不了身。他想印证孩子的身份，可他母亲不配合，嫣萍更是不理解，于是有了偷偷带孩子去做鉴定的想法，但是苦于孩子离不开母乳，况且他也带不好这么小的孩子。眼前嫣萍去了筱筱家里，他母亲也每天去那里，他一直没有机会做她们的工作。看来，这个工作做与不做都是一样的结果，最为当紧的是先让嫣萍搬回来。

这天，老太太又跑去看她的孙子了，赶最后一班公共汽车回来，牛珅感觉无聊透顶，没来由地烦躁。他一直窝在家里看电视，都快窝出病了。这时，他的手机响了，一看，是他高中的同学郝明打来的，约他去解放路喝酒。他心想，正好出去解解闷，便毫不迟疑地答应了。

在黄鹤楼包间，他一眼就看到郝明，还是以前的样子，高高瘦瘦，戴一副透明的轻型窄边眼镜，本就很儒雅，一套金利来西服又增添了几分成熟的魅力。

“你们结婚也不通知我？应该是你请客。怎么没有带夫人来？我都忘记了，那天碰见阿姨，说你都做了爸爸了。”郝明推了推眼镜，说，“听阿姨说是个男孩儿，可爱极了。真想去看看那小子，是不是像他爸爸一样长着一对牛眼。”

牛珅像被人击了一记闷棍，兴头顿时下来了。他话也不多说，只顾坐着闷头喝酒，好久不搭郝明的话茬儿。

“怎么了，哥们儿？回来是不是不痛快？像个娘儿们一样，这可不是军人的作风。还飞行员呢，那时那么风风光光、威风凛凛的，现在怎么像个闷葫芦？”

牛珅还是不吭声，一伸手，不小心把一盏酒打翻了。他用餐巾纸揩干，突然扭头问郝明：“你结婚了吗？”

“还没，不过我不觉得没有结婚就显得很另类，我这是对生活负责，讲究生活质量。怎么突然想起问这个？”郝明爽朗地说着，一缕阳光穿透玻璃刚好落在他的牙齿上。他咀嚼着一块牛筋，阳光在他的嘴里冒出热气。

牛珅心里闪过一个念头，他不知道这是不是个机会，于是说：“走，我带你去见一个人！”说着拉起郝明。

郝明甩开他的手，白了他一眼，说：“啥意思？你老同学就是老剩男了吗？也不看看，我的前途光明，下面管着几千号人马。”

牛珅扑哧一声把嘴里的菜喷出来了，笑道：“还几千号人马呢！都快‘四张’的人了，到现在都不见冒一个泡。”

郝明并没有什么强弩之末的感觉，单身贵族的生活对他来说也蛮惬意的，一个人吃饱，全家不饿。他在公司技术总监的位置牢牢的，目前还没人能超越他高级工程师的含金量，连公司董事都要给他三分颜面。在技术方面，他的确是个不可多得的人才，公司很多流程软件都是由他设计的。何况他身边并不缺少女人，但是他眼光很高，那些蜂拥而至的女子在他眼里未免俗气。他在等待着他一生中那个唯一的女人。

牛珅一肚子话闷在心里，他不敢告诉郝明他心里的那抹阴影，害怕被郝明笑话。嫣萍生了个大胖小子，按道理他应该高兴才对，但是他一直想印证那份血缘关系。他部队里的一个地勤战友，家里有个六岁的小孩儿生病住院了，需要配对血型，其中有份DNA单子，结果令人震惊，养了六年的孩子竟然不是他亲生的！那个战友蒙了，疯了，哑了，三个月没说一句话。

郝明酒后有些上脸，脸上脖子都是红猪肝的颜色，说话也开始兴奋起来。牛珅看着他一副醉态，心里暗自高兴。他要把郝明这哥们儿介绍给筱筱，筱筱也不小了，跟他正好匹配，如果他们有了感觉，嫣萍就不好意思住在那里了，自然就会回家了。想到这里，他一脸的乌云也消散开来。

## 5

筱筱正在帮嫣萍处埋孩子的排泄物，嘴里怨声载道，不时地发出夸张的尖叫：“哇！又拉了！嫣萍，你可得帮我买条新的裤子。刚换的，又被这小子搞破坏了，一股尿臊味。叫我怎么去上班，怎么去见人？”

嫣萍坏笑着说："给你实习的机会呢，等你当妈妈了就不会这样手忙脚乱的了。"

这时门铃响了，筱筱说："嫣萍，是不是你婆婆来了？赶快去开门。"

嫣萍拿着拖把开了门。牛珅架着喝醉的郝明，立在门口。

"嫣萍，你在发什么呆呀？快让你婆婆进来。我都拿这小子毫无办法了，又尿尿了，尿得一塌糊涂。"

牛珅也顾不得嫣萍什么反应，架着郝明径直走到沙发边把他卸下，沙发上立刻陷下去一大块。他把外衣脱下来盖在郝明的身上，长长地吁了一口气，头上冒着水蒸气，一股一股的。嫣萍进屋后放下拖把，拿出一条毛巾递给牛珅。这时，筱筱抱着孩子从里屋出来。她比嫣萍更为惊讶，嘴巴张了几次都没有说出话来，怔怔地看着他们。孩子这时也不再哭闹，安静地张望着突然出现的那两个生人。屋子顿时陷入一阵沉默和尴尬。

还是牛珅率先打破沉默，他一脸歉意和真诚地看着筱筱，说："对不起，筱筱！嫣萍和孩子在这里打扰你，让你操心了！"

筱筱爽朗地笑了，忙说："没有什么，我和嫣萍谁跟谁呀，还怕你不乐意呢。你好不容易回来一趟，我却把你的娇妻藏在这里了，你不怪我，我就谢天谢地了。"

牛珅的脸上闪过一丝尴尬，但很快就不见了。他指着瘫在沙发上沉睡的郝明，给筱筱介绍："我的同学郝明，本来今天是想把他介绍给你认识的，没有想到一高兴就喝多了。没有办法，他也怪可怜的，回去又没有人照顾，只好带到这里了，给你添麻烦了。"

筱筱走上前推了推了郝明，没有反应，说："睡得还挺踏实。没事，让他睡一会儿就好了。”

牛珅又看了看嫣萍。嫣萍一脸的漠然，从筱筱手中接过孩子，不声不响地进了里屋。

筱筱蹑手蹑脚地走到牛珅的身边，把嘴巴凑到他的耳边：“你今天是来接嫣萍的吗？”那热乎乎的气流窜入他的耳朵，痒痒的，有种在十月躺着晒太阳的感觉。他闻到了筱筱头发上的一股清淡的香奈儿味。他很喜欢这种经典的味道，这曾经也是嫣萍的味道。他不禁用鼻尖使劲地吸了吸，想闭上眼陶醉一下，却不经意地打了个喷嚏。筱筱退到一边，跟他用手势比画着，指指里屋，示意他轻手轻脚进去。

嫣萍正在拭泪，见到牛珅进来赶紧揩干。“我来抱抱孩子吧，这些天辛苦你了！”牛珅从嫣萍手里接过孩子，很真诚地道歉，“一年就这么短的时间相处，还闹得不愉快，确实是不应该。”看着嫣萍清瘦的脸颊，他突然感觉自己很对不起她，欠她太多，自己太糊涂，直想骂自己浑蛋。嫣萍瘦弱的身子，又让他心里一阵疼痛。他在心里说：“去他妈的鉴定！这么好的女人，我真是犯浑呢！”他突然有种吻嫣萍的冲动。恰在这时，刚刚还不声不响的孩子却哭闹起来，而且一声比一声高。他又在心里暗道：“好小子！你真是跟我有仇！”悻悻地把孩子交给嫣萍。真是奇怪，一离开他的手，这孩子顿时安静下来，如熟睡一般。这立马又引起牛珅的极大反感。他的脸顿时沉下来，像垒起一坨一坨的乌云。

这时门铃又响了，外屋传来筱筱欢呼雀跃的声音：“嫣萍，今天又有好菜吃了！阿姨买了大母鸡，又可以尝到阿姨的好手艺了。”又传来牛珅母亲的声音：“就知道馋嘴，看把你高兴的，以后阿姨天天来给你做饭吃，你不会嫌我这老婆子碍事吧？这都是给嫣萍下奶的。

孩子大了些，奶水不足可不行，我可不想饿着我家孙子。”过了一会儿，又听筱筱喊：“阿姨，你就天天来烦我吧，我就可以天天吃现成的好东西了。”

“萍，我们回去吧，别让妈她老人家每天往这里来来回回跑了。她年纪大了，又有病，你要多体谅体谅。”牛珅冷不丁冒出这样一句话。

嫣萍不得不接上话，说：“好吧。可是你把郝明丢在这里不好吧，毕竟他们还不认识。这样太贸然，不合适。我担心筱筱有想法。”

“不会，现在都什么年代了，筱筱和郝明都没有合适的对象，他们单独相处一下也好，以后就看他们自己的发展了，看看有没有缘分吧。也算是替他们做了一回好事。”

嫣萍开始收拾东西。她把宝宝的奶瓶、衣服什么的，都不紧不慢地塞到一个塑料袋里。嫣萍还是有些不放心，说：“我们就这样走了，郝明醒来不会对筱筱不利吧？”

“傻瓜，郝明不仅眼光高，同时很有责任心，他不会伤害筱筱的。如果他真爱上了筱筱，那就是筱筱的福气了。这么多年我太了解郝明了，你放心吧，放心地走吧。”

两人走出房间。牛珅把他母亲叫出来，领着嫣萍跟筱筱道别：“郝明大概两个小时就会醒，交给你处理了，有问题打我们的电话。你放心，他是大大的良民！不是知根知底的兄弟，我不会往你这里塞。”他一边说一边比画，急急忙忙地扯起妻儿老小出门。

筱筱急得直跺脚，却又无可奈何。透过窗户，她看着牛珅一家幸福地离去，她的心也跟着热了一下。

## 6

郝明终于从沉睡中醒来。他扭了扭沉重僵硬的脖子，脑袋昏昏沉沉，喉咙里麻辣火烧，泛着一股馊酸味。斜眼看到窗明几净的阳台上，一个女人的身影在忙碌着什么。虽然有些模糊，但是仍然能感觉到那种不可言说的曼妙。他揉揉惺忪的双眼，发现他的一副眼镜正在面前的茶几上瞪视着他。郝明坐起来，熟练地戴上。周围的一切陌生而又清新。脚边的茶几上，一杯龙井正在冒着热气，让他感觉到一丝温馨。他喜欢这种淡淡的清香，虽然第一杯的味道有些淡，但后续几杯清香醇厚，甘香而不洌，有一种春天的味道。

突然，他的脑海闪过牛珅的影子。只一念间，他好像再次闻到烈性的冲天酒气，立马感觉肠胃里有一条小虫在蠕动，痒痒地难受。紧接着一股恶心的酸味泛上胸腔，直接冲到了喉管。终于他哕的一声叫喊，往茶几边上吐了一地。“该死的牛珅！”郝明与箭步而来的筱筱异口同声。

筱筱用一只手捂着口鼻，把另一只手腾出来，拿起拖把清理着那一摊污秽。她锁着眉头，感觉胃里一阵痉挛，然后开始翻江倒海。她急忙冲进卫生间，哇哇地吐个不停。等她止住呕吐，回头就看到郝明拿了一条湿毛巾立在她的身后。郝明低着头不敢与筱筱的目光对视，有些手足无措，像个犯了错误的孩子。筱筱扑哧一笑，向郝明伸出手，说：“不好意思！我的胃不好，吓到你了。我是嫣萍的同学筱筱，很高兴认识你。”

看到筱筱如此落落大方，郝明趁机打量起眼前这位女人。她有一头披肩的波浪长发，一双丹凤眼里旋着笑窝，身材匀称，整体上是个不错的标致美人。却不知怎的，她身上的那件豹纹外衣让他想起了邻居家里的波斯猫。他绅士地伸出手，轻握一下筱筱那双白嫩的小手，说："你好，我是郝明，是牛珅的高中同学。他飞上了天，我只能稳当当地待在地面，供职于电子行业。"郝明的爽朗化解了两人的尴尬。

郝明主动清理了自己的那摊污秽，然后重新坐到沙发上，端起那杯龙井。筱筱心里好像是第一次产生了一种强烈的倾诉欲望。

窗外，一排排街灯闪烁，橘黄的柔光散落在黑暗的旮旯。那些夜的世界里，晃动着男男女女的身影，他们在一幢幢的高楼的背后，酝酿着夜的神秘，爱的呢喃。

筱筱不知道什么时候开了灯。她不知道外面的夜空是多么安静和美妙，更不知道那挂在客厅的欧式壁钟已经敲响了子夜。郝明连打了几个哈欠，靠在沙发上再一次沉沉地睡去。筱筱悄悄起身，从卧室拿来一床小被子盖在郝明的身上。谁也不知道她此刻内心的沸腾与纠葛。她仍然没有睡意，端起茶几上不知道几时已经冷却的咖啡，靠在窗台边，眺望着。

昏暗的光晕下，对面的公园影影绰绰，几对没有尽兴的情侣在树下呢喃。郝明的出现，勾起了她美好的初恋记忆。郝明斯斯文文的样子，略带些大男孩儿的羞怯，尤其是透明镜片后面那双蒙蒙眬眬的眸子，像极了她的前男友。九年了，她依然难以忘怀的眼神，似乎依然在洞窥着她昔日的少女情怀。那双眼睛似曾相识，而到了此刻，早已时过境迁，物是人非。难道是上帝动了恻隐之心，让一颗对感情绝望之心重新复苏？筱筱看着沙发上正在酣睡的郝明，他沉稳而雄性的呼吸声，让这单调的屋子瞬间充满了温馨。是的，也许这才是一个真正的家。郝明的到来，填补了那种残缺的感觉。筱筱不敢相信这突如其来的幸福。

夜越来越深，公园里已听不到窸窸窣窣的声音。筱筱内心的火热与窗外的夜风撞个正着，被风卷起的帷帐拍打着她单薄的身体。她打了个寒战，不禁缩紧了身子。她的神情开始肃穆起来，面孔如这夜一般清凉。她扫了一眼桌上的台历，时间之梭已划过了寒露，又望向深沉的夜空，眼里一片茫然和无措。

终于，筱筱的窗台熄灭了最后的一线光亮。这幢楼的梦呓从一个个缝隙里冒出，在夜的舞台上留下一缕青烟，越过窗户，飘向那谜一样的夜空。

## 7

嫣萍回到家里，感觉如释重负。在外流浪的日子是一种难言的痛，她还是喜欢待在自己的家里，面对着熟悉而自然的一切，就连奶孩子，也是无比地惬意和自然。牛珅闭口不再提起那桩令她头疼的事情，老太太也高兴得合不拢嘴，整天围着她和孙子转，尽管忙得脚不沾地，心里却乐开了花，笑呵呵地说："这才像一个家！"

又是一个大晴天，牛珅伸了伸懒腰，对嫣萍说："萍，咱们带孩子出去逛逛，晒晒太阳吧。瞧，多好的天气。"

嫣萍寻思着，老公的假期眼看就要结束了，一家子还没有齐齐整整、像模像样地出过门呢，就说："好啊！要不咱们带孩子一起去合个影吧？孩子都要满一百天了，趁着你在家里。不然，等你下次回来，孩子都一岁多了。”

“听老婆大人的话，跟着党走，马上去照大团圆！”牛珅的眼里闪过一丝窃喜，夸张地做出一个“V”的手势。

牛珅一边哼着小曲，一边驾驶着心爱的汽车。他的眼睛不时地溜向繁华的街道，寻找着哪里会出现一座影楼。嫣萍也在车里张望。好久没有去过影楼了，这车水马龙的街道都让她找不到方向。还是牛珅机灵，眼明手快，不一会儿就把车停到了一家影楼的门口。嫣萍心里满满地高兴着，说：“嘿！不愧是当飞行员的。”牛珅一年才回来一次，也极少出门，地形对他来说应该是相当陌生了，他出门却不要嫣萍操半点儿心，总能在很短时间找到目的地。这让嫣萍由衷地佩服自己的老公，也怪不得她常常佩服自己的眼光。

一进门，一位年轻美貌的小姐就把他们引进去。嫣萍眼花缭乱，非常兴奋地看着那一张张明星一样的照片，对牛珅嚷嚷着：“我们结婚都没有照婚纱照。都怪你，每次回来都是匆匆忙忙的，那么重要的日子都没有留下纪念。”她第一次在牛珅的面前娇嗔，眼里流露出的羡慕让牛珅感到心脏被什么东西撞击了一下，有些隐隐作痛。

化妆师过来请嫣萍进去化妆，嫣萍随手把孩子放到牛珅怀里，就喜滋滋地跟着化妆师进入一间新奇的斗室。在门关上的刹那，牛珅一个转身正要准备离开，孩子却在这时惊天动地地哭了起来。牛珅一急，用手紧紧捂住孩子的嘴巴，转身退到门口，拉开那扇大玻璃门，然后急切地经过长廊。快走到车位时，他忽然发现孩子不再挣扎了，赶紧把手移开，发现孩子双目紧闭，脸色呈酱紫色。这下可把他吓坏了，他什么都不顾，赶紧驱车赶往医院。

牛珅在急救室的外面等候，焦急地走来走去。此刻，他整个人虚脱，六神无主，烦躁无助。

接到牛珅的电话，嫣萍头上还戴着影楼来不及卸下的头饰，几乎是一路狂奔而来。看到瘫坐在椅子上的牛珅，她来不及擦去额上滚滚而下的汗珠，急急地追问："发生什么事情了？我把孩子给你的时候，小宝还是好好的啊。快说啊！"嫣萍发疯似的扯着牛珅的衣襟。看着进进出出的每一个医生、护士，牛珅的心也跟着怦怦乱跳。他感觉这比他开着飞机在天上飞紧张多了，无助多了。他把急得发疯的嫣萍揽到怀里，一个劲儿地说自己错了，自己真错了！他看着嫣萍眼角簌簌而下的泪珠，很是自责地把头深深地埋在她的秀发里。他喃喃地说："对不起！对不起！我不是故意的，我只是想揭开这个谜。"嫣萍猛地推开他，气得花容失色，手指发抖，说："天哪！难道你还在想着那个无聊的问题？你这么不相信我，怎么不跟我离婚？为了达到你的目的，你不惜去伤害小宝？你真的不是人。老天！"嫣萍悲痛欲绝。

当医生终于出来，嫣萍和牛珅同时迎向前去。"没事了，现在已经送到监护室，你们可以去看看了，注意让孩子呼吸畅通。"医生说完，他俩长吁了一口气。

嫣萍看都没看牛珅，抢先进到监护室里。孩子正在沉睡，鼻孔里插着高压氧的管子，脸上的瘀紫已经退去，泛着淡淡的红晕。嫣萍一反刚才的常态，拍拍牛珅的肩膀，示意他出去："我们去外面走走吧！"

嫣萍面无表情地来到住院部下面的园子，牛珅心情沉重地跟在后面。

“我们离婚吧。”嫣萍仍然是面无表情。

“对不起！嫣萍，是我做错了，你能原谅我这一次吗？从现在起我牛珅发誓，再有那种愚蠢的念头，让我开着飞机失事，让老天来惩罚我！”

“不要这样诅咒自己。我已经想好了，让你一辈子背着这个包袱对你是不公平的，可是我也不想去做那种无聊的鉴定，那是对我人格的侮辱，我永远不会接受。与其两个人都痛苦，不如放手解脱。”

“真的没有办法原谅我吗？”牛珅带着哭腔。

“你还有三天假，这三天我们去把手续办了吧。我会把申请快递到部队，请你们政委批准。”

“那你可以答应我一个条件吗？”他抬头看着干净的天空。微微南风，万里无云，多么适合飞行的天气啊！

“说吧。”嫣萍的语气冷得像一块冰。

“今天的事情，你不要告诉我妈妈，更不要把我们离婚的事情告诉她。你还住在家里，我申请留队，三年不再回来。”

“好，我答应你。你回来之前提前通知我，我提前离开。好了，再去看一眼小宝吧，以后很长一段时间不能再见面了！”嫣萍不容置疑的语气让牛珅这个男子汉动容，他的热泪滑落在棱角分明的脸颊。

两人回到病房，牛珅俯身亲吻了一下孩子的额头。他从来没有这样柔情万丈，他壮志凌云的抱负此刻荡然无存，他变得如一个婴儿柔弱无力。可是不管他感到怎样悔恨，一切都已经无法挽回。他几乎是带着哭腔在喊：“对不起！我的孩子。对不起！是爸爸一时糊涂啊！你一定要原谅爸爸，原谅我这个该死的爸爸！”他的眼泪流到孩子的腮边。一直柔柔弱弱的嫣萍，此刻却变得如钢铁一样坚强，像一头母狮般正保护着自己的崽崽。她无法原谅牛珅的行为。

牛珅擦干眼泪，准备离去。嫣萍轻轻地说了句："给孩子取个名字吧。"

"就叫牛之真吧。之真好，是我的真儿。"

牛珅走出医院，拨通了郝明的电话："喂！郝明吗？我是牛珅，我马上就要回部队了，请你明天帮我接一下嫣萍和孩子好吗？他们现在正在医院里，明天可以出院了吧。你跟筱筱都还好吧？"

"好，你放心。明天我和筱筱一起去接他们。"

"什么时候可以喝喜酒啊？到时可别忘记我这大媒人。"

"别瞎说，筱筱不是我喜欢的类型。不过她也蛮可爱的，适合当我的妹妹。如果找到了可心的爱人，我会第一时间告诉你的。哥们儿，你就放心吧！"

"有时间多去看看嫣萍他们，家里上上下下就托给你了。"

牛珅挂了电话。此刻，他复杂的心境没有人能够体会。他知道，自己迷失在生活和情感的天空中了。

## 8

牛珅回部队后，嫣萍在家里郁郁寡欢。她经常带之真去筱筱家里坐坐，郝明也时常过来陪陪她们。但是，谁也不知道她和牛珅离婚的事情。那次事故发生后，嫣萍变了一个人似的，时常一个人望向窗外，话也不说，静静地发呆。谁也不知道她心里在想什么。她的安静让郝明着迷，尤其是她那双忧郁的眸子，好像隐藏了一潭的美丽和秘密。在筱筱的家里，之真几乎都是郝明在帮她带，嫣萍自顾自地沉浸在自己的世界。奇怪的是，之真在郝明的怀里出奇地乖巧，不哭不闹，听教听讲，加上郝明无比的细心和耐心，很像一家人。

郝明经常接送嫣萍母子，带嫣萍和之真去游乐场，在氤氲的草地上漫步。他们一起牵着之真的手，教他走路，教他牙牙学语。阳光下，他和之真的笑容，总是那般地开朗。郝明渐渐习惯了这种生活。他自己都不知道，他已经慢慢地融入了这个家。之真离不开他，他也离不开嫣萍了。

过几天就是这小子的周岁生日了，嫣萍这些天难得有些兴奋。她给乡下的父母打去电话，要他们过来看看外孙子，毕竟都快一岁了，还没有见过面。

郝明和筱筱帮嫣萍带着之真，他们一起在候车室等待嫣萍的父母。嫣萍今天特意打扮了一番，穿了件乳白的小西装，里面是黑色的套裙，脖子上围了一条淡紫色的丝巾，显得高贵而淡雅，一点儿都不像生了孩子的。她眼里那种淡淡的忧郁，有着传统的古典美，给她增添了一种娴静的气质。郝明正是被这种气质吸引，他把所有的注意力都放在了嫣萍身上，嫣萍的一颦一笑都牵动着他的神经。在他心里，筱筱活泼开朗，他有的也只是兄长的爱护，而嫣萍就像一块磁铁一样，深深地吸引着他，他是自然而然地就进去了，进入了最深的井底。但是他把这份情深深地埋在心里。他知道自己不该爱上哥们儿的女人，所以在嫣萍面前，他都是很注意分寸的。他希望能找一个跟嫣萍有着同样气质的女人，一个跟嫣萍一样善良的女人。他默默地为嫣萍做着所有琐碎的事情，而嫣萍却好像永远陷在她自己的世界里，谁也无法进入。

时间过去了两个小时，站里广播，嫣萍老家来沪的那辆快巴晚点了，好像是高速上堵车。嫣萍要郝明和筱筱去忙他们的事情，她带着之真等就行了。郝明拗不过，没有说话，带着筱筱走了。他打算先送筱筱回去，然后再过来陪嫣萍。

大约又过了一小时，站里的广播又响起来，提示接站的家属去电子广告牌下看消息。突然，嫣萍的脸色变得惨白。她把之真揽到怀里，双腿一软，然后眼前一黑，就什么都不知道了。广告牌的消息显示，快巴失事，车上15名乘客无一生还。

郝明在这个节骨眼上刚好下车赶到，他分开一圈围观的人群，看到嫣萍静静地卧在地上，之真站在她的身旁大哭。郝明赶紧抱起嫣萍，带着之真，去了医院。时间一分一秒地过去，郝明抱着之真，茫然地坐在医院的长廊上。他心想，嫣萍太不幸了！老公对她生的孩子心生疑虑，不想父母来看望却双双出事，她这么个柔弱的女子怎么承受得住？他担心嫣萍的精神压力太大，为她的命运鸣不平，却没有想到还有更大的风暴即将降临到这个不幸的女人身上。天空瞬时变黑了，乌云遮住了原来的晴朗，外面枯萎的落叶在风中瑟瑟发抖。一阵风吹进来，郝明却感觉不到一丁点儿寒冷，他的眼睛正一动不动地盯着那扇紧闭的门。嫣萍进去三个小时了，还没有一点儿消息。

那扇门终于推开了。郝明放下怀里的之真，站了起来。

医生摘下白色的口罩，问道：“你是病人的家属吧？你老婆以前有头痛的毛病吗？”

郝明点点头，接着又摇摇头，一脸茫然。

医生接着说：“你也太不关心你的爱人了，她有头痛的毛病，你也不知道？她的脑袋里有个肿瘤，因为没有及时做检查，已经扩散，晚期，没有办法了。我们会配合你做好对病人的保密工作的。你让她尽量开心地度过她最后的日子。”

郝明不敢相信，他发疯似的抓住医生的衣袖，哀求着：“医生，求求你了！求你想一切办法治好她。只要有一丝希望，我绝不会放弃。不管花多大的代价，我都要救她，求求你救救她好吗？”

医生叹息一声：“唉！太晚了，早半年来检查也好。现在你要做的，就是不刺激她，多给她一些温暖。”说完交给郝明一张报告单。

郝明跌坐在椅子上。之真咿咿呀呀地咕哝了一声“爸、爸爸”，他也没有听到。他完全蒙了，被这突如其来的不幸吓蒙了。“牛珅，你这个龟儿子！你是个孬种！”他歇斯底里地喊出这句话，把听到消息赶来的筱筱吓了一跳。他自己也被自己吓住了。他抓住筱筱的手，孩子似的大哭起来。筱筱坐到他身边，拍着郝明的肩膀。看到郝明手里的那张报告单，筱筱的眼泪也流下来，嘴里发出喃喃的声音：“一切都会过去的，都会过去的！”之真扶着长椅，在那里摇摇晃晃地走来走去，不时自顾自地发出欢快的笑声。这个世界的悲痛，在小孩子的眼里不值一提。

突然，筱筱好像清醒过来，她问郝明：“你通知牛珅了吗？”

郝明摇摇头，嗫嚅着：“我们应该通知他，他是嫣萍的老公啊！”

“我们先去看看嫣萍再说吧。”

郝明连忙擦干眼泪，叮嘱筱筱：“记住，一定要稳住，要自然，不要让嫣萍看出破绽来。”然后，像个大哥一样，帮筱筱揩干眼泪。他说：“嫣萍是你的同学，也是你的姐妹，她现在是最需要我们的时候了。”说完让筱筱先带着之真去玩。

郝明推开病房的门。嫣萍正坐在床上，看着窗外。她的侧脸像床单一样惨白。郝明心里一酸，但还是忍住了那种澎湃的激流。他在嫣萍的床边静静地坐下，轻轻地把她的手放进被窝儿。

“郝明，谢谢你！”嫣萍回过头，拉住他的手，语气平和地说，“我的父母没了，请你帮我处理一下他们的后事，现在只有你能帮我了。”

“不！还有牛珅，他是你的老公，这也是他的责任。我通知他回来吧。”

“不要！他没有责任。他上次回部队的时候，我已经和他协议离婚了。”嫣萍的眼角滑下来两颗豆大的泪珠。她依然还是那么安静，长长的睫毛，眼睛像刚刚洗过的玛瑙，晶莹剔透。

“唉！你怎么这么不幸？”郝明的心口像被什么钝器割了几下，异常疼痛。

“你的恩情，我和之真一辈子都会记在心里。”嫣萍有气无力地望着他。

“老天！要是还有下一辈子，我想我一定陪你到老的。”郝明在心里痛苦地喊。他忍不住起身，吻向嫣萍的眼角。这时，房门被轻轻地推开了。筱筱拿着一大束鲜花，怔怔地立在门口。她看着这一幕，有些不敢相信，但是又不得不信。如果嫣萍没有发生不幸，以她筱筱的性格，她会冲过去质问，向嫣萍挑战，为自己的爱情争取。但是现在的她似乎成熟了许多，她什么也没有做，悄悄地退到门外，轻轻地带上房门。

嫣萍请求郝明，不要把发生的这一切告诉牛珅。她打算安顿好牛珅的母亲，就回到家乡生活，那里的空气清新，民风淳朴。她突然很想回家，去闻泥土的味道，去守着那个已经完全破碎的家，还有往日的生活。

筱筱茫然地看着之真在椅子上嬉戏，一脑子的事，让她一下子无法回到现实。郝明在她的旁边坐了一刻钟了，她竟然全然不知。

“筱筱！”郝明轻轻地叫了一声。

筱筱突然回过神来，问郝明：“你爱她吗？”

“是的，我爱她！”

“从什么时候开始的？”

“我也不知道，但是从今天我才发现我已经离不开她了。”

“你能肯定是爱她，而不是一种同情？”

“是的，我能肯定，我决定陪她走过最后的岁月。”郝明的语气不容一丝怀疑。

“可是，她有牛珅。他回来了，你怎么跟他解释？”

“难道你也不知道？他们早就离婚了，嫣萍一直保守着这个秘密，真难为她了。”

听了郝明的话，筱筱眼里的最后一丝火苗也熄灭了，她不再说话。她觉得，跟一个随时可能离开人世的人去抢感情也太卑鄙了，她为自己的那些私心和不甘感到脸红。

筱筱出了医院，她走在铺满五彩鹅卵石的小路，像一阵风消失在郝明的天空里。

## 9

在郝明的精心照顾下，嫣萍竟然奇迹般地多活了一年。要知道，出院的时候，根据医生的诊断，她的生命最多不会超过一年。

家乡的青山绿水，让嫣萍好像回到了自己的童年。山里人的淳朴与善良，让她忘记了城里人的冷漠和麻木。郝明每周都会开车去看她和之真，跟他们一起其乐融融地度过假日。之真喜欢叫他“阿爸”，在他小小的心里，郝明也许超过了“爸爸”的位置。在之真的世界里，郝明占得满满的，而他对牛珅的照片没有任何的印象。毕竟，那只不过是一张纸片，它怎能比得上眼前有说有笑、有情有义、有血有肉的郝明呢?

这一天，郝明照例去与嫣萍母子相聚，不同的是，他手里多了一个彩色的圆形蛋糕。这天是之真三周岁的生日，他比往常来得早了些。为了赶在早晨见到他们，他提前几个小时摸黑儿驾车出门，没有洗漱，没有吃早点，甚至前一天晚上几乎都没有睡。嫣萍是他心中的太阳，是他的黎明，他并不觉得饿，不觉得困，也不觉得累。一想到嫣萍，他的心里就暖烘烘的，多出几分美好和希望。

推开门，一股苦苦的药汤味扑鼻而来。之真一个人坐在沙发上，认真地拼凑着积木。嫣萍没有起床，她的床边摆着一只药碗，里面的药还没有喝。郝明兴奋地走到床边，柔声说：“嫣萍，你猜我给你带来了什么。”嫣萍躺在那里一动不动，脸像大理石一样洁白。郝明突然一惊，赶忙抓起嫣萍的一只手，感觉还是温的，又用手凑近她的鼻子，却无法感觉到她的呼吸。他大叫道：“嫣萍，难道你真的丢下我了吗？！”悲切的叫喊吓呆了之真。郝明另一只手上的蛋糕掉到地上，随即从里面滚落一枚钻戒，顺着地板，一路滚落到了床底。过了许久，郝明都呆立不动，无语凝噎。最后，他俯下身去，轻轻地吻了一下嫣萍。他的眼泪吧嗒吧嗒地滴落在嫣萍的脸上，如一场淋漓的春雨，绵绵不断。

这是一个安静的早晨，仿佛一切都在那一刻静止。郝明摘下眼镜，鬓角居然出现了一小撮儿白发，长时间不打理的胡子稀稀拉拉，人好像立马老去二十岁一般。两年的忙碌和精神压力，把他这样一个精神焕发的大小伙子折腾得如同一个小老头儿。他微微佝偻的背，嶙峋的肩胛骨，见证着他对嫣萍的凄苦和无望的爱。他不再流泪，转头看到之真扁了几下嘴巴，想哭，却又不敢发出声。他觉得，之真是嫣萍留给他的，看到之真就好像看到嫣萍。之真腼腆而文静，长得眉清目秀，尤其是那双深不可测的眸子，活脱脱一个小嫣萍。如果是个女孩儿，长大一定是个大美人，是嫣萍的翻版。郝明走过去，把之真抱在怀里，感觉之真就是他的依靠了。茶几上被之真弄得乱糟糟的，一片狼藉。突然，之真挣脱他的怀抱，跑到桌子边打开抽屉，拿出一个信封，递给他，说："阿爸，这是妈妈要我交给你的。"之真谜一样的眼睛，又让郝明的心抽搐了一下。

郝明打开信封，是嫣萍写给他的一封信——

郝明：

我今天晚上头痛欲裂，不是一般的痛，我感觉我可能撑不过去了。我感觉，这三年是我人生的全部，爱情和亲情同时失去，我的生命里只剩下你，还有筱筱。

明天是真儿的三周岁生日了。生下之真，我并没有体会到作为人母的快乐与幸福，相反，牛珅荒诞的怀疑让我感到自己的感情是多么失败，我与他七年的婚姻就好像一场游戏。虽然在爱情与尊严面前，我选择了后者，但是我对他的感情仍然没有改变。

你在我的生命里出现了两年，却在我心里活了一辈子。这两年，你对我们母子的照顾远远超出了朋友的界限，我知道你已经付出自己全部的爱。我知道自己已经病入膏肓了，又怎么忍心去拖累你？你是那么纯真与善良，上帝应当给你一个幸福的未来。我跟牛珅离婚，也是为了让他早些脱离我这个累赘，只是拖累了你，苦了之真。这两年是我一生之中最快乐的时光，感谢你两年来一直对我们母子不离不弃。这辈子我欠你的，请允许我下辈子来还。

如果有来生让我选择，我绝不会再离开自己的土地，哪怕外面的世界是多么精彩！郝明，你知道吗，其实我很不情愿离开之真和你们这些亲人，我的人生才刚刚起步，我的梦还来不及醒来！

你每次给我带药过来，从你焦急的眼神中，我就知道我的时间不多了。我害怕自己哪天突然不能醒来，本该早点儿给你写封信的，可是我不敢，我怕写了就真的支撑不下去了。牛珅说三年后回来。我想通了，不就是做个鉴定吗？他回来后让他去做吧，做了也好让他心安。我固执的不是做不做这个鉴定，而是固执我们的感情，难道非要靠那纸鉴定来证明？！

我走后，请你把我葬在我父母的旁边。我一生没有照顾过他们，就让我陪着他们看家乡的山水吧。我喜欢家乡的泥土，朴实而安宁，博大而又厚重；我喜欢那里的人，淳朴而又善良，美丽而又纯洁。我生生世世的梦里水乡，我又回到你的怀抱来了！

去找筱筱吧，她真心地爱着你，最后请允许我真心地祝福你们！

嫣萍

郝明刻骨的思念在泪水涟涟中泛滥开来，他带着哭腔唱起嫣萍生前爱听的那首《梦里水乡》：“春天的黄昏/请你陪我到梦中的水乡/让挥动的手在薄雾中飘荡/不要惊醒杨柳岸那些缠绵的往事/化作一缕青烟已消失在远方//暖暖的午后/闪过一片片粉红的衣裳/谁也载不走那扇古老的窗/玲珑少年在岸上守候一生的时光/为何没能做个你盼望的新娘//淡淡相思都写在脸上/沉沉离别背在肩上/泪水流过脸庞/所有的话现在还是没有讲//看那青山荡漾在水上/看那晚霞吻着夕阳/我用一生的爱去寻找那一个家/今夜你在何方……”

几个月后，一位军人在一座新坟面前长跪不起。他面色凝重，仰天长叹，在天空盘旋的大鸟不时地发出悲切的叫声。

而郝明带着之真，从这座城市消失了。谁也不知道他们去了哪里……

（原载《战士文艺》2014年第1期）

# 云距离

## 1

筱宛漫无目的地走在大街上。她已经逛了三条街，买了三套衣裙。没有办法，她停不下来。她只有用眼睛去看花花绿绿的服装，用耳朵去听纷纷乱乱的脚步声，脑袋里才不想事。快要到家的时候，手机叮地发出一声响。筱宛心里猛地一紧，赶紧一拨拉。是筱迪发来的。她看到一个龇牙咧嘴的表情包，后面是一句：老宛，回来记得给俺捎个汉堡包，要记得拿番茄汁呀。筱宛心想，美的你呢，小鬼头。刷去屏幕，懒得回复。要是平时，她是会拐了几条街去买的。筱迪喜欢吃汉堡，她也喜欢吃薯条，而且喜欢蘸着番茄汁吃。

到家的时候，妈妈正准备开饭。筱迪乐呵呵地走到筱宛身边，接了筱宛手中的袋了，东翻西翻的。

“真是没有带呀？”筱迪稍稍有些失望。

“这次失算了吧？还跟我打赌呢，你想吃啥，你姐肯定也想吃啥，真把自己当半仙呀！”妈妈解下围裙，戏谑着筱迪。筱迪也不恼，笑嘻嘻地给筱宛盛了饭，催着她吃。

“我爸又出差了？”

“看你，脑袋发霉了吧？老爸没有出差，我敢要你带汉堡吗？”筱迪说着给筱宛夹了一块她最爱吃的武昌鱼。

看着碗里的鱼，筱宛的脑袋里突然蹦出了安安跟她第一次吃饭的情景。安安点了一条鱼，吃的时候不小心给鱼刺卡到了，那根软刺在喉咙里刺得他又痒又痛，弄得他又是流眼泪又是擤鼻涕的，就是出不来，搞得两人都很尴尬。最后安安流着泪说：“以后再也不吃鱼了。”她灵机一动，夹起那条鱼，说：“不怕，我把它全部消灭掉，给你报仇。”这话把安安逗乐了，他吞了团米饭下去，硬是把那根软刺一起吞到肚子里去了……

筱宛内心犹豫着该如何跟妈妈解释。怪谁呢？也许谁也不能怪，要怪只能怪这没完没了的疫情，怪两个人不在一个城市。安安上次到家里到现在，还不到两个月。筱宛当时是那么高兴。他们相识两年了，安安终于决定跟筱宛的家人见面了，这说明他们的关系又向前推进了一步。筱宛知道安安是个非常理性和认真的人，他做的每件事情都是那么有条理，有计划，慢条斯理，稳步向前。安安的细致与她的粗心正好可以互补。可此时筱宛心乱如麻，不知道该怎么办，嘴上只说：“筱迪，对不起，你给我发信息的时候，我已经快到家门口了，下次再给你买汉堡吧。”说完就埋头吃饭。她一点儿也不敢大意，这家里爸爸还好对付，妈妈和筱迪都是属精气的，一点点儿不对头，她们就能嗅出味儿，看出名堂。

可老实人也会吃老实的亏，不晓得怎么了，筱宛被鱼刺卡到了。这可是件稀奇事。筱宛做啥事都有点儿马大哈，唯独吃鱼是冠军。她从三岁就开始自己吃鱼，从来不会被鱼刺卡到，这是全家人都佩服她的地方。尤其是筱迪，简直是五体投地。学校要是开家长会，筱迪就希望爸爸妈妈上班没空，那样就可以要求筱宛顶替家长去了。筱迪曾经当着老师和同学的面，介绍筱宛："俺老姐，大学四年，拿到国家级奖学金和科研课题的家伙。她从三岁起就自己吃鱼，吃各种鱼。吃鲤鱼、草鱼、鲫鱼这些软刺多的鱼，都没有被卡到过，厉害吧？长得还有点儿像明星巩俐吧？"筱迪戴着眼镜，粉嘟嘟的，说话的时候单眼皮一挑一挑的，那满脸的得意，让筱宛脸红了一阵又一阵。

看着筱宛被鱼刺卡了，妈妈和筱迪都慌了神，毕竟筱宛长这么大，还是头一回。筱迪拿了陈醋要筱宛喝，妈妈用毛巾搓了一个米饭团要筱宛赶紧吞下去。喂醋的给她喂醋，拍背的拍背，折腾得筱宛的眼泪和鼻涕直流。筱宛是真正体会到了安安的那种难受，那滋味真是不好受。

"怎么样？下去了吗？"筱迪紧张地望着筱宛。

筱宛摇了摇头。

"不行就上医院吧，医院有专门夹鱼刺的镊子，处理一下就好了。"妈妈说。

"不用，一根软刺没什么大不了的，我到外面去走走吧，走动一下，也许就好了。"筱宛摆摆手，就出去了。

妈妈摇了摇头，说："这孩子，怎么了呢？"

筱迪说："妈，我觉得老姐心里有事，她应该是失恋了。"

"瞎说，你个小屁孩儿，懂啥子呀！"

"真的，我姐三岁开始吃鱼，什么时候卡到过？"

"这跟吃鱼有什么关系？"

“一个吃鱼能吃到这等境界的人，还能上鱼的当，说明她心里乱呀。”

“别瞎猜，你姐可没有你这么多的弯弯道道，她肚子里有几根肠子，我闭着眼睛都数得清，从小到大，说话不会打埋伏，哪会像你呀，这么精怪的。”妈妈没好气地说。

“晓得，我姐可不是三好学生，是五好。”筱迪说着做了个鬼脸。

“唉，你小你姐八岁，人情世故却比你姐熟稔多了。要是把这份聪明放在学习上就好了，我就不用这么操心了。”妈妈叹了口气。

“唉，天性呢，有人天生是做科研学术的料，有人天生就是孙悟空。”筱迪也学着妈妈叹了口气，给妈妈碗里夹了她最爱吃的西红柿，又用两只手把妈妈眉宇间的那个“川”字展平，说：“别愁，愁多了，头顶就成富士山的雪了。你看姐姐的学习成绩从小到大不用你愁，遇到一根鱼刺的事儿你就愁了吧！我的学习成绩目前是让你愁了点儿，但说不定以后你就不会愁了呢。”

“你们两姐妹，要是把智商和情商中和一下多好！”

看着妈妈放下了碗筷，筱迪赶紧起身说：“妈妈，你去休息吧，这种粗活脏活还轮不到你亲自出马，有俺呢。”

妈妈扑哧一下，又叹息一声：“哪里像是个十三岁的孩子！”

## 2

安安在学校的跑道上骑车，他踩脚踏板踩得很快，风在耳边呼呼而过。他想，要是能像哈利·波特一样多好呀！可这个现实的世界没有魔法，只有现实的人。骑到第五圈的时候，他已经汗流浃背，气喘吁吁，不得不停下来。

可一停下来，他又忍不住去看手机。打开微信，看到筱宛发了一条朋友圈。有人送了她一捧花，上面的纸片写着“女神节快乐”。安安这才知道今天是什么日子。他在心里哼哼：“一个黄毛丫头，叫什么女神呀？真是搞笑。不就是一束花吗？有什么好炫耀的？”手机一关，他神色又黯然下来。那花，是谁送的呢？同事？朋友？说实话，叫他不去猜测那个送花的主人，一时半会儿还真是做不到。

安安到家的时候，妈妈正在门口张望。这家里除了妈妈，就是他了。当然了，还有打扫卫生的智能机器人灵灵，没有他，家里肯定会很乱。安安刚把自行车放好，妈妈就递了条毛巾过来，说：“快去洗个热水澡吧！别受了凉，感冒了就不好了。如今这波疫情来势凶猛，叫什么奥密克戎病毒，是新冠病毒新变异株，重复感染的风险性更高呢。”

“知道，知道，我们要提高警惕，为国家，为家人，为自己，做好自身防护。妈，我是个成年男人了，还在攻读博士，不是小孩儿，不会离家出走的。”安安不耐烦地说。

“你这孩子，不是为了你好吗？”

“知道，我和筱宛是两条平行线，永远交叉不到一起。”安安边走边拉开浴室的门。

“你呀，如今都什么年代了，你妈还是很开明的，哪儿有什么门第之见？只要你冷静下来，面对现实，考虑清楚。关键是你们生活在不同的城市，还跨省，七百多公里呢，那可不是用眼睛能丈量的，距离在那里管着呢。”

“不是地理距离，是心的距离。”安安说着猛地把门关上。

浴室门发出砰的一声响，震得他妈妈抚着心口说：“哎哟，真的是儿大不由娘呀！”

安安洗了澡出来，看到妈妈坐在客厅沙发上垂泪，心下一软，就走过去道了歉，说他不应该发火，请妈妈原谅他。妈妈不理他，拿起遥控打开了电视机。安安在沙发的另一个角落坐下。两人都心不在焉地坐着，沉默如铁。

安安心里也很难受。妈妈生他养他，好不容易把他拉扯大，独自带着他生活，真是太难了，他真不应该冲她这么说话。可是，他跟筱宛认识也有两年了。这两年，他陪伴筱宛大四毕业，陪伴她攻读和学习，也是付出了心血的。筱宛本来是计划考研的，但筱宛妈妈说家里环境不允许，能早点儿就业也好。结果刚刚拿到毕业证，筱宛就马上参加招考去工作了，根本没有经历过社会的毒打。筱宛是那么单纯，他还想多陪伴她历练一下呢。安安知道自己的爸爸妈妈都是北京大学的博士毕业生，又都是985院校的教授，爷爷奶奶也都是大学教授，全家清一色的知识分子，实实在在的书香门第。而筱宛的学历和家境在他们眼里是不对等的。虽说在他的强烈要求下，妈妈和筱宛见了一面，但也没有明确态度。他妈妈还是建议他冷静下来，考虑一下现实的距离问题。他想，难道爱情真应该跟这些去画上等号吗?

初恋的失败给了安安很大的打击。那个女孩儿是他的师妹，还是学校的老师介绍给他妈妈认识的。师妹的父母跟他的父母一样，都是教授，双方的学历都差不多。师妹的学校还在隔壁，一抬脚的工夫就到了，按说是门当户对的了。可是，他们只接触了几个月，就莫名其妙地熄火了。最为可气的是，明明是他不来电的，却是师妹提出来的分手。师妹那个骄傲的模样，他想起来就来气。在师妹的眼里，爱情跟物质就应该是孪生姐妹。谈个恋爱，还要去求着她来谈似的。他不喜欢这样，他喜欢接地气。父母怎么煽风点火都没有用，他吹不响前进的号角，当然就没戏了。他觉得，三观不同的两个人永远是两个人，不会像他和筱宛这样，走着走着就走到了一起，跟一个人似的。在他看来，感情这东西是挺奇怪的，缘分很重要，感觉也很重要。筱宛的出现，是那么恰如其分。筱宛的稚气、淘气、雅气，她微微上翘的丹凤眼，她一见面就喜欢钻到他的腋下的样子，都是如许地真切和自然。尤其是陪伴和引导筱宛走上人生的轨道，让他找到了他的位置，一个让他很舒心很满意的位置。可是，他妈妈的话也不无道理，筱宛的工作跨省调离几乎没有可能性，而他真能舍弃一线城市的生活和工作，去筱宛的二线城市生活和工作吗？生活，就是两个人在一起过日子，多么现实的距离呀！

安安心里沸腾着，想起了许多往事。

## 3

都说三月梅雨天，这个三月的雨水却少。金灿灿的阳光照得人暖洋洋的。筱宛出了门，遇上社区的大妈戴着口罩打横幅，还有几个人在旁边帮忙。她心想，估计是疫情又严峻了。一抬眼，路上的行人和车辆似乎比平常少了许多，公交车上也都空荡荡的。四周高楼林立，却显得落寞，昔日的热闹和人潮似乎都已随着时光远去。唉，这疫情闹的……

筱宛不知不觉就走进了晴苑公园，里面稀稀拉拉有几个人在散步，远远近近的木椅上坐着休息的人。他们聊天，观看下棋和打牌，或者干脆望着蓝天白云发呆。唯独公园中心位置的那棵金桂下的木椅空着，好似是专门在等待着她的到来。她心里一热，就朝那把木椅走过去。当屁股落在上面，她闻到一股馥郁的花香，心里有了踏实的感觉。这种感觉是那么亲切，那么温暖。毕竟这是她和安安第一次约会时落座的地方，再来的意义变得很不一样。两年前，她和安安约好要见面，安安就真的从A城过来，在他姑妈家里住了几天，其间把她约到了这里。安安的姑妈也在这个城市。以后每次来到这里，她都会去坐坐，感受着每一次的不同和相同。她一直记得，当时旁边的椅子上还坐着一对老夫妇，白发苍苍，却精神矍铄。她和安安跟他们攀谈了许久，从政治时局到当下的现实，再到经济发展，再到当下的年轻人的学业和就业问题。老夫妇滔滔不绝的，缓解了她心里的紧张和尴尬。从他们的谈吐和举止素养来看，应该是一对退休的公务员夫妇，生活美满、惬意、幸福。她当时想，年纪大的老人家就是经验丰富，他们什么都懂，什么都瞒不过他们。临走的时候，老太太还特意对安安和筱宛说："祝福你们，年轻人。你们两个很般配，郎才女貌的，好好享受这美好的生活吧。你们一定能白头偕老，美满幸福！"安安赶紧起身，一个劲儿地道谢。她却像只仓鼠惊慌失措，满脸通红，连连摆手说："不是的，不是的，你们误会了……我们才刚刚认识。"老太太笑着说："这小姑娘！不就是谈个恋爱嘛，在正当的年龄做应当的事情，还害什么羞呀？"她想起这些，就会忍不住发笑，笑自己太菜了。她是怎么也想不到，这对老夫妇有这般的火眼金睛，一眼就洞穿他们所有的秘密。如今却是物是人非。

她想起安安在微信上给她的留言，神情又凝重起来。两个月前，安安登上了她的家门。爸爸不愧是惜字如金的老干部做派，就是一句话兜底："这年代，年轻人的事情自己做主就行，爸爸相信你的眼光。"妈妈呢，说安安好秀气，个子这么高，细胳膊细腿的，就更加显高了，一阵风就能刮跑似的。还要她劝安安不要节食，多吃点儿，多锻炼，年轻人消耗大嘛。那语气，好似安安已经是准女婿了。她还反击妈妈，说妈妈的审美落伍了，现在都流行骨感美。妈妈说："那是说的女孩子吧？"她打了个哈哈，说："如今都男女平等了。"筱迪更是搞笑，说就要安安做她的姐夫了，以后谁要敢来追求姐姐，一律打出门去，毫不留情。

"瞧你这张嘴，是安安哥哥给你什么好处了？"她问筱迪。

"哪儿能呢？我们也是第一次见面呀。他能给我什么好处？都是感觉呗。"

"那你说，你给他打多少分？"

"本来是打90分的，看在那箱酸奶的份上，就打120分吧。"

"那满分是多少？"

"100分呀。"

"天哪！还超过满分20分呀。那箱酸奶的魔力就是大。"

"也不完全是，安安哥哥吧，一进来就问我了，问我是不是叫筱迪。你瞧，第一次见面就知道我的名字了，说明他的真诚和用心。后来走的时候，还特意回头跟我说，妹妹再见！嘿，一高兴，就多给了20分。"

筱迪这话把妈妈逗笑了。妈妈说："人小鬼大的，你留口气给我歇歇吧，小祖宗。"

筱迪就是这么个人，说出来的话笑得人死，她自己却是不笑的。

可如今，妈妈嘴里的香饽饽，筱迪眼里的安哥哥，还能留得住吗？安安说他也舍不得，但是没有办法，他们不该生活在不同的城市，两个人就先冷静下来，好好思考一下吧。也许，异地恋真的是太难。不知道要坚守到什么时候，两条轨道才会相交。他们的出发点如果错了，两条轨道也许就永远不会相交了。如果再来一次重逢，他们还会选择在此相遇吗？她不知道，她只知道当初她决心要考研的时候，妈妈极力劝她考公，当时她还跟妈妈大吵了一架。后来她又同意了妈妈的意见。其实并不是为了能早点儿就业，而是早点儿和安安走到一起。那个时候，她还在学校读书。自从那次计算机编程大赛被人推荐接受了安安的微信好友申请，安安就闯入了她的生活。相同的专业和爱好，拉近了他们的距离。在她心里，安安是个责任感很强的大哥哥，虽然与她未曾见过面，却一直在微信上鼓励和陪伴着她。她在去课堂的路上，去图书馆的路上，回宿舍的路上，都有安安老父亲般的叮嘱和絮叨。整整一年，他们没有见过面，却像老熟人，像恋人，又像兄妹，更像亲人。她感觉，他们天天都要说话，一天没有说话就难受。她参加国考的时候，填报了安安的那个城市，甚至他所在的那个区，结果分数是进面了，却又面临调剂到外省的人生选择。她只得放弃。后面的省考顺利通过了，却与安安的城市远了。直到她大学毕业，他们才在晴苑公园第一次见了面。她知道，感情和工作都是可以落地生根的，也都是可以随着未来变换的。人生就是这样，走着走着就要面临抉择，就好像现在的他们，爱得越深的时候，缘分却越来越浅了。

## 4

安安连续骑了三天的自行车，每次回来就把运动结果发了朋友圈。可是，筱宛没有点赞，也没有发消息。筱宛好像一阵来去自由的风，突然在他的世界里消失了。

安安妈妈还是那样不爱洗碗。吃完饭，安安就动手收拾碗筷和搞卫生。这么多年，他好像跟妈妈达成了某种默契，妈妈负责做饭菜，他负责搞卫生，收拾厨房，灵灵只负责打扫灰尘。他洗碗的时候心里很不安宁，想起了第一次跟筱宛见面的情景。筱宛家离晴苑公园近，先到了。他到了公园就给筱宛发信息，问筱宛在哪里，他过去寻。很快两人遇上了，相互对视了一眼，很自然地就走到了一起。当时也不知道是谁先挽谁的手，总之，他们是手挽手地去公园中心位置的长椅上去坐着了。虽然他们在微信上有一年的交流，但见了面筱宛还是磕磕巴巴的，不知道要说啥。其实，在见到筱宛的第一眼，他就有了一种安宁。倒不是筱宛的清纯气质让他倾倒，而是一种自然而然的亲昵，那种一见面就有一种久违的亲人般的感觉。他们后面一步步地接触，发现对方原来就是另外一个自己。安安又想起他们在一起散步的时候，他拿东西的时候不小心把裤兜给扯了出来，裤兜破了一洞，他的中指从洞里穿了出来。筱宛看到了哈哈大笑，说："你怎么穿条破裤子出来了？"说着握住他穿出裤兜洞的手。还说："不怕，等我参加工作挣到钱了，就给你买条新的。"他其实并不缺钱，只是在生活上比较随意，没有想要刻意地追求什么。但是筱宛的小手，却让他心里暖暖的。后来他们在一起玩的、吃的开销，筱宛都坚持要出一半，不让他吃一点点儿亏。他心里有点儿不安，但筱宛很坚决，容不得他有不同意见。他心想，多好的女孩子，自己怎么就要提出冷静一下呢？距离难道真就这么重要吗？其实自己也可以去筱宛的城市工作呀！心里一痛，手中的碗不觉掉到了地上，发出清脆的碎裂声。妈妈赶紧跑过来，露出满脸的担忧。他惭愧地说："没事，是我不小心。"妈妈低头收拾着地上的碎片，说："儿子，要是觉得家里闷，就约同学一起去外面玩玩吧。一切都会过去的，一切都会好起来的。"他用手搓着围裙，不知道该怎么安慰妈妈。他妈妈马上就要退休了，因为性格不合，早些年跟他爸爸分开了，一直陪伴着他，孤独地生活着，也是很不容易。

他本来就很阳光，从不多愁善感。于是，就约了几个同学打游戏。大战了几场，他感觉酣畅淋漓的，人也精神起来。打完了游戏，大家就开始聊人生。他这才知道，他们的一个同学居然得了肝癌晚期。这个同学很优秀，也很努力，年纪轻轻就有一份不错的工作，在A城买了房子，还买了豪车。可惜这么年轻，就走到了人生的尽头，真的是命运弄人。他是什么都有了，就是还没有尝过恋爱的滋味，大家都替他惋惜。接着，大家又谈到应届生和研究生的就业形势。就业还是考研深造，许多年轻的学子举棋不定。当时筱宛征求了他的意见。他支持考公，也不知道是对是错。但毕竟结果还是好的，筱宛顺利就业了。筱宛告诉他，她那个班上的同学顺利就业的不多，考上硕士研究生的也不多，跟她玩得好的几个都没有上岸，还在准备二战。筱宛还算幸运，一毕业就顺利就业，一点儿也没有耽误时间。他大筱宛几岁，更知道就业竞争的残酷，很多年轻人用名义上的考研在家里啃老，有的甚至考了七次都还没有上岸。他走了一会儿神，又听到同学谈到他们换了多少次工作，换了几个女朋友。他们都觉得，快要到而立之年，是该稳定下来，好好奋斗一番，不然就要跟这个时代产生云距离了。他听到“云距离”三个字，心脏也急速地跳了一下。心想，原来距离这玩意儿也是弹性的，人与人之间的感情，也可以隔着一朵云的距离。云距离，也许就是他和筱宛的距离。

阿庆说他的女朋友已经怀孕了，自己也想结婚了。阿庆要他不要再保持处子之身了，该破的得破了。还问他，什么时候带女朋友跟大家见见。他有点儿不好意思，说：“快了，快了。这种事情急不来，得双方都有准备才行。”他一直还想着多玩几年，难得逍遥自在。听到同学们把成家和安稳提上了日程问题，他有了一种紧迫感。时间就像一尾鱼，一个不小心，就溜走了，抓也抓不住。他爸爸也曾告诉他，要担负起这个家庭的责任，在什么样的年纪就要做什么样的事。他顺手拿起手机刷了下新闻，发现疫情又严峻了，这次的传播范围已经扩大到28个省份，筱宛那个城市也出现了几个中风险区。他原本还打算找筱宛当面谈谈，看来也没有希望了。自从跟筱宛认识两年来，他们的恋情就在这场时断时续的疫情中起起伏伏。本来异地就增加了相思之苦，疫情又像梦魇一样萦绕在他们的身边，很多次计划好的约会都被迫中断了。每次一提到筱宛，妈妈就会说“唉，别急，别急呀，得要好好考虑考虑，考虑好了再说”。考虑什么呢，他不知道。又要考虑多久呢，他也不知道。他心里明白，筱宛是横亘在他和妈妈之间的沟壑。妈妈固守着自己的观念、面子和尊严，把每样都看得那么重要。他心想，妈妈有妈妈的理由，毕竟筱宛来自草根家庭，妈妈又只跟筱宛见过一面，不知道筱宛的特别、不俗和可爱。筱宛当初考研考到A城来就好了，这样他们就可以经常在一起了。可那时他还只是当筱宛是妹妹，没有考虑这么远……

安安在同学们的喧闹中，沉寂下来。

## 5

筱宛每天翻看安安的朋友圈，可翻来覆去地看，也只是看到最近的一条骑车锻炼了三天的记录，后面就再没有更新了。这几天，安安一个字都没有发给她，也没有打电话。安安突然说要冷静下来考虑考虑，她心里慌慌的。她想，这一冷静，一考虑，是下了决心要分手吧！她很想给安安留言，问他怎样了，却又不敢问，生怕安安说出她最怕的那句话来。

晚上，她躺在床上怎么也睡不着。打开手机一看，都凌晨两点了。一想到安安可能再也不会来找她了，枕头就濡湿了一大片。她怕影响筱迪休息，就悄悄地去了客厅。没想到她妈妈也起来了，见她一个人呆坐在沙发上，就在她身边坐下。她把头靠在妈妈的肩上。安安可能要离开她了，她舍不得。可是，说不定安安明天又联系她了，说不定明天两人又好了。她不想妈妈担心，只自顾自胡思乱想着。妈妈摸着她的脸，说：

“想他了吧？”

她“嗯”了一声，又说：“妈妈，安安妈妈会不会不喜欢我？”

“你这么乖巧，他妈妈又怎么会不喜欢？”

“我每次跟安安在一起的时候，他妈妈就会打电话催他回去。”

“傻孩子，他妈妈不容易的。你们要尊重她的意愿。”

“都是爱吧，天下有哪个父母不爱自己的孩子呢？”

“睡不着，就把你们的事儿说给妈妈听听吧。”妈妈摸着筱宛的头说。

“有次我们一起去看了电影，看着看着，安安居然失声痛哭起来。可能是里面的情节感染到他了，让他想起了妈妈的苦。他趴在我的怀里，收不住声。周围的人都瞪眼看着，那场面真是有点儿尴尬。”

“男人有泪，重情。那说明安安不仅爱妈妈，他也爱你，在你的面前，他才能这么真实。”

“可是，可是……”

“我知道你们遇到难题了，你不说我也知道。你要给他时间，让他好好考虑清楚，看清楚自己到底要的是什么。一辈子很长，要考虑好自己的未来。无论他做出什么决定，都要理解他。人嘛，都要有个成长的过程。他是个好孩子，我第一眼的感觉是不会错的。”

“异地真的很难，很痛苦。我的闺密，都已经谈崩三个了。她也劝我放弃算了，说等的时间越长，伤害就会越大。可我舍不得，我都想辞去工作去A城重新找了。”

“傻孩子！总会想到办法的。只要有心，终会走到一起的。地理的距离不是问题，心的距离才是。”

跟妈妈谈了很久，筱宛觉得心里舒服多了。她跟安安谈了快三年，时间说长不长，说短不短，可真要让她放下，却是如此艰难。她的闺密劝她，何苦要在一棵树上吊死，凭她的条件，要工作有工作，要模样有模样，就是瞎子摸象也能摸到个好的。可她就有那么倔，她就是要在一棵树上吊死。没办法，天底下就有这样拧巴的人。

筱迪还是支持她的。筱迪跟她说，从安安到家里来的那天，她就认定了这个哥哥。筱迪还说自己有直觉，安安会融入这家庭，她闻到了亲人的味道。筱迪坚信，安安一定会是那个永远给姐姐遮风挡雨的人，把姐姐交给安安，她就放心了。筱迪的话让她安心了。在她眼里，妹妹就是个精灵，她相信筱迪的感觉。

是啊，在她人生最重要的转折阶段，安安扎扎实实地陪伴了她两年多。一天一天的陪伴，是刻骨的。安安的耐心和细致，让她一步一个脚印踏踏实实地行走着。她还记得那次他们在湖畔散步，安安对她说："万一这次考公没有上岸，你就把简历发给我，我来帮你包装一下，再投几个事业单位和国企单位试试，总能投中一两个吧。"她说："你就对我这么没有信心？"安安说："当然相信你，但也要做好万一的准备呀。"她望着安安紧锁的眉头，感受着这份沉甸甸的分量，心里很是高兴。回去的时候突然下起雨来，安安把她揽到腋下，撑着伞去路边帮她打车。她不肯，说要坐地铁回去，这样可以和他多待一会儿。安安就把她送到了地铁口。快要过安检口的时候，安安把伞塞到她的手上，然后在她的额头上吻了一下。她感到额头上留下了一个湿润的印记。她把伞还给安安。安安说："你拿着，我没事，用衣服挡着头就可以了。"看着她下了楼梯，安安才转身离去。她顶着额头上那个湿湿的印记，眼睛里也湿湿的。那是安安第一次在那么多人的公共场所吻她，她激动了好几天。

## 6

第六天了，安安还是没有联系筱宛，筱宛也没有联系他。

安安经过几天的思考，越来越觉得筱宛离得远了。筱宛以前是那样懂得他的心思，而且两人的三观是如此契合。可曾经的那种默契真的就这样消退了吗？他不甘心，打开微信，心里一震。不但没有筱宛的消息，而且筱宛把她的情侣头像给换了，换成了一只灰不溜秋的小狗。他心里很不是滋味，索性把自己的头像也给换了。

房间里挂钟的秒针每走一下，就发出有节奏的声响。声音很轻，安安却突然觉得特别刺耳。秒针每响一下，他在床上就想跟着翻动一下。最后，他不得不下床，把挂钟里面的电池取了出来。“这下总安静了吧？”他自言自语着。又躺到床上，强迫自己入睡，却睡不着。他想起了妈妈跟他的那次谈心。妈妈劝他，说：“放弃算了，距离在那里管着呢。平常都是见不着摸不着的，就像空气一样。你和筱宛谈的是场注定没有结果的恋爱，又何必浪费时间和精力呢？”他盯着自己的脚尖，没有吭声。妈妈又说：“如今男孩子走俏着呢。大城市里的剩女一抓一大把，可剩男就没有几个。”他说：“我是认真的，我只想认认真真地谈场恋爱。”他妈妈说：“认真好，年轻人是要谈的嘛。”说着就拿出来几张女孩子的照片，“这里的每个女孩子都有很好的资源，家庭也好，要模样有模样，要学历有学历。最重要的是，和你都在同一个城市。你选一个。”他用手一挡，说：“可别这样，如今我还有筱宛呢。我还要考博，可没那工夫脚踏两条船。”他妈妈不高兴了，眼睛一红，眼泪就出来了。他说：“好，好，总要给我几天时间好好考虑一下吧。”

想着想着，安安就迷迷糊糊地睡着了。他感觉自己的身子轻盈起来，变成了正义而勇敢的哈利·波特。小时候他一直渴望自己变成哈利·波特，这下真的成功了，他心里异常地激动。他指挥着自己的大脑，游荡在一个个城市的上空，下面是蚂蚁一般的人，还有鳞次栉比的各种建筑。棉絮一般的云朵飘来荡去，一忽儿在他的头顶，一忽儿钻到他的脚下。他心想，哈利·波特应该是要做点儿什么的，便把身子压得更低，俯视着地面上的车辆和人群。突然，他看到一辆卡车正冲向一个站在斑马线上的小女孩儿，便立马飞身下去，把小女孩儿抱走了。他飞到一块空地，把小女孩儿放下来。这时，湖边又有人在喊“救命，有人落水了！”他循着声音又飞了过去，正准备从空中来个漂亮的翻转，结果有人比他先跳水了。等他睁大眼睛看清楚，天哪，居然是筱宛！他眼前一黑，人就像只大鸟从空中笔直地掉下去。他在坠落的过程中，大喊了一声“筱宛”，随即就坐了起来。原来是做了个梦。

安安再也睡不着了。他打开朋友圈，看到筱宛发了一条消息。是一个晚安的表情图，上面有一朵云和星星，还写了个“加油”。再看时间，凌晨两点。是他刚醒来的时候发上去的。原来筱宛也没有睡着。他想起了国庆期间他们在一起玩的情景。那天上午，他带筱宛去吃了日本料理，下午去吃了甜品。筱宛喜欢兔子，点了一对玉兔的糕点，不知道是什么原料做的，栩栩如生，晶莹剔透，结果两人都不舍得吃。后来又带着筱宛去游泳。筱宛换了套黑色的泳装，看得他眼睛都发直了。每次游到筱宛的身边，他就伸出胳膊，想要抱抱筱宛。筱宛羞答答的，每次都把他推得远远的。到宾馆休息的时候，他把额头抵在筱宛的额头上，问：

“我们可以那个吗？”

“那个什么呀？”

他搂着筱宛亲了一下，笑着说：“就是那个。”

看着他的坏笑，筱宛鱼一般从他的腋下滑了出来，说：“不行，不行，我还没有做好准备。”

“没事，我做好准备了。我这里有小雨伞。”

“什么小雨伞呀？下雨了吗？”筱宛说着就往窗外看去，“明明是大太阳呀。”

他看着筱宛一头雾水的模样，用手刮了一下她的鼻子说：“唉，没得办法，还没长大的小白，就依了你吧……”

他记忆中的筱宛，像只憨憨的兔子，有时候又像只机灵的松鼠，温婉，灵秀，又憨态可掬，是那么惹人怜爱。可现在，他可能再也不能拥她入怀了，她把他们同时选的头像都给换了。安安心里涌上一阵凄楚。他突然感觉自己的背很沉重，很痛，好像背上长了一个沉重的壳。就像格雷戈尔·萨姆一样，做了个梦后，一觉醒来就变成了一只甲虫，四仰八叉地躺在床上，动弹不得。

安安的背上好像真的有个坚硬的壳，他在床上翻来覆去地把它磨平。他不时地打开手机看看，多么希望筱宛能给他发个信息呀，哪怕是个表情图也好。这个无所不能的机器，记录着他和筱宛的点点滴滴，每天的视频、语音、留言。可是，手机仍是那么安静，仿佛也进入了冬眠。他用语音说了句“你还好吗？”可是觉得不妥，又改成文字：“筱宛，你还好吗？”这样发出来有用吗？当时是他提出要冷静一下，可这冷静的结果好吗？他思来想去，还是没有发出去。

时间真是个奇怪的刽子手。过得越久，人就越没有勇气打破这种宁静了，好像生来就该是这样的，那种无形的距离在心里生长着，越来越遥远，越来越难以跨越。这个信息发还是不发呢？又该是发怎样的信息呢？

安安就这样握着手机睡着了。他的眼窝里蓄着晶莹的泪珠，他自己都不知道。

（原载《岁月》2023年第9期）

# 尘纷之间

## 1

苏美莲从外面回来，看到屋门口停了两辆大卡车。几个搬运工从家里搬出大件的家什，小心翼翼地放到卡车上。春凤也进进出出地忙着。小孙子拿着小件的家什，跟在她的屁股后头。苏美莲想去问问春凤，这是在干吗。但看到她那张柿饼脸，又犹疑起来。

儿子镜生过年时落屋，还没出正月十五，苏美莲就看到老李从街上买了锅碗瓢盆回来，说是要正式跟儿子儿媳分开吃饭了。儿子既不表态，又不拦着，到了该上班的日子就照常走了。苏美莲是一脑袋糨糊。她的记忆库好像突然被人偷走了，以前的事情跟现在的事情衔接不到一个点儿上，就好像一段胶卷，被人在中间曝光了几段，一时清晰，一时模糊。

看到老李真的开始自己做饭了，苏美莲心里波浪翻腾，明明是她苏美莲才是这个家的主心骨呀。这么多年来，老李从来没有摸过锅铲，只会在厨房给她打打下手。她能清楚地记得，每天清早都是她去街市买最新鲜的蔬菜。等买了菜回去，一家子都还窝在被窝儿里做美梦呢。她就会推醒老李，喊他起床帮厨和搞卫生。她折腾好一桌子饭菜，老李就去照顾小孙子起床穿衣和洗漱。这个时候，春凤也懒洋洋地出来，瞟一眼桌子上的菜，常嘟着嘴巴说："菜里的辣椒又放少了，不辣吃得下饭吗？"老李就说："有清淡的，也有辣椒菜呀。你妈有糖尿病，吃不得太辣。"看着一家子像小猪一样吃得欢快，她心里美滋滋的。如今不知道是怎么了，她拿起电饭煲去煮饭，不是没有掺水，就是没有接通电源。有时候老李做好饭了，她却懵懵懂懂地掺了瓢冷水进去，她的行动好像跟大脑脱轨了。每次搞砸了事情，苏美莲就一脸沮丧，垂手呆立一旁，像个做了错事的孩子。可挨骂归挨骂，一转背，她就什么都忘记了。多次搞砸后，老李对她的态度恶劣起来，苏美莲再也不敢去厨房了，只能眼睁睁地看着老李在那里笨手笨脚地做事，搞出来的饭菜要多难吃就有多难吃。这个家从她不做饭菜后，就开始乱套了。儿子常年在外打工，难得回家一次，即使回来了待他们也不亲了。以前明明是一个家，现在却硬生生地在一个屋檐下变成两个家了。

人心真的是不一样的。说是说分开过，各做各的饭菜，但是老李每次做好了饭菜，只要是有好吃的，就张开喉咙把孙子喊来，鸡腿什么的都夹到他们的碗里。苏美莲也给孙子的碗里垒满了菜，嘴巴里还说"多吃点儿，正在长个子呢"。春凤在屋里来来去去，眼睛长在了脑壳顶上，屋里的空气好像被人掺了点儿什么，怪怪的。这段时间，春凤不开口喊两个老人，冷着脸来去，除此倒也没有什么大的风浪。

苏美莲的头发是越来越白了，在阳光下都白得晃眼。她的记性也越来越差了，刚刚端起饭碗吃了饭，不到两分钟，就问老李，怎么还不去做饭呀，今天一天肚子都是空的。看到大孙子，喊成了儿子。看到小孙子，突然问：“你是哪家的孩子？这是谁家的屋呀？”搞得他们莫名其妙，哭笑不得。

老李变成了她的跟屁虫，甩都甩不掉。苏美莲试过几次，一个人偷偷地溜出去，但都失败了，每次老李总能嗅到她的气味，把她领回来。苏美莲就放弃了她想要的自由，也渐渐习惯了老李像块狗皮膏药黏在她身上。无事的时候，苏美莲总用奇奇怪怪的神情打量着这屋子，好像这屋子是迷宫，神秘得很，又好像自己是个天外来客。

## 2

春凤突然做出了一个重大决定，她在亲人群里丢下一句“等着瞧吧，你们不腾好房子，我月底就和镜生办理离婚手续”。刚刚还在群里闹嚷的兄弟姊妹马上安静了下来，好像一群正在高分贝嘶吼的河马，突然间被人施了魔法，乖乖地闭住鼻孔，潜入河底歇气去了。他们知道春凤的阴阳脾气，果真离了，那还得了呢！留下两个儿子，还不把镜生急得跳了河？

掰起指头一算，镜生离开老家快二十年了，一直在麓城打工。他的两个儿子和老人留守在老屋。镜生上面有两个姐姐，他是老幺。大姐镜花经历坎坷，婚姻失败，快五十岁的人了，还没个可以落巢的窝，她的全部家当和行李还堆放在镜生修的新屋里头。

镜生修的这栋三层楼的新屋，又有一本经络。这修屋的地基是二姐镜茜买下来的，给了镜生。当然也不能白给，镜茜跟老公一鸣商量，就提了个条件：三楼的居住权归他们，他们在有生之年可以居住和任意支配。镜生和春凤也都同意了。新屋修好后，实际上镜茜也没有特意去住过，只是逢年过节回来看望父母时，临时住一两天。这样一来，三楼基本上没有人住，空荡荡的。苏美莲和老李想着镜花流落在外，房子空着也是空着，就跟镜生和镜茜商量，让镜花回家时住一住，暂时给她放一放行李家当，毕竟总那么拖来拖去的，也不是个办法。姐弟几个血肉相连的，当然没得话说。为防万一，镜茜也跟春凤打了招呼。镜花就把行李家当放在了三楼。逢年过节回家看望父母时，她就和镜茜一家子住在三楼。大家聚在一起也就过年的那几天，没出正月十五就又各奔东西，各自忙生活去了，倒也相安无事。

新屋修好后的第二年，镜生的小儿子还在上小学，大儿子也快要高考了。镜生在外面挣钱养家，两个孩子总由老人带着，都变得生疏了。很快，大儿子上了大学，到了大三暑假又谈了个女朋友。春凤和镜生自然是喜上眉梢，眼见大儿子已经长大成人，又在谈恋爱，自然要想得长远些。

春凤在群里发完话，镜生又要大家一起帮忙做老头子的工作，要两个老人搬到老屋去住，他回来后就要和春凤住到三楼。这个亲人群是镜生临时组建的。镜生想，大家都天南海北的，为一点儿毛毛雨的事情就要长途奔波也不划算，各家有事就在群里议一议，拿个具体意见就行了。

镜生一发话，大家心里翻滚了几个波浪，屁！不就是要把一楼腾空，提前给大儿子准备婚房吗？镜茜把情况反馈到了老李那边，老李听了也同意搬到老屋去，说孙子要结婚，总归是件喜事。但是，他提出两个条件，一是等到孙子快要结婚时再搬不迟，二是要镜生把老屋修葺一下。一鸣心里的疙瘩却起来了，你儿子要结婚，我就得把三楼给你住了？以前竖屋时约定的话，难道就是一句空话、乖面子话？

这不，镜茜把老李的意见在群里一公布，就像在群里掷了枚炸弹，硝烟弥漫的。公说公有理，婆说婆有理，大家总说不到一个频道上。镜生是铁了心要达成他的愿望，说老李不马上搬的话，要镜花把她的东西搬走，他把屋给拆了，大家都不要住了。镜茜的火气也上来了。她想，就这屁大点儿的事，还拿离婚、拆屋来要挟，这到底是亲人还是仇人？简直是不成体统！她越想越气，就在群里发出一句："你们要拆屋，要离婚，都是你们自己的事情，随便你们！"

谁也没料到，春凤真的喊来了两辆大卡车把家里的东西都装车拉走了，还把搬家的视频发给了镜生。镜生把视频发到了亲人群里，镜花和镜茜两姊妹大跌眼镜，措手不及，数落着镜生的不是："父母都是七十多岁的老人了，黄土都快埋到脖子了，于心何忍呀？！在这个时候搬家，把个患病的老娘独自丢在屋里，简直是禽兽不如……"

## 3

苏美莲眼睁睁地看着春凤和小孙子钻进卡车，莫名地有点儿心慌。车子开走时，鸣了几声喇叭，把她吓了一跳。眼见两辆卡车卷尘而去，苏美莲还是没有反应过来，只是呆呆地望着。

突然，苏美莲一个激灵，好像想起了什么，转身望向空荡荡的屋子。她隐隐约约记起，刚刚小孙子还在身旁来着，自己还跟他说了些什么。可一下子，又糊涂了。心想，怎么转眼之间，这屋子就只剩下个空壳了？这家里的人呢？都到哪里去了？卡车转了个弯，哧溜一下，泥鳅一样滑没了。苏美莲瘫坐在门前的竹椅里，望着偌大的空荡荡的屋子，只觉得眼角有虫子在爬，痒酥酥的。用手一擦，是湿的。“平白无故的，你哭个什么呢？”苏美莲自言自语着。然后又咧开嘴巴笑了起来，露出一口快要掉光的牙齿。

门前有一群蚂蚁来来去去，就跟一个团结协作的搬家公司似的。苏美莲看到一群蚂蚁抬着一只蚂蚱的尸体行进，乍一看，还以为是蚂蚱自己走呢。蚂蚁们小小的身子藏在蚂蚱庞大的身躯下，浩浩荡荡地行进。另外几只蚂蚁穿行在它们的队伍周围，随时替补进抬行的队伍里去，换一些累了的蚂蚁出来休息。那些游走在边上的蚂蚁，过不多久，就又钻进抬行的队伍，又换几只蚂蚁出来休息。如此反复轮流，丝毫不影响它们的行军速度。眼见蚂蚁的队伍远去，苏美莲突然朝屋里喊了一声大孙子的名字。她猛然想起，大孙子最喜欢看蚂蚁搬家了。他每次都用根小棍子把蚂蚁们抬的东西撬翻，蚂蚁们不得不重整旗鼓，忙忙碌碌地找到自己的位置，重新开始前进。苏美莲喊了几声，不见有人应，正在纳闷儿，脑海里又有一道光闪过，大孙子读大学去了，在省城读呢，是苏美莲从来没有去过的大城市。苏美莲满脸的自豪油然而生。“是的，”老头子说，“总算熬出头了，以后就能享福了呢。”

## 4

苏美莲眯缝着双眼，她的记忆又跳到了二十年前。那人，那老屋，那场景，都是如此真切，仿佛一切都还在昨天。

那个时候，大孙子还在春凤高高隆起的肚子里。换在别个媳妇身上，怀孕生子是件多么平常的事情，可在苏美莲家里就非同一般了，因为他们李家已经是三代单传了。苏美莲也是先开花后结果，前面生了两朵花，后面才生下了镜生，这胜利的果实来得跟做梦似的，所以取名“镜生”。

看到儿媳妇高高隆起的肚皮，苏美莲心里那个喜呀，像是灌了蜂糖，小蜜蜂进进出出的，就没有要停歇的意思。厨房里头的砧板一天三餐都剁得咚咚响，听得隔壁邻居以为他们家天天有喜事要办。别的不说，苏美莲的厨艺在方圆十里的湾塘村可是远近有名的。里里外外的卫生，菜地里的活儿，老李全包了。这不，自从春凤嫁进李家，手就没有弄湿过，真是快活赛神仙呀。有时春凤回了娘屋，或是回家晚了，苏美莲雷打不动地把好菜都给她留着，温在厨房的灶上，春凤不管多晚到屋，都能吃到热饭热菜。这下春凤有了身孕，自然享受高上加尖的待遇了。

可春凤动不动就不高兴了，她的不高兴，全摆在脸上，摔在手中。这不高兴，全无来由，得看春凤当时的心情。她高兴了，就喊声“姆妈”；不高兴了，脸就结冰了，不管谁喊，都不理不睬。进进出出，门摔得山响，震得苏美莲脑袋嗡嗡的。苏美莲跟老李嘀咕一阵，翻了几遍老皇历，谁也没有总结出个所以然来。每次春凤的面孔一冷下来，家里就提前进入了打霜期，苏美莲和老李都冷到骨头缝里去了，只得闷头做事，轻手轻脚地，生怕触到了雷。久了，才晓得点儿筝筝，原来是跟镜生闹情绪了，眉毛不顺，眼睛看到哪里，哪里就能起火。

日子过得久了，春凤脸上的晴雨表，苏美莲也把握到些规律了，晓得春凤的脸一旦阴沉下来，就要连绵很久，像梅雨季节的雨水。苏美莲也全由着她去，心想，年轻人嘛，还没有经历过风浪，都有个成长的过程。这婆媳相处，也是有本经的。时代不同了，人也得跟着时代走。管他呢，都是一家子，到头来，还不是碗里的掉到锅里，锅里的盛到碗里。这不，儿媳妇马上要生产了，这心头盼的还不是她肚子里的宝呀。

很快，春凤就现宝了，果然是个带把儿的！李家的香火是续上了，这里头的荣耀，春凤当然是懂得的。坐月子，更是她要登峰造极享受的过程。只要苏美莲来到床边，想要抱抱孙子，春凤就侧身不理她，好像婆婆有麻风病。那种不耐烦，那种冷漠，都让苏美莲近不得身。苏美莲也不好总是去碰壁，只得全力做好后勤。她使出浑身解数，十八般武艺轮番上阵，可就是不能如春凤的意，菜做得不是咸了，就是淡了，不是焖炖火候不够，就是鲜味不足。镜生一个电话接一个电话地打回来，苏美莲连声答应着："儿子呀，放心吧，就是自己不吃不喝，也不能让孙子喝不饱奶水。"这不，每天吃什么菜，苏美莲都要先跟春凤打个商量，不敢擅自做主，忙得像只辛勤的蜜蜂。不过，还好，苏美莲是只累并快乐着的蜜蜂。不管春凤怎样发号施令，苏美莲都是连连点头，不停地总结经验教训，菜品自然是花样百出。只要春凤能多吃点儿，无论怎样折腾，她都是笑呵呵地问"好吃吗？奶水够不够？"不管春凤怎么摆谱摆脸色，苏美莲都不往心里去，一张嘴巴就没有合拢过，好像天生就是个弥勒菩萨。苏美莲觉得，春凤多吃一口菜，多喝一口汤，她的宝贝孙子就可以多喝一口奶。老李自然是唯苏美莲马首是瞻。一家子吃饭，老李从来没有先端起过饭碗，他总是在一家人都放下了筷子，才一扫剩下的汤汤水水，来个光盘行动。这习惯是几十年如一日。看着苏美莲每天忙得不亦乐乎，老李当然也不甘示弱，把每天的柴一捆一捆地劈着，开水一桶接一桶地烧着，孙子的棉布尿片烫了又烫，说是开水煮的可以消毒。院子里新扯了几根粗尼龙绳，从这头到那头，绕了好几圈，到处晾晒着棉布尿片，花花绿绿的，如旗帜一般迎风招展。一逢上雨天，老李就更忙乎了，生几个炉子，把尿片一块块地烘干，叠得整整齐齐的放在床头。苏美莲除了每天趁给孙子喂点儿红糖水和温开水、换尿片时抱抱孙子，其他时候就不得碰了。

转眼，一个星期过去了。苏美莲听着孙子的哭声有点儿不对劲，一天比一天微弱起来。就跑去问春凤，有没有给他喂饱奶水。春凤开始不吭声，后来就说奶水够他吃的。苏美莲心里寻思着，孙子这哭声不对呀，听着就是中气不足，有气无力的，是身体有毛病，还是没有吃饱，没有力气哭？想来想去都没有想通。

到了第九天的时候，苏美莲听着孙子的哭声极沙哑，低沉，短暂，见人也瘦得像只毛猴，一横心，不管不顾地把孙子从被窝儿里抱出来。仔细地检查了个遍，却没有发现什么不对劲的，只是人比刚出生时瘦了一大圈，像只毛茸茸的大老鼠。她又伸手摸了下春凤的奶，干瘪瘪的，心里一惊，原来春凤的奶水根本就供不上！

苏美莲什么都顾不上了，用条毯子包了孙子，就火急火燎地冲出去了。天下着蒙蒙细雨，刮着风，冷飕飕的。苏美莲一手撑伞，一手抱着孙子，去了一个老中医的诊所。老中医把了下脉，又解开孙子的衣襟，把听诊器放在他的心脏部位仔细去听。老中医问了下情况，说：“怎么不早点儿带来看看？我给他开点儿太子开胃吧，你们先冲点儿给他喝。如他能喝进去，看情况再慢慢添点儿牛奶、米糊。”

看完病后，苏美莲抱着孙子赶忙回去，先是冲了包太子开胃，用小调羹喂给孙子。可是，一撬开嘴巴喂进去，又全部流了出来，孙子根本不往下咽，整个人软塌塌的。春风看着这个情景，似乎也吓坏了，话也不敢高声说了，晚上也不敢睡了。于是，苏美莲一边伺候春风坐月子，一边带着孙子睡觉。

夜里为了保暖，苏美莲要老李一天烧一大壶开水，用六个玻璃盐水瓶装着，放在孙子的周围。盐水瓶一冷，就要老李再装刚烧的热水。如此轮流反复，孙子身边始终像有个暖气箱，他的手脚也就没有那么冰凉了。苏美莲和老李几乎日夜不眠，轮流守护。几天后，孙子喝太子开胃居然可以不用筷子撬嘴巴了，调羹一送到嘴巴，他就喝得呼呼响，居然一口气喝了一大杯！苏美莲高兴坏了，赶紧推醒老李。老李也高兴。苏美莲说："明天可以给他添点儿牛奶喝了。"又过了几天，孙子可以喝牛奶、喝米糊了，气色也好了起来。

苏美莲的厨娘称号也是名不虚传的。她每天晚上要老李准备一个擂钵，浸泡上一把豆子、一把白米。孙子晚上饿了，老李就起床把豆子和白米杵成浆，再烧开，添上牛奶粉，一起冲好喂给他。每天晚上要起来三次，喂三次。每次泡的豆子和米都是现杵现烧的，又新鲜，又有营养。孙子的哭声嘹亮起来，身体也跟吹气球一样变得结实有力了，脸上的绒毛褪了下去，脸色也红润起来。苏美莲终于舒了一口气。

春风生了孩子不到两个月，镜生一个电话，就喊她过去双宿双飞了。孩子生下来几天本来就是苏美莲两口子带着，春风在家闲着也是闲着，年轻人要在一起，苏美莲是极力支持的。

大孙子被苏美莲两口子带到了十八岁，长成了快一米八的小伙子。老两口儿又帮儿子修好了新屋，春风也正式落了屋。如今，眼看着日子越过越好了，媳妇怎么就搬走了呢？苏美莲很不理解。

蚂蚁队伍在苏美莲的眼前慢慢远去，她的心猛地抽紧了。她转身望着空荡荡的屋子，喊着镜生，又喊老李，接着喊两个孙子。屋里空空的，没有应答。

苏美莲身子一抖，突然感到非常害怕。“不行，我得去找他，我一定要把他找回来。”苏美莲站了起来，嘴巴里喃喃地自语着，向着卡车开走的方向走去。

## 5

老李正在忙碌，突然接到了镜花的电话，说要他赶快回家，春凤把家里的东西都搬走了，只剩苏美莲一个人在屋。

这消息给了老李当头一棒，他脸都绿了，差点儿晕倒在地。

老李一边火急火燎地往家里赶，一边想着镜生小时候的事。

那时候，镜生生下来没多久，苏美莲就没有了奶水。听说武冈城里有打奶器卖，老李天还没亮就从家里出发了。那个时候没有班车，去哪里全凭一双脚。从家里到武冈城里，老李来回要走一百多里路。

老李兴冲冲地买了打奶器，往回赶的时候已经天黑了。天幕一刷黑，大地和村庄就都安睡了。他经过零零散散有几户人家的村落时还能看到灯火，听到狗吠。但当路过乱葬岗时，真就没有一丝丝的动静了，坟山上磷火点点，周围伸手不见五指。恍惚中，有一只只绿色的眼睛包围着他。那个时候听上了年岁的老人说起乱葬岗，没有谁不毛骨悚然的。据说挨得近的住户夜夜都能听见哀戚的哭泣声，晚上睡觉都把门窗关得死死的，谁都不敢出门。有人路过此地时，不是遇见鬼打墙，一晚上走不出来，就是回家后大病一场。且不说真假，整个湾塘村的人为了保自身平安，谁也不敢去冒这个险，谁也不敢在晚上路过乱葬岗。老李本来也是胆小的人，但为了孩子能吃上奶，他也是豁出命来了。没有办法，要回去，乱葬岗是必经之地，没有其他的路可走。得连夜赶回去呀，孩子还等着吃奶呢。老李硬着头皮赶路，整个人都是麻酥酥的。心里念着老人的话："额前自有三把火，保魂魄，保冈山，保躯壳；不看后面，不听魅声，不想鬼事。"老李的两只脚板都跑得麻木了，全身衣裳被汗水浸透，终于走出了乱葬岗。事后回想，他说他自己都不知道是怎么跑出乱葬岗的。

镜生再大些的时候，苏美莲就要出门做事了，一家子几张嘴巴要吃饭，开不得玩笑的。镜花就把镜生天天背在背上。镜生一哭，镜花就像个大人一样摇呀摇的。镜茜拿根红辣椒糖逗镜生，放在自己的嘴巴给他舔。有了甜味，镜生就咿咿呀呀的，不哭了。两姊妹自己流着口水，用一根辣椒糖哄镜生睡，哄镜生笑，哄镜生开口喊姐姐，就是不敢自己舔一口。三姐弟，隔两岁一个，大姐镜花也就大镜生四岁，二姐大他两岁，都还是孩子。但她们都知道，父亲有好吃的只留给弟弟吃，说他小些，又是个男儿身，需要的营养要多些。两个姐姐也挺听话，从不会跟弟弟去比什么，有好吃好喝的都让给他。有次，镜花背着镜生在水渠边玩，不小心把他掉到了水沟里，呛了几口水。旁边有人，把镜生捞了上来。老李知道了，心疼儿子，顺手拿把锄头，用柄敲在镜花的后脑勺上，幸亏下手不重，不然还真就脑袋开花了。苏美莲见了，生气地说："姐姐带弟弟还要被打，那还要他这个弟弟干什么？一个打死，一个干脆摔死算了。"说着顺手就把抱在怀里的镜生放到地上。老李见了，差点儿和苏美莲厮打起来，还好被旁人劝开了。

想起这些辛酸的往事，老李的眼泪就出来了。他一边跑路，一边开骂："镜生呀，你果真做得出来呀！想当初，你娘生下了你，老子是头扎红巾，腰捆红布，在整个湾塘村敲锣打鼓唱了三天大戏呀。不晓得你就是这么个种呀！我前世做了什么孽，生了你这个报应？你个剁脑壳的镜生，我们把你当个宝，你把我们当根草呀。如今你娘病了，吃饭穿衣都要人照顾了，医生说这个病只能靠养，还没有特效药能治好，要是跟糖尿病并发的话，随时会有生命危险。你就这么忍心丢下我们了呀？自从分家后，春风整整半年没有喊过你娘，你娘心里想不通呀。我们的要求也不高，就想听到家里有人喊，有人问，这才有人味嘛……"

老李脚下要赶路，嘴巴里唠叨了一长串，一把鼻涕一把泪的，风把他的头发吹得东倒西歪，像把干稻草。骂了一阵，又无心去骂了。他现在最担心的是苏美莲一个人走出屋，要是走丢了，到哪里去找呀！

## 6

镜花呢，一个接一个电话地打给镜茜，不停地问："这个月底春风真的会跟镜生离婚吗？"她知道春风之所以放出这样的狠话，在家里与父母冷脸相对，有一部分原因也是她。镜花说："我的行李家当占用了三楼的主卧套间，是父母做的主。春风说要把二楼腾出来给大儿子住，她和镜生要住到三楼去，这不是明摆着要我把行李搬走吗？想着我的家当不知道又要挪到哪里去，也是五心不做主。"镜茜一边担心着父母，一边安慰着镜花："他们也只是说说气头上的话，作不得数。每次一吵嘴，就说要离婚，都说成习惯了，哪次离成了？说得轻巧，两个儿子在呢，哪儿是说离就能离的？”

“可是，这一次，应该是当真的了。你看，春凤真就搬家了。”

“她想搬就搬，等想明白了，还得搬回来，何必呢？一家子为个鸟事，搞得乌烟瘴气的。”镜茜叹了口气说。

“要是她真就不回来了呢？”

“哪儿能呢？镜生也不会由着她胡来吧。”

“镜生这个妻管严毛病，你还没看出来呀，严重得很。春凤放个屁，他闻起来都是香的。”

“他也难吧，得夹起尾巴做人。”

“你看春凤说搬走就搬走了，他非但不制止，还发群里唱高调，真是脑袋被驴踢了。唉，妇唱夫随，真的是人的心——海底针呀。”

“难道……”

“还是因为老娘得了那个阿尔茨什么病，怕担责任？”

“海默病。这病难治，记忆紊乱，大脑不晓得哪个时候就短路了。”

“这病要是严重了，也还是我们三姐弟轮流来管。再说了，两个老人吃穿都是花自个儿的钱，还用省下来的钱管两个孙子的零用开销和家用贴补，她也没吃半点儿亏呀，怎就这样咄咄逼人的？”

“这世上的人有千千万万种，怎就不学个好的呢！”

“不晓得，猜不透。”

两姊妹你一句我一句地嘀咕了一阵子，也没有总结出个子丑寅卯来。

## 7

一鸣也不是那么好说话的。都说男主外，女主内，一鸣偏偏就喜欢掺和内务，之前因为镜茜这头顾着弟弟，那头护着姐姐，跟镜茜吵过多次混账架。老话说亲兄弟，明算账，可这次镜茜事先没有跟他商量，就在群里表态答应让春凤他们住到三楼去，一鸣心里极为不爽。一鸣觉得对岳父岳母，他做得够多了。

这次回家，一鸣给老李买了个智能手机，还给苏美莲买了只定位手表，手表绑定了他和镜茜的手机，这样就不怕她走丢了。

一鸣进到屋里，就看到老李正黯然神伤，苏美莲躺在床上，还在睡觉。他拿出手机来，教老李使用。老李摸索了半天，终于懂得了一些皮毛，很是高兴，当场就给镜花和镜茜打了视频电话。苏美莲也被闹醒了，她出来后跟着乐了一阵。

一鸣的到来让他们热闹了一下。可很快，那些兴奋的光芒就在他们的眼睛里消散了。等一鸣弄好饭菜端出来，苏美莲突然问："这屋里的人呢？他们都到哪里去了？我怎么找也找不到小孙子了。"

老李跟一鸣说："你给他们打个电话吧，我们想小孙子了，跟他视频一下也好。"一鸣望着两个茫然无措的老人，心里有些落寞。这才隔了一天，他们就开始想孙子了，那这以后的日子他们该怎么过呀？

就在他们说话的当儿，苏美莲一个人摸着楼梯上三楼去了。她望着空洞洞的屋子，边走边想："是这屋子太大了吗？还是老屋好呀，一家子挤在一起，热热闹闹的，多好。这屋子宽敞了，也不是件好事，人齐心不齐呀。都把我这个老婆子当作懵懂鬼，以为我老糊涂了，我心里亮堂着呢。都是我生的崽女，谁是个什么心思，我这当娘的心里一清二楚。”苏美莲想着想着，不由自主地呼喊着小孙子的名字，盼着他能从哪个旮旯里钻出来，露出那个调皮的小脑袋。可是屋里空空的，什么也望不到。苏美莲就打开了镜花放行李的那间卧室，摸着床上堆放着的白花花的棉絮，阳光从窗台照进来，晃着一道道翻滚着浮尘的金色光芒……

## 8

春凤搬了出去，这日子还得往下过呀。老李时常眼巴巴地看着小孙子跟其他小孩子在一起玩，喊小孙子进屋来跟他说说话，可小孙子就是不肯。有时候小孙子在屋对面的邻居家里玩，也绝不把脚伸进这边来。老李没有办法，只得眼巴巴地望着小孙子一阵风一样来来去去。

时间久了，老李就摸着规律了，小孙子每周三和周五的下午会到这边来跟小伙伴玩，或是在别人家里打乒乓球。周五这天，老李就买了只鸡宰了，炖了一大锅，香喷喷的。瞅着小孙子过来了，老李把那两只大大的香喷喷的鸡腿盛到碗里，招呼他过来吃。小孙子看着那两只油滋滋的鸡腿，刚要伸手去接，手都快要挨着碗了，又缩了回去，好似那碗上有刺一样。老李赶紧说：“快趁热吃，吃完了再去玩。”

小孙子摇摇头，说：“我还是不吃了，要让我妈晓得了，我的屁股就要开花了。”

“她敢？你是我和你奶奶一手带大的，要打还轮不到她。”老李笑呵呵地给小孙子壮胆。小孙子也呵呵地傻笑一下，但还是不敢接。

老李又说：“傻孩子，你吃了，我也不会告诉你妈呀，她不会晓得的，放心吃。”小孙子还是摇摇头，用手摸摸屁股走了。

老李一脸沮丧地望着小孙子走远，眼泪都溢出来了。他想，这儿子、孙子都随了媳妇的姓了，可如何是好？苏美莲走出来，望着小孙子的背影说：“你在跟谁说话呢？这孩子是谁家的，怎么这么面熟呢？”老李瞪了苏美莲一眼，端着碗悻悻地进屋了。

老李进屋拿出手机拨了大孙子的电话，大孙子没接，等半小时再拨过去，还是没接。咦，这下出了鬼怪了，以前拨过去就接了的，今天是怎么了？老李不甘心，一直打过去，每隔半个小时拨一次。直到晚上9点，大孙子终于接了电话。他跟老李说：“爷爷，以后你不要老是打我的电话了，跟我说这些家务事没用，我家大小事情都是我妈说了算，我爸说话都没有用。”说完就把电话给挂了。老李一肚子话还没来得及吐出来呢。老李发了一会儿呆，就搀起在椅子上打瞌睡的苏美莲，回房里睡觉去了。

第二天，老李就给镜茜打电话，说一楼的客厅太大了，空荡荡的，要她在网上买张乒乓球桌，寄到家里来。镜茜惊讶地说：

“老爸呀，你还能打乒乓球呀？你这么大年纪了，要是为接个球摔跤了，谁来负责呀？再说了，谁敢跟你打球呀？”

老李说：“不是我打，是小孙子喜欢打乒乓球。自己家里有了球桌，他就会喊伙伴到自己家里来打球了，我就能看到他，跟他说说话了。”说着就把昨天的事告诉了镜茜。

镜茜想了想，说：“老爸，我知道你是想孙子了，但他说的也是实话，小孩子怕挨揍。这球桌我要是买了，到时还会害得你小孙子经常挨揍，何必呢？”

老李说：“家里这么大的房子，没有小孩子在家里闹闹屋场，怪冷清的。”

镜茜说：“我知道你舍不得孙子，之所以提出那两个条件，也是不想这么快搬去老屋，想跟孙子多待段时间。”

“还是你懂你老爸的心思。真的是儿大不由娘呀，镜生只会跟着春风的屁股转，好像他是孙悟空，是从石头缝里蹦出来的。”

“你也不要太心慈了，都是大了的崽女了，给他们一段时间好好地冷静一下吧，等他们想通了，就会搬回来了。”镜茜只得安慰着老李。

## 9

时间不紧不慢地过去，转眼就快一年了。春风当然也不会闲着，她要料理家务，还要看管小儿子。这一年她过得也很是艰难，要承担房租、水电的费用。以前这一切琐碎都不用她来操心，现在都是她要应对的生活了。

镜生回来过一次，跟老李面对面地交谈。他说老李根本不是个父亲，太自私自利了，只考虑自己，根本不考虑孙子的利益。再这样固执下去，他以后再也不会回来了，就是老李死了，也不会回来见他。老李气得嘴唇都发紫了，说：“不回来就不回来，就当我从来没有生过这个儿子！”镜生彻底爆发，把一楼的东西都摔了。苏美莲吓得躲到厕所里放声大哭，一边哭一边大喊“作孽呀，我怎么生了这么个报应呀？”镜生疯狂的举动激活了她的神经，她突然变得无比清醒，她知道发生了什么。

镜生头也不回地走了。镜生走时的身影在老李和苏美莲的心里打下了烙印，他们在望眼欲穿的日子里愈加苍老了。每到周末，老李再没有信心去外面张望了，他知道春凤不可能回来了，孙子也不会回来了。十天半月的，只有镜茜和一鸣来看看他们，给他们做做饭菜，陪他们说说话。以前一大家子团团圆圆、和和美美的日子再也看不到了。苏美莲每天拿张凳子，坐在门口，望着路上行色匆匆的行人，露出菩萨一样的笑容，嘴巴里面喃喃自语着："家和万事兴，家和万事兴……"老李的身体每况愈下，经常晕倒在地，已经住院两次，每次都是镜茜和一鸣在他身边照料，镜生和春凤都懒得问了。

这次老李又住院了，必须做手术。手术是镜茜签的字。当时打了镜生和春凤的电话，他们都没有来看看老李。手术后需要二十四小时看护七天，镜茜和一鸣两人轮流来照顾。一鸣的脸色越来越难看，他在照顾老李的时候几乎不开口说话。老李隐隐觉出情况不对了。手术后的几天里，一鸣晚上照顾，镜茜早上接手，两人怪怪的，见面都不说话，形同陌路。这让老李心口上像压了块石头，怎么躺着都觉得不舒服。有次，一鸣刚买了早餐送来，镜茜又从家里带了早餐。一鸣见了，二话不说，就把他那份倒到垃圾桶去了。等一鸣走了，老李就问镜茜："你们两个是怎么了？"镜茜说："没事，不要瞎想，好好养病吧。"等晚上一鸣来了，老李又问："你们两个是有什么事情吗？"一鸣说："镜茜没跟你说吗？"老李说："要是她说了，我还来问你？"一鸣低头不语，拿出手机玩。老李又说："你倒是说说呀。"一鸣望了下老李，淡淡地说了句："不用问，你心里应该是知道的，就是要问，你还是去问你女儿吧。"

## 10

老李出院后，心里又多了件心事。

这天，镜茜一个人开车回娘家了。老李心里一惊，问道：“一鸣呢？怎么不一起回来？”

镜茜说：“干吗非要一起回来呀？”

老李说：“你也不要再瞒着我了，你们结婚以来，每次回娘家，从来都是两人一起回来的。这次一个人回来，肯定是有事了。你要再不说实话，以后也别回来了。”

镜茜本就眼睛红红的，经老李这么一说，眼泪就流出来了。

老李说：“婚姻大事非儿戏呀，你也是这么大的人了，孩子都成年了，为这样的事情牺牲自己的家庭，不值得呀。”

“唉，强扭的瓜不甜。”

“我们不能怪他。”

“镜花自保都难。镜生是铁了心要跟我斗争到底，九头牛都拉不回来了。”

“只有你们两口子尽到了义务。”

“可是，作为子女，要是我们都这样去推卸责任，都说是三个人的父母，责任要三个人来平摊，生怕自己吃了亏，那父母怎么办？”

老李听了，一时语塞。

镜茜把眼泪一擦，故作轻松地笑笑，说：“爸，就是他们都不要你们，还有我呢，你就安心养病吧。这么大的年纪了，多想想开心的事情，保重好身体，就是天要塌了，你也不要管它，有人去顶呢……”

苏美莲在客厅听着他们的对话，好像又想起了什么。她起身走到楼梯口，抬头望着三楼，然后就一个人扶着楼梯，慢慢地走上去了。

到了三楼，苏美莲推开了镜花放行李的那间主卧，在房间里静静地望了许久。她隐约想起了春风就在这个房间里跟她说过什么。想呀，想呀，搜肠刮肚的，仿佛身处遥远的天边。就在神思飘摇之际，她的脑海里突然清晰地冒出春风的话："这屋里，到底谁是女主人？到底是谁来掌家呢？"苏美莲又想起了春风搬家的时候望着她的神情，想起小孙子摇头的表情，想起那车子哧溜一下，转个弯就不见了。

苏美莲心里一痛，想要喊老李上来，可脑袋里突然又空荡荡的了，刚刚春风清晰在耳的话，也都消散不见了。她张开嘴巴，忘记了是要喊谁，想要做什么。

一转身，苏美莲看到了穿衣镜里有一个白发苍苍的老妇人。"你是谁呀？老不死的，老怪物，怎么住在我屋里？是一直住在这里的吗？"苏美莲被镜子里的人吓住了，她凄厉地叫了一声，叫的竟是自己的名字。

（原载《延河》2023年第9期）

# 落日之间

## 1

黄明远清楚地记得那个黄昏。天上的霞光万丈，一轮红日远远地落在地平线上。大地像张巨大的温床，田野的庄稼，村庄的炊烟，暮归的水牛……都被镀上了柔和的暖色。真美呀，多么宁静祥和的一个黄昏!

可是老曹却在这个美得一塌糊涂的黄昏走了。爆炸声中，那四散迸溅的红色逼退了那轮摇摇晃晃的落日。就那么一瞬，好似被老曹的身体冲上半空的力道一推，那轮落日就滚没了。一声巨响过后，大地就沉寂了，连虫子都不叫了。几个工友在隧道口的山坡后面隐蔽着，傻傻地看着。这群刚刚二十出头的毛头青年被震蒙了，没有发出任何声响。还是黄明远第一个反应过来，他看到老曹的肢体破碎散架，双腿全无，只剩下半截儿身子躺在血泊中，大喊了一声“老曹！”

老曹再也听不见了。本来可以让年轻人去的，但这是这段工程最后一段隧道了，他又是班长，怕这些“新兵蛋子”没有经验，就全部包揽了。这是他自己的选择。这群年轻人慢慢地取下头盔，垂立默哀。黄明远走过去，抖着手，帮老曹合上那双瞪得圆圆的眼睛。都怪那枚该死的哑炮！可老曹是点炮高手呀，六枚哑炮，他已经处理了五枚。当时，黄明远看到老曹点了第五枚哑炮后，脸色酱紫，脚步凌乱，身子虚飘飘的，已经明显体力不支了。那一刻，黄明远突然觉得老曹老了，体力大不如前。他很想喊住老曹，换个人去，让他休息一下。可转念一想，还是算了，老曹经验丰富，轻车熟路，只有最后一枚了，应该也不会有事。没想到，就是几分钟的工夫，这最后一枚哑炮竟然就爆炸了，老曹偏偏把命交付在了这里。

那段时间，连续几个晚上，黄明远都被噩梦惊醒。其中有一个晚上，他梦见他在隧道里面打孔，石头一块块掉下来，砸在他的脑袋上。他躲着散落的石头，有几块没有躲开，生生地砸在脑门上。他听到当当的声响，好像石头砸在铁锅上一样，响声清脆而悦耳。正当他端着钻头打得更深的时候，可怕的事情发生了，上面的砂石猛烈地砸下来，连着土块一起掉，整个涵洞都开始溃塌，洞里的电石灯也爆炸了。顿时，一片漆黑。黄明远感觉自己正在被涌来的砂石活埋，身体被泥土砂石挤在里面，胸口憋闷，呼吸也开始困难，喘不过气来。

“难道我就要这样死了吗？不！萌萌，快来救我呀！”黄明远大叫一声，醒了过来。他紧张地四下看看，发现自己不在隧道里面，而是睡在宿舍里，头上脸上满是滚滚而下的汗珠子。黄明远用衣袖擦了擦，翻了个身，迷瞪了一会儿，又沉沉睡去。

这晚的下半夜，黄明远的梦里又出现各种不同的场景，像是拍电影一样，场景切换很快。老曹的影子刚刚飘过去，似乎还回头对他憨憨地笑了一下。突然之间，梦里又冒出了萌萌那张俊秀的脸蛋，长长的辫子晃来晃去。她穿着一身贴身的格子花纹的旗袍，清秀可人。黄明远欢喜得不得了，正要喊她，可是那种沉闷的窒息感又出现了。他却顾不了许多，心里想着，萌萌，你就别再逃开了，你干吗总是要躲开我呢？我就那么让你讨厌吗？这时，张筱雅突然风风火火地赶来了，一把抓起他的胳膊，发出爽朗的笑声，叫着："黄明远，你叫我好找呀，回去好好地闭门思过，一个礼拜不准出来！"黄明远肚子里正憋着一团火，还没来得及燃烧，就被张筱雅的这句话给熄灭了。他心里一惊，天哪！叫他一个礼拜待在那间又黑又闷的屋子里，还不如叫他死了算了。于是，他用力挣扎，猛地睁开眼睛，才发现自己又是在做梦。黄明远很重地甩了甩头，脑袋乱纷纷、晕沉沉的，好不烦人……

不知不觉，就是深秋了，田野里发酵着香甜的味道。要是平时，黄明远一定会约萌萌去看日落。萌萌喜欢看斜阳挂在树梢上的样子，那时她的脸庞也是红红的，像喝醉了酒。在这种甜得发腻的味道中，两人常常依偎在一起，静静的，什么都不说。绿油油的蚂蚱蹦来跳去，蛐蛐振动翅膀，发出唧唧的伴奏声。等太阳快要沉下去时，他们就起身拍拍尘土，手牵着手，披着霞光归去。萌萌说，落日那一瞬间的跳跃和光亮，绝艳、凄楚、决然！

可黄明远已经不是以前的黄明远了，他再也没有心思约萌萌一起看落日了。

黄明远感觉自己正一天天地、快速地衰老下去。

## 2

突然之间，张筱雅就像空气一样消失了。黄明远已经有一段时间不见她的踪影，也不知道她忙什么去了，心里感到一阵怅然。

萌萌离开铁四局后，每天陪黄明远去郊外林子里散步的就变成了张筱雅。只要黄明远出现在工地后面的田野，张筱雅就会坐在萌萌以前喜欢坐的那个田垄上望着他，然后甩一甩那一头活泼的短发，向他挥手。黄明远走到她的身边，矮下身去。他们把腿吊在田埂上，摇来晃去的。远处山坳坳的夕阳渐渐变小，变淡，又忽地不见了。好像地上滚着的铁环，突然被什么东西一推，就滚没了。这个时候，天完全暗下来。在夜色笼罩的空旷的田野上，张筱雅因为害怕，总要挽着黄明远的胳膊。时令已到冬至，田野一片寂寥，秋蝉早已销声匿迹，蛇已经进入了冬眠，田鼠灰麻绳一样的尾巴也日渐稀少，鼹鼠还在地洞里睡觉。黄明远不知道张筱雅在害怕什么，也许是这种景象太过凄凉吧。还有那种无形的辽阔，太空了，空得让人心慌。

晚上，黄明远刚躺在床上，萌萌的身影就出现了。在黄明远心里，萌萌浅浅的笑总是那么迷人，那条油光水滑的马尾辫，跟她精致的五官搭配得是那么和谐。此刻，他是多么希望能见到萌萌呀！当初刚听到萌萌也在这个工地上的消息时，他是那么激动，那么亢奋。不顾老曹和工友的劝阻，他毅然决然地向组织请求，跟着老曹带领的这支隧道施工队，千里迢迢地来到了这里。后脚前来的还有张筱雅和郭向东这两个跟屁虫，他们好像是不约而同地走到了一起。

张筱雅来后，小蜜蜂似的天天围着黄明远转。这就苦了郭向东了。他跟张筱雅是同一批进来的新工人，骨子里就觉得自己和张筱雅应该有更多的共同语言，要求一起进步更是理所当然的了。每次张筱雅跟黄明远散步回来，郭向东就会赶过来。郭向东也是有理由的，一批的工友呀，兄弟姐妹嘛，三不三的，总有些事情需要相互帮衬。郭向东很乖，乖得知道什么话可以问，什么话不问。这是张筱雅喜欢他的地方。因此，郭向东去跟她借块肥皂什么的，总不会空着手回去。第二天，郭向东就又来还肥皂了……

黄明远就是想不明白，怎么这段时间张筱雅也变得反常了。平常天天围在身边转的人，竟然也不见了踪影。

黄明远有一个礼拜没有去工地了。他不想去，一去就会想起老曹血肉模糊的样子，晚上就又不得安宁了。对于黄明远来说，每个晚上就好比是面对一次新的死亡。因为他总会在梦中碰到各种施工险情，他也面临各种死法，有时是从悬崖上掉下去，有时是塌方活埋，有时是爆破时被炸得粉身碎骨，有时是在桥梁上施工时掉进滔滔的江水……最好的方式就是在白天睡觉了，白天难得做梦，要做也不会做那么恐怖的梦。

一个人百无聊赖的时候，黄明远就推开宿舍的窗户，让阳光照进来，晒在铺盖上，这样躺下去就有暖暖的味道了。此刻，他躺在床上看向窗外，天空蓝得像块幕布，白云轻纱一般飘忽着，像仙女肩上的披纱，隐约，丝滑，又有质感。他猛地呼吸一口空气，觉得异常香甜。他想起了家乡的味道，不是别的，是李子的味道，又酸又甜。家里阳台上养的菊花应该要开花了，母亲一定是天天照顾着，浇水，除草，捉虫，施肥。侍弄花草是黄明远母亲生活中的一部分，跟吃饭、睡觉一样。他母亲的书卷气也是很浓的。她常常倚在阳台上看书，看报，呼吸花草的芳香，时间久了，她也如一朵花一样美了。难怪黄明远父亲那么宠爱她，捧在手里怕飞了，含在嘴里怕化了。可他父亲在抗美援朝的战斗中牺牲了，他母亲这朵花也就枯萎了。黄明远格外地想念母亲，想念这个日渐枯萎的可怜的老人，她是黄明远在这个世界上唯一的亲人了。

可是，想念也解决不了问题。命令如山，这边的工程没有扫尾，就不能完全地撤离。

这天，黄明远躺在床上睡觉时，隐约听见几个新工友在嘀嘀咕咕地说着什么。他醒了，但还是闭着眼睛。一个说：

“前几天听说铁二局那边修路，也牺牲了几位同志，好像是隧道塌方，全部活埋在里面了，一个都没有出来，真的是太惨了！”

另外一个说：“这里的工作也太艰苦了，生活质量不好不说，不晓得啥时候命就没了。”

“可不是，我经常穿着雨靴做事，脚长期见不到阳光，都烂得见到骨头了。”

又有一个说：“嘿，听说戈壁滩那边的蚊子个子大，腿也长，10只蚊子就能炒一盘菜出来。那边的工作人员没有地方住，只能睡在帐篷里面，从早到晚被蚊子包饺子。有个同志把脚抓破了皮，出了血，又用破布去擦，结果得了败血症，听说没有治好。一个活生生的人居然被一只大蚊子夺去了生命。”

另外又有一个说：“那里的环境真不是人待的，活儿也不是人干的！”

大家议论纷纷，满腔的怨气，就像一群不需要冬眠的麻雀，不知疲倦地叽叽喳喳着。可让黄明远感到奇怪的是，他们说归说，怕归怕，却没有一个人提出要离开这里。他们从人类说到动物，从动物说到天气……他们边说边抖动床单上的灰尘，喧闹了一阵，就各自去睡了。

## 3

黄明远哪里会知道，这段时间张筱雅跟他一样不好过，心里早已乱成一团。

张筱雅收到了母亲寄来的加急信件，要她尽快办理好回家的手续。因为家里已经给她争取到了进市政府机关的名额。父亲也打了电话，非常威严地告诉她，锻炼她的时间已经结束，那不容置疑的语气，让她觉得这次是非回家不可了。

张筱雅犹豫了几天，不知道该怎么办才好。这一年多来，她与黄明远在一个工地做事，工作中，生活中，几多风雨，几多陪伴，让这个人已经完完全全地融入了她的生命。黄明远不是只有文弱书生的相貌，还是个心思细腻的男人，多次帮她处理脏活累活。有次她不小心把脚指头压伤了，还是黄明远背她回来的。黄明远帮她用酒精消毒，用活络油按摩，还讲笑话听，好让她忘记疲累和疼痛……记忆就像把刷子，可以刷掉一些发霉的腐朽痕迹，留下那些闪闪发光的东西。比如黄明远吃东西的时候喜欢看着她笑，那面庞是如此生动，每个器官都弥漫着欢喜。

黄明远到底有什么好，张筱雅还真是说不上来。无非是戴副眼镜，有一双充满忧郁的眼睛，几分书卷气打底，深沉又斯文。张筱雅就喜欢这样的类型。在她的眼里，黄明远很“男人”。她刚到五处时，就听到黄明远跟萌萌求婚的故事，简直是羡慕，嫉妒，只差恨不能了。只可惜黄明远的炮弹虽然打响了，但没有发射对地方。地方发射错误，当然就是枚哑炮了，或者是空炮，没有任何的作用力。萌萌不但不接受，还关起门来，躲了他几天，最后还跑到这么远的一线施工的工地上来了。张筱雅后悔，后悔没有早点儿去五处，若是赶在萌萌之前到，她就能接住这枚色彩缤纷的彩炮，她和黄明远的命运也会改写了。

张筱雅苦思冥想了几天，都没有想到更好的办法，但又不想就这样放弃。她想起父亲说的话：“人之所以来到这个世上，是因为人有自己的想法，有自己奋斗的目标。”是呀，无论结局如何，只有付出和争取过，才能不留遗憾。张筱雅这样想着，目光深邃地望向去黄明远宿舍的那条道路，那里拓满了她的脚印。可是，那条路一下子又变得那么漫长，仿佛要消磨掉她一辈子的时光。“张筱雅呀张筱雅，你这样值吗？他值得吗？”张筱雅喃喃自语着，无数次迈出门的脚，又无数次缩了回来。

张筱雅干脆一个人去野外看夕阳去了。她记得黄明远说过，萌萌是最喜欢看夕阳的，因为夕阳积攒着太阳一天中迸发而出的所有力量，散发的霞光凄然而绝美。张筱雅立在那个坡度上，望着太阳把最后的光亮敛去，变成一个圆圆的、没有色釉的柿饼。她突然蹲下身子，跌坐在草地上，扯了根粗壮的马根草，放在嘴巴里狠狠地嚼着，好像要把天上挂着的那个柿饼一并吃了才好。

“不！我绝不能做别人的替身，我一定要做我自己！”张筱雅突然发出一声大喊，把天边那个摇摇欲坠的、熟透了的太阳柿饼都给震落了。大地顿时一片寂然，天色也开始混沌起来。

暮色四合之际，张筱雅的身影被渐渐晕开的墨汁吞没，跟夜色合二为一。突然，她的脑子里闪过一线光亮，豁然开朗起来。她站起来，浑身充盈着力量，像一只突然发现了粮食的田鼠，飞快地穿过田野，消融在越来越暗的夜色之中。

张筱雅给父亲打去电话，说她已经有了男朋友了，要是非要她回去的话，得把她男朋友的工作解决了。张筱雅的父亲听到这个消息，肺都差点儿气炸。他知道，能争取到一个招工的指标，一个好的工作岗位，是多么不容易。可是女儿远在千里之外，他也无可奈何。他只得在电话里做女儿的工作，说她还年轻，潜力很大，要懂得用发展的眼光看待问题。而她现在谈男朋友是不明智的，因为所选的道路不同，以后也不会走到一起。只要她回来，一切都可以重新开始。可是，父亲的苦口婆心在张筱雅心里没有荡起一丝波澜，她死活不同意父亲的看法，坚持要走两个人一起走，要留一起留。两个人在电话里进行了一番激烈的讨论，最后还是张筱雅父亲妥协了。

往后的日子，张筱雅一直在等父亲的消息，不再往黄明远的宿舍跑。她要检验一下爱情。这也是她孤注一掷的办法了。

好不容易挨过了一个礼拜，张筱雅父亲终于打来电话告诉她，她男朋友的工作联系好了，叫她速回。张筱雅立马欢呼雀跃起来，在电话里面嚷嚷着“老爸万岁！老爸万万岁！老爸我爱死你了！”父亲苦笑着，只是催他们尽快回去，只等报到上班了。她哪里知道，父亲为了落实这个工作指标，选择了让黄明远过去顶班。

## 4

黄明远躺在床上做白日梦。宿舍的门吱呀响了一声，一道白色的光亮正好透过门缝，打在他的鼻梁正中，将他的脸切成两半。黄明远掀开眼皮，门缝里面除了翻滚着数不清的灰尘颗粒，什么都看不到。工友都出去了，有的去工地上施工，有的去外面玩去了。铁路抢修项目已经竣工，扫尾工程也差不多做完了，基本上也没剩下多少事情。也许过一段时间，他们这支队伍又要被派去支援其他的铁路施工工作了。宿舍里，只有黄明远一个人喜欢白天睡觉。他晚上瞪着个灯笼大的眼睛，常闻到风送进来的花香，听到宿舍里此起彼伏的鼾声，偶尔还有林中鸟翅膀扇动的声音。

黄明远翻了下身子，侧卧着。他用手抹了一把嘴边流出来的涎水，又继续睡去。没过一会儿，门又轻轻地响了下，这次比较斯文，黄明远没有察觉。接着，门被完全地推开了。一道女人的人影，长长地投射在宿舍的墙上，齐耳短发。那人见四下无人，就放心大胆地走进来，在黄明远的床边坐下。她把一张纸片拧成一根尖尖的长条，轻轻地塞进黄明远的鼻孔。黄明远的鼻子翕动，紧接着打了个响亮的喷嚏。长条纸喷出来，人也立马翻身而起。黄明远这才看到，张筱雅就坐在他的床边。

“你、你在这里搞的什么名堂？”黄明远翻了个白眼，没好气地说。

“搞什么名堂？看你睡得像头死猪，试你的忍耐力呢。没想到，这么不经事，还没有两秒钟就打起喷嚏来了。”

“有你这么试的吗？那我给你的鼻孔塞个东西，看你能憋多久！”黄明远说着就下床。

张筱雅揪着他的耳朵，把他拉到床上：“看你白天都在睡觉，是害了相思病吗？”

“谁又像你这么无所事事呢？闲得就知道谈恋爱了。正经一点儿，做点儿实际的事可以吗？”

“别给我上大课，好像只有你想加入党组织。有理想、有思想、有担当的三好青年，都让你给全占了，还给人家活路吗？”

“你也别笑话我了，咱几斤几两，心里都有数。说点儿实际的，你这段时间到底是死到哪里去了呢？突然就来了个人间蒸发，我去你那边找你，也没有看到人。”

“哈哈……想我了吧？知道我的好了吧？”张筱雅边笑边说，不时地用手拢一拢那一头洒脱不羁的短发。一句“死到哪里去了”，撩拨得她的腰都直不起来了。

“想你，想你个球呢！”黄明远哼哼唧唧地蹦了一句出来。

“嘿，我心里明明听见你说，张筱雅，黄明远想你了，你死到哪里去了呀，还不快给我滚回来。”张筱雅捏着鼻子，发出阴阳怪气的腔调。

黄明远伸手拍了下张筱雅的脑瓜顶，说：“你呀，真是个精怪，想到哪里去了呢？”

“我说的是真的。”张筱雅抓起黄明远的手放在她的脸上。

黄明远顿时愣住了，他一下子还没有缓过神来。

张筱雅就拉起黄明远，说：“我们出去走走吧，有事跟你商量。”

黄明远想了想，穿好衣服，就跟在张筱雅的屁股后头出来了。

他们走过工地，越过工棚，来到一片开阔的田野上。地里的稻谷已经成熟饱满，风吹来，涌起一波波稻浪，在金色的阳光下起伏，又如一条条闪着金光的黄龙，摇头摆尾，煞是好看。张筱雅寻了块宽敞的空地，铺上一层干枯的茅草。两个人坐在上面，感觉软软和和的。张筱雅开门见山，把父亲的决定告诉黄明远，希望他能跟着她一起回去，说那里有更美好的前程等着他们，比在这里奋斗更有价值和意义。接着，她继续说道：

“还记得老曹吗？他死得太惨了。如果我们就这样死在了这里，你觉得值吗？”

“不！不许你这样说老曹。他是党员，更是个英雄！”黄明远像根弹簧一样弹了起来，说，“他的死是值得的。他把一辈子献给了铁路，甚至把生命都献了出去，他是人民的功臣。不要这样去评价他的死。我父亲也是在抗美援朝的铁路抢修项目上牺牲的，和老曹一样，都是英雄，为祖国、为人民做出巨大贡献的英雄！”他情绪激动，突然上气不接下气，竟然像个大男孩儿一样呜呜地哭开了，哭声像是火车启动时的汽笛声。

“你这是怎么啦？吃了硝药吗？”张筱雅把黄明远的脑袋搂到怀里。

黄明远枕在张筱雅的腿上，发出更大的悲鸣，像是有满腹的委屈想要诉说，却又不知道如何去说，只有用这不停歇的哭声来替代。直到他的声音开始嘶哑了，才渐渐地控制住情绪。

张筱雅用手摩挲着黄明远的头发，又扯着衣角替他揩去纵横交错的泪痕。她柔声说：“好了，我不说老曹了。对不起！你不要太伤心了。我忘记了你的父亲也是牺牲在铁路上的。你说得对，老曹和你父亲都是英雄。我知道你对铁路有很深的感情，要你一下子离开这里，需要时间和勇气。可是，我答应你，你跟我回到家里，我们还是为铁路做贡献，做更多、更大的贡献。”

“真的吗？”黄明远站起来，仿佛一下子看到了胜利的曙光。他终于发现自己把张筱雅的衣服弄得濡湿了一大片，有点儿不好意思起来。也许是衣服被弄湿后穿得不舒服，张筱雅也站起来，脱掉外衣，甩在了茅草上。她里面穿着一件粉红色的贴身小衣，衬托着她那圆圆的红苹果一样的面庞。黄明远挺了挺身板，说：“时候不早了，我们先回去吧。”说完之后，还来不及迈开脚步，就被张筱雅用脚后跟绊了一下。黄明远被张筱雅这一突如其来的举动搞蒙了，一下子就摔在地上。他望着张筱雅玲珑有致的身段，张开了嘴巴，想说什么，脑袋里却一片空白，不知道要说什么了。张筱雅伸出手，眼里满是期待。黄明远的目光游弋，停了片刻，他低声又急促地说：“筱雅，对不起！我再想想，再想想，明天再给你答复。”说着猛地站了起来，迈开步子，大步流星地走了。

张筱雅立在原地，大声骂着：“黄明远，你是头猪，是只狗！你不是个男人！你是个王八羔子！”

## 5

黄明远没有直接回宿舍，他去了萌萌工作的地方。

黄明远躲在一棵粗大的银杏树后，远远地看着萌萌忙进忙出，身后跟着米西。他还记得，这只流浪狗是萌萌和他在勘察时捡到的，萌萌给它取了个名字，叫米西。如今，米西身上的毛发洗得白白的，全身干净利落，模样可爱，再不是那只卷毛流浪狗了。米西是个很好的助手，随时听从萌萌的召唤。萌萌需要什么，它就把什么送过去，当然是用嘴巴叼的。

米西不时地看向黄明远这边，一边张望，一边发出汪汪的叫声。没过一会儿，它突然摇晃着尾巴，朝黄明远奔跑过来。刚跑到一半，萌萌喊：“米西，回来，不要乱跑。”它顿住了，远远地望了黄明远一眼，又汪汪叫着跑回去了。黄明远想，狗的嗅觉和记忆是惊人的，米西应该是记得他的，可惜它不会说话，不然萌萌也不会把它唤回去了。他本来想走过去跟萌萌说说话的，可是又不知道说什么好，一时心里很是纠结。

黄明远一直偷偷地躲在树后面张望，过了个把小时，才掉头离去。米西冲着他的方向，不停地吠。萌萌忙忙碌碌，也顾不上看米西发现了什么。米西看黄明远越走越远，也就渐渐安静了下来。

黄明远逃也似的回到了宿舍。这个时候，工友们一个个都陆续回来了，雄性的气息弥漫。有人开始漱口刷牙；有人躺在床上，什么话都不说，像是累极了；有人说收到了家里的来信，要给他介绍对象，姑娘很乖致，等着他回家抬着花轿去娶。有人开荤的玩笑，说女人的奶子是豆腐做的，一走路就能摇晃，看得人都花了眼。旁边的人就打趣说："你看什么不好，那是你看的地方吗？"那人就嚷嚷开了，好似在向一屋子的人辩解。黄明远听着这些闲话，不由得想起张筱雅和他在茅草地上的那一幕——他和张筱雅最亲密的一次肌体接触。他的脸不自觉地发烫起来。

等这些乱腾腾的声响平息下来，窗外的光线也变得柔和了。待一线淡淡的光亮从窗棂划过，天色愈加暗沉下来。太阳下山了，他和萌萌看了很多次，太熟悉了。他懒洋洋地躺在床上，感受着落日的凄美，不禁想起他刚到湘黔线上跟萌萌偶遇的情景。

那时，萌萌的父亲是五处后勤的班长。黄明远和萌萌经常在食堂帮忙做事，只要萌萌在他身边，他做馒头和包子时总把盐当作糖放进去，每次都要讨柳班长的骂。萌萌咯咯地笑着，然后帮他一起返工。萌萌喜欢唱歌，她去工地给工友送茶水，辫子一甩，就会唱起《挑担茶叶上北京》《东方红》……声音清脆洪亮，整个工地都能听到。大家都喜欢听萌萌唱歌。工友下工回来，总会拿他和萌萌开玩笑。尤其是老曹，说他们是郎才女貌，天生的一对，要是结婚，一定要做他们的主婚人。大伙儿的玩笑把黄明远的胆子也笑大了，他就真的买了一匹水红色的的确良花布送给柳班长当聘礼。柳班长也没有拒绝。他又写了封情书，在工地上大声朗读，公开向萌萌求婚。两人平时出双入对，相处得挺好，不想在关键时刻，萌萌却选择了逃避。不知道是姑娘家害羞还是还没有做好准备，萌萌躲了他几天后，就到了湘黔线。

黄明远受了打击，但他想不明白，萌萌为什么拒绝他的求婚。当时萌萌在五处就他一个朋友，而且也只有他们两个年纪相仿。萌萌走了后，五处又分进来几个新工人，其中就有张筱雅和郭向东。黄明远不死心，他一定要弄明白萌萌心里到底有没有他。于是，为了找萌萌，黄明远这个肩不能挑、手不能提的笔杆子，顶着压力和工作上的危险，跟着老曹的隧道施工队来到了湘黔线。在一次隧道施工的时候，黄明远头上砸了一个洞，血流不止。不承想，去包扎的时候，刚好是萌萌接的他。当看到那条熟悉的马尾辫，黄明远激动不已，哭喊着："萌萌、萌萌是你吗？"萌萌一边包扎，一边应声："别动，是我。"看着黄明远满头满脸的鲜血，萌萌与他抱头痛哭。黄明远说："这下你逃不掉了吧？我就是追到天涯海角，也要你做我的新娘。"萌萌含着眼泪，终于点了点头。黄明远闻着萌萌身上兰草一样的香气，顾不得头破血流，把她抱得紧紧的。

一想起这个相见的场景，黄明远的脸上就流露出醉心而满足的笑意。萌萌的泪，萌萌的心疼，萌萌的怀抱，都让他懂得，他没有白来这一趟。受伤后，黄明远还成功地加入了党组织，这让许多年轻的工友羡慕不已。可慢慢地，萌萌又没有以往那么高兴和兴奋了，她仍然是淡淡地说话，勤奋地工作，看不出她心里的波澜。虽然同在一个工地做事，萌萌却是很少过来找黄明远的，这是她一贯的矜持。还有就是她的工作比张筱雅多，不仅要跟着工程进度勘测土质，还要修改图纸，伤员多的时候还要去卫生室帮忙，时间确实是挺少的。黄明远是想破了脑袋也想不明白，他和萌萌之间怎么就突然变得别扭起来了。

黑夜终究是来临了。工友们躺在被窝儿里，又闹腾了一番。抽水烟的点燃了水烟，烟头一闪一闪，忽明忽暗的，像山间熟透的野莓一样红得通明。烟头落尽了烟灰，宿舍里也彻底静下来。接着，就有人打呼噜了，一个传一个。很快，呼噜的交响曲就开始合奏了。

黄明远也感觉到了疲倦。他已经想好了，他要告诉张筱雅，他决定留下来照顾萌萌，萌萌一个人在这里太孤单了，当然了，不仅仅是因为萌萌比她更需要他。在他黄明远的心里，他会把张筱雅当作自己的小妹，永远地保护她，不许别人欺负她。这样想的时候，他就迷迷糊糊地睡着了。

半夜的时候，黄明远好像来到了一个陌生的地方。那里正在修建铁路，一些人在山上铺轨，一些人在远处打钻，还有一些人在山的另一边打炮开路，发出隆隆的炮火声。到处都是叮叮当当的响声，场面热闹得很。黄明远走过去，加入了施工的队伍。他跟一个工友抬起一根泡在沥青里的枕木，朝前走去。枕木也许是泡得太久了，表皮已经被沥青完全吃进去，变得非常沉重。黄明远抬着前头，走起来摇摇晃晃的，几次差点儿摔倒。他转过头去，心跳立马加速——跟他一起抬枕木的人居然是老曹！老曹像平常那样，笑呵呵的。黄明远感觉自己的心都要蹦出来了，双腿也像灌了铅一样，迈不开步，走也不是，不走也不是。突然，老曹一个重心不稳，一个趔趄跌坐在地上，枕木那头也从老曹的膀子上滑下来，滚落到地上。再看老曹，一身血，眼皮大张着，眼球鼓鼓的，好像要掉出来一样。

黄明远不由吓得大叫一声，醒了过来。睁开眼睛，才知道是个梦。这个梦里的场景太逼真了，黄明远都不敢相信是梦。而老曹在梦里死去的模样，跟他那天在现场看到的一模一样。黄明远再也睡不着了。他流下了泪，泪水快速而汹涌，也流进了嘴巴。泪水是咸的，他心里却泛着酸酸的味道。他感觉自己很委屈，心里有一种说不出的悲凉。他不怕吃苦，也不怕风餐露宿，愿意跟萌萌一起面对苦难，风雨兼程。他又想起了跟萌萌在田野上一起看夕阳的情景，想起了他们手拉着手许的心愿……

## 6

黄明远不知道翻了多少次身，才看见窗户外面喷薄而出的久违的鱼肚白。大伙儿也都起床开始洗漱了，牙膏泡沫到处乱飞。黄明远眼皮浮肿，蔫头耷脑，眼睛里布满闪电般交叉炸裂的血丝。他牙也没有刷，穿上胶鞋就急匆匆地往外赶。

走到门口的时候，一个人拦在前面。他向左，那人也向左拦着；他向右，那人也向右拦着。黄明远刚要发火吼一声“你到底是要往哪里走？”抬头一看，不料那人不是别人，正是郭向东。郭向东盯着他，眉毛一挑，说：“走，到外面去，我有话要跟你说。”这个郭向东呢，说起来还是他的徒弟，刚进五处的时候，是给他打下手的。郭向东用这种语气跟他说话，黄明远本来要发作，但因为心里装着事情，便没有跟他理论。

两人走到一块空地，郭向东说：

“行，就在这里讲几句。打开窗子讲亮话吧，我想问你，你到底是要选择张筱雅还是选择萌萌？”

“你又横过来干吗？天要下雨，娘要嫁人，与你何干？”黄明远皱着眉头。又问：“你又是怎么知道的？”

“昨天晚上张筱雅哭了一个晚上，都是因为你。也不撒泡尿照照自己，算个什么东西！真的是好心当成驴肝肺。”

“这又关你什么事？你是她什么人呢？滚一边去。”

“你叫谁滚？”

“叫你滚。”

郭向东听后，握着拳头就朝黄明远抡过去。黄明远也不甘示弱。两个男人你一拳，我一脚，打得不可开交。黄明远的鼻子中了一拳，流出殷红的血痕。这个时候，张筱雅赶过来了，大声呵斥他们停下。

黄明远用手抹去嘴巴边的血痕，说：“我正要去告诉你呢，不想被这小子约到这里打了一架。”

张筱雅看了一眼郭向东。郭向东低声说：“我就看不惯这小子不知好歹的样子，不教训教训他，他真以为自己是天下第一了。”

“我们的事情不要你插手。”张筱雅说完，转头定定地看着黄明远。

黄明远没有看她，而是望着远处的山峦说：“你容我去跟萌萌道个别吧。”

“好，我跟你一起去。”张筱雅说着就挽起黄明远的胳膊，两人一起去找萌萌。

郭向东拦住黄明远：“慢着，我有几句话要说。你既然做了选择，就要对得起你的选择，做个真正的男人！不然，我的拳头可是不认人的，到时可不是让你的鼻子流血这么简单了，我一定要打得你满地找牙。我是说到做到的。”说完头也不回地走了。

在一条窄小的田埂路上，黄明远和张筱雅一前一后地走着，两人各怀心事，谁也没有说话。走到萌萌的工棚时，萌萌正在屋外往竹竿上晾晒衣服。萌萌看到黄明远和张筱雅两个一起来，有些惊讶。她把剩下的衣服搭上，又匆忙地掸几下，就赶紧迎了上去。她拉着张筱雅的手说：“筱雅，今天怎么有空过来了？快，到屋里坐坐。”张筱雅不自然地笑了笑，跟着萌萌一起进了屋。萌萌先给他们各倒了杯水，又拉来两把椅子。她连连道歉说：“对不住呀，屋里太小了，没有个落脚的地方。”张筱雅说：“你太客气了。我们都是住集体宿舍，你这小是小，却是单间呢。毕竟是工程师助手，待遇就是不一样。”萌萌尴尬地笑了笑，不再接话。

这时，米西也从外面回来了。看到家里来了客人，它非常兴奋，不住地在黄明远和张筱雅两人的空隙间钻来钻去。张筱雅穿着双白色的运动鞋，上面打了个漂亮的蝴蝶结，米西蹲在张筱雅身边，不住地用嘴巴去撕咬它。张筱雅踢了米西一脚，非常烦躁地喊着：“一边去，别弄脏了我的鞋子。”米西嘴里发出呜呜的声音。它转过头去，跑到了黄明远那边。萌萌见了，赶紧把米西赶开，说：“米西，外面玩去，不要在这里捣乱。”黄明远看到眼前的一幕，用手拍拍米西的脑袋，说：“米西，乖，大人们有事要谈，到外面守门去。”米西抬起脑袋，定定地看着黄明远。它好像听懂了黄明远的话，伸出长长的舌头，舔了下他的手背，就跑出了门。张筱雅看到，厌恶地说：“脏不脏呀？”

黄明远没有吭声，他抬眼盯着门外的日光，似乎在想什么。张筱雅不停地朝他使眼色。黄明远的余光是瞥见了的，但他没有回应。他想起萌萌曾经说过，不要把一肚子书烂在肚子里，要发挥出最佳效应。是呀，萌萌应该能懂得的，她是如此冰雪聪明，她的心又是镶了金边儿的落日，当然也会原谅他的。黄明远心乱如麻地想着，不知道如何开口。

萌萌也不介意张筱雅对米西的反感，她问道：“你们过来是有什么事情吗？要是不急的话，我先去准备一下午餐，到时咱们在这里炒两个菜，就不去工地食堂上吃了。那里人多，也都是些包子、馒头、大锅菜，没有自己炒得好吃。”

张筱雅说：“不用去准备，我们说说话就要走了。”说着拿眼看着黄明远。

黄明远沉吟了半晌，才吞吞吐吐地说：“萌萌，我要回去了，家里有事。我要跟张筱雅一起走了……要是、要是你愿意的话，就跟着我们一起走吧，或者我们送你回到五处。你一个人在这里孤孤单单的，多不好……”

张筱雅眉头一皱，说：“萌萌在这里挺习惯的。瞧她这里什么都准备了现成的，连饭菜都可以自己弄，也不用跟大伙儿一起住集体宿舍，多自由呀！要不是家里有急事，我们也不会这么快回去的。”

黄明远冲着她吼：“张筱雅，你能不能闭上那张臭嘴，少说两句？”

“你干吗说话总说半截儿呀？干吗不大大方方地告诉萌萌，你是要跟着我回家乡，那里有更适合你发展的工作？”

萌萌开始是有些蒙的，没有回过神来，但听着他们两个吵闹的话和不自然的神态，心里也明白了八九分。她对黄明远说：“何必要吵架呢？你们都回去吧，我一个人在这里挺好。我不会孤单，米西会一直在这里陪我，我也会照顾好自己的。”说着眼里涌出了泪花。

这时，黄明远用手抓着自己的头发，表情扭曲地说：“你们能不能让我安静一下？能不能让我自己做出选择？”

## 7

远处，村庄的上空冒出奶白色的轻烟。水牛一边甩着尾巴，一边嚼着青草，那双又圆又大的眼睛望着远处。那里有一条流经村庄的河流，波光粼粼，细碎的波澜被霞光浸染，暖暖的，柔柔的，时光好像卡在那里，又好像是为日光所复制。

有个人站在远处的山坡上，望着张筱雅和黄明远从萌萌的屋里出来，心里酸酸的。

张筱雅心里酸酸的。

黄明远心里也是酸酸的。

萌萌心里也涌出了酸酸的味道……

（原载《安徽文学》2024年第8期）

立夏畵

# 代后记

2017年，我刚好十岁。有一天，妈妈神秘地把我从卧室里叫出来，递给我手机，要我为她新写的小说选个封面，手机屏幕小小的，里面花花绿绿的，我挑了我最喜欢的蓝色。之后，妈妈带回来一本小说《我是一个兵》，书的封面是一个背着枪的军人，眺望着前方。妈妈很兴奋地告诉我，这是她写的第一部长篇小说。后来，妈妈又写了好多中短篇小说，我有时也偷偷地瞄上一眼，感觉挺生活的，内容也丰富多彩。2022年，又出版了长篇小说《白驹过隙》，还接受了《新华书目报》的访谈。我很是惊讶，仿佛是变魔法一般，妈妈的作品一部接一部地出来了。

妈妈喜欢与当地的老百姓交谈，与他们闲逛，听他们讲故事，了解风土人情。有时候，妈妈也会带上我，我很开心。小小的我，从那个时候就懂得了创作来源于生活，来源于人民，有了生活，有了人物，文字就有了生命。那些人物和故事，在妈妈的笔下，跌宕生姿，就仿佛真的一样了。

妈妈写文章是很认真的，一篇文章要看好几遍，直到改到自己满意为止。每次与我谈论时，妈妈总长篇大论，而我总咿呀咿呀糊弄过去。我和姐姐都觉得她太较真了，妈妈却乐在其中。令我们姐妹俩佩服的是，她从不热心灯红酒绿的花花世界，而是把自己埋在故纸堆里，安安静静的，不埋怨，不抱怨，一心扑在工作上，闲暇就看书和写作。妈妈用自己的实际行动给我和姐姐营造了一个安宁祥和的书香环境。

上高一的时候，老师在课堂上讲了《红楼梦》，我记得妈妈的书架上也有。妈妈的书架上还有一套《红楼梦：俞平伯评点》，我也读过。回家后，我跟妈妈说想再读一遍《红楼梦》。妈妈很兴奋，随即和我约定，先看一遍书，放暑假后再陪我一起看《红楼梦》电视剧。我凭借在课堂上学到的知识，还有看书的体会，和妈妈一起讨论荣国府和宁国府之间的关系。难懂的疑点，妈妈会一一给我解答，也会跟我一起在书里寻找答案。放暑假后，妈妈果然践行诺言，每天晚上陪我看87版的《红楼梦》电视剧。看完之后，我百感交集，尤其是对贾宝玉、林黛玉、薛宝钗三人之间的情感纠葛，爱而不能，爱而不得，深深遗憾。我想写一篇关于《红楼梦》的随笔，题目用《葬花终入土，扑蝶总成空》，妈妈很支持，给了很多建议与启发。我写完后，妈妈帮我投了稿，还在《书屋》杂志发表了，得了三百元稿费。这可是我的处女作呀。我高兴坏了。经过这件事，我深深地懂得了妈妈创作的不易，要写好一篇作品，要经过这么久的思考和酝酿。妈妈写了那么多的小说，该要费多少时间与精力呀！

我的外公很喜欢音乐，无师自通，会填词谱曲，什么琴都会摆弄。妈妈或许是遗传了他的文艺细胞。妈妈跟我说过，她小学五年级时写了一篇文章，题目是《渡船》，得了全校第一名，高兴坏了。我想妈妈的写作天赋便是在那时崭露头角的。听妈妈讲，1993年前后，她在报纸发表文章，得到责编赏识，还写信来勉励她，更加激发了妈妈的创作热情。此后，妈妈又发表了许多作品。但是，跟爸爸北上后，妈妈辍笔了十多年。

2014年，我七岁，妈妈要去毛泽东文学院学习两个月。我听到消息，是极力反对的，原因是妈妈不能陪着我了。爸爸很严肃，对我和姐姐的要求高，我有些怕他。妈妈最后还是参加学习去了，但每天都会打电话回来跟我通话，安慰我，我也就不再哭闹了。放眼现在，纵观全局，那时的我是无知且任性的，妈妈的选择是正确的。感谢理性超前的妈妈没有因感性孩子气的我而乱了阵脚。妈妈的机遇也正是因此创造的。她遇到了老师与伯乐，在他们的鼓舞下，更加勤勉地创作了。但妈妈的未来还是掌握在自己手里，作品还是要靠自己去感悟，去体验，去创造，以作品说话，谁也帮不了她。所谓的逆天改命是不存在的，现实生活中，只能靠自己踏踏实实地做好每一件事情，得到大家的认可，才有发展的可能性。

妈妈不是傲雪寒梅，不是凌霜绿竹，只是生活在基层的小草，她的乐观与坚韧，如小草一样落地生根，不屈不挠。2015年，爸爸做心脏手术，家里负债累累。2017年，妈妈去长沙工作，身兼三职，既要照顾我和姐姐，鼓励我们学习上进，规划人生，又要帮助爸爸树立生活的信心，还要坚持写作。有人问过我妈妈的传说，问她是不是有三头六臂。这个问题，让我有点儿无言以对。暑假里，爸爸做了手术，妈妈带着我和姐姐一起在长沙照顾爸爸。后来，外公又做了个手术，妈妈又请假在医院照顾外公。我知道，在外公那里，妈妈是女儿；在爸爸那里，妈妈是妻子；在读者面前，妈妈是作者；在工作上，妈妈是编者。妈妈是我和姐姐的妈妈，也是我们的老师、朋友。妈妈好像是孙悟空，会变来变去。记得妈妈经常跟我说，不管做什么事情，一定要有始有终，做到最好。妈妈的写作就是这样，总要精益求精，她之所以能取得今天的成就，兴许是在天赋的基础上，有努力、机遇等因素的加持吧。

去年秋，高三上学期，我每次放假总碰上妈妈出差，一连两三个月没看到妈妈。终于在年底见到妈妈，妈妈变憔悴了，看上去老了许多，但人很精神。妈妈是爱美的，总会问我脸上有没有皱纹，白头发多不多，穿哪件衣服好看。妈妈也有一颗小女生的内心。记得高三开了三次家长会，我每次都在桌上给妈妈留一封信，告诉她，我最近在学校的情况，我们每个家庭成员在相处中的情感磨合，等等，都是我的心里话。每次我都看到妈妈偷偷地流泪。其实，妈妈也有一颗敏感又柔软的心。

美国作家说："岁月悠悠，衰微只及肌肤；热忱抛却，颓废必致灵魂。"时间给予了妈妈阅历的沉淀，夺走了妈妈的青春与容颜，但妈妈的灵魂永远明媚，她的精神不熄不灭。

袁芸

2024年6月16日于星沙